三民叢刊 244

現代人物與思潮

周質平 著

三民書局印行

自序

周質平

在中國現代思想史上，最具有時代特色的思潮是對中國傳統的反思，所謂反思往往是透過分析比較之後的一種自我批評；而批評的層面則擴及文學、史學、哲學、政治等個個領域。這種批評的態度是自由獨立和抗爭的綜合體現，這一精神是二十世紀前半中國知識分子在艱難困苦之中，用血淚和生命所建立起來的最可寶貴的傳統。

然而，一九四九年之後，這一傳統卻受到了血腥殘酷的鎮壓。至少有三十年漫長的歲月，自由獨立和抗爭在中國這片廣大的土地上，成了絕響。但中國知識分子對自由獨立的追求是強韌而持久的，隨著政局的變遷，這一自「五四」以來，即已深植人心的優良傳統，終於又有了破繭而出的跡象。

本書所收文字用不同的人物來反映這一思潮的起落和變遷，大略可以歸併為三組。

第一組，以專題的方式，分析中國現代史上幾個重要人物的思想，並聯繫當代的若干議題進行討論。從林語堂的小品文，談到二十世紀三十年代提倡「閑適」和「幽默」的意義；由馮友蘭的多變與善變，看中國當代知識分子如何在政治壓力之下，苟全性命；就梁啟超和胡適等人的家書，剖析那一代知識分子在親情和愛情上的雙重貧乏；在胡適與梁漱溟的比較研究中，探討西化和國粹兩股思潮的衝突與調和，並兼論羅素在西化論爭中的態度與立場。所收有關胡適思想的文字較多，從他早年的「愛國」到晚年的「反共」，以及他英文著作中所反映的中國文化，都有專文。

第二組文字集中討論臺灣當前的語文政策和言論自由，指出臺灣國語的孤島現象，並論及提倡臺語漢字化的不智和不通。除此之外，對中國大陸和海外對外漢語教學幾個較富爭議性的議題進行討論。

第三組文字包括時評和雜感，圍繞著言論自由與愛國這兩個議題，對海峽兩岸的一些社會與文化現象，提出分析和批評。從《新三字經》的出版，看中共如何企圖用舊禮教來維持新秩序；就北京「中國現代文學館」的展出，談中國現代文學與政治的依存關係；以季羨林的愛國主義為例，說明當代中國知識分子如何扭曲並混淆「國家」和「政府」這兩個不同的概念。

本書所收各篇文字，在不同時期，不同學術期刊和報刊雜誌上發表過。在此不一一注明出處了。

我是一九七四年離開臺北來到美國的。在過去近三十年的歲月裡，雖然身在海外，但我學習和研究寫作的主題，卻始終圍繞著中國文史的課題。從早期的晚明文學到近年的近現代思想史，我的興趣和關懷不曾有一刻偏離過中國。去國越久，我的「中國情懷」，卻轉深，轉濃。

海外人談中國事，往往不免有「隔靴搔癢」或「霧裡看花」之譏；但正因為身不在「廬山」之中，或許也能為「身在此山中」的人，提供一個新的角度。我懷著這樣的心情將這些文字集印成書。

二〇〇三年六月一日於普林斯頓大學

現代人物與思潮

目次

林語堂與小品文

一、提倡小品文的背景和動機

一九三二年，周作人在《中國新文學的源流》中，將中國文學的發展視為「載道」和「言志」兩股潮流的互相消長❶。就大處言，這個二分法是可以概括一個時代文學的精神和內涵的。我們如果將這個二分法移用到自晚清至二十世紀三十年代文學的發展，顯然的，「載道」是這五、六十年中，文學發展的主流和基本方向。

從清末反映政治黑幕的譴責小說，到白話文運動的興起，以至於三十年代左派作家大量小說和詩歌的創作。這段期間，文人作家大多自覺的感到有強烈的社會責任，而自認為是個為社會探病處方的醫師。換言之，他們很少甘於只作一個作家，他們都同時要

❶ 參見周作人，《中國新文學的源流》（北平：人文書店，一九三四）。

兼為社會改革者。

從劉鶚的《老殘遊記》到梁啟超《論小說與群治之關係》，到胡適的《文學改良芻議》，到魯迅的《吶喊》、《彷徨》，以至於巴金的《家》，茅盾的《子夜》，我們可以清楚的看出：知識分子大多將文學視為一種達到另一目的的工具。此時所謂的目的，固然已不是傳統儒學的倫理或道統，但文學為另一目的服務的基本態度，卻是十足的「載道」。

這時文學所載的「道」，可能是「啟蒙」，可能是「救亡」，也可能是「工農兵」。魯迅在《吶喊．自序》中，就清楚的指出，他之所以由醫學改學文學，是希望用文學來喚醒沉睡中的中國人❷。他的每篇小說都是中國社會的病狀診斷書。

與這股「載道」的潮流相激盪的則是「國故」與「舊學」的復興，這個復興，是透過「整理國故」、「疑古」和「古史辨」這三個階段來進行的。這三個運動的基本精神，雖然都是對古典的批判，或對舊傳統的「重新估定一切價值」❸，但「批判」也好，「重新估定其價值」也好，都必須回到故紙堆中去做一番鑽研。

❷ 魯迅，〈吶喊．自序〉，《魯迅全集》，冊一（北京：人民文學，一九八一，共十六冊），頁四一五－二〇。

❸ 這句話見胡適〈新思潮的意義〉，《胡適文存》，冊一（臺北：遠東，一九六八，共四冊），頁七二八。

隨著胡適一九一九年《中國哲學史大綱》卷上的完成和一九二一年《紅樓夢考證》的出版❹，孔子與老子先後的爭論，和明清小說的考證，都一時成為「顯學」。連胡適自己也不得不承認：「現在一班少年人跟著我們向故紙堆去亂鑽，這是最可悲嘆的現狀。」❺這個復古的現象絕非當時新文化運動領袖們有意的提倡，他們只是想藉著對舊學的研究，來展現科學的治學方法。但結果「科學」成了「有意栽花花不發」，而「復古」和「考證」卻是「無心插柳柳成蔭」了。

從一九一七年胡適發表《文學改良芻議》，到一九二六年《古史辨》第一冊的結集出版，可以視為新文學或新文化運動的頭十年。在這十年之中，固然充滿著新氣象、新思想。但骨子裡，就文學的發展而言是「載道」的，就學術研究而言，則有嚴重「復古」的傾向。

作家文人的使命感和救亡圖存的迫切，隨著一九三一年「九一八」的發生而達到了另一個高峰。在不知不覺之間，知識分子心甘情願的將文學變成了政治的宣傳。

---

❹ 胡適，〈紅樓夢考證〉，同上，頁五七五—六二〇。

❺ 胡適，〈治學的方法與材料〉，《胡適文存》，冊三，頁一二二。

在這樣的潮流下，作家個人的哀樂、嗜好、癖性都受到了相當的忽略，甚至於壓抑和卑視。一種純粹表現個人感情或個性的文字，很有被視為「無病呻吟」的危險。然而，人終究不能整天板著臉，只講救亡圖存的國家大事，一個人也需要吐露一些情思悲喜，說些身邊瑣事。林語堂正是有見於此，才拈出「性靈」二字❻，來提倡寫幽默趣味的小品文。

林語堂也是在社會主義思潮席捲中國，無數的學者作家都為了一個懸想的烏托邦，而樂為之所用的三十年代，提倡個人自由，並追求一種富有情趣韻味的悠閑生活。我們很容易把這樣的作為解釋為「逃避」或「脫離現實」，其實不然，從思想史的角度來看，這何嘗不是一種特立獨行的叛逆。隨著「五四」而來的「打倒孔家店」，到了三十年代，在「孝道」和「貞節」這兩點上確是有了較新的詮釋，但那種「憂國憂民」、「天下興亡匹夫有責」的使命感，卻依然是十足的孔記標誌。倒是林語堂純粹的個人風格，

❻「性靈」二字，林語堂借自袁宏道在〈敘小修詩〉中「獨抒性靈，不拘格套」二語，參看《袁中郎全集》（臺北：世界，一九六四），《文鈔》，頁五。有關晚明公安派的文學理論，參看周質平，《公安派的文學批評及其發展》（臺北：商務，一九八六），頁三一—七九。

在反孔的眾多意見中，獨樹一幟。他要提倡的是「浴乎沂，風乎舞雩」的曾點作風，而不是「得君行道」的孔門正傳❼。他在〈有不為齋叢書序〉中，有如下一段話，很可以體現這個思想：

> 東家是個普羅，西家是個法西，洒家則看不上這些玩意兒，一定要說什麼主義，咱只會說是想做人罷。❽

在林語堂看來，「做人」比「救國」重要，「做人」也比「作文」重要。在做不成人的情形下，「救國」、「作文」都成了妄想空談。

林語堂對動輒以「救國」自命的人，有一種特別的嫌惡。他將這種集道學與虛偽於一身的習氣，呼之為「方巾氣」，在他的文集中，嘲諷「方巾氣」的文字是不少見的。如他在〈方巾氣之研究〉一文中，尖銳的指出「救國」泛濫的弊病：

---

❼ 林語堂，〈有不為齋叢書序〉，《有不為齋隨筆》（臺北：德華，一九八六），頁三。

❽ 同上，頁二。

在我創辦《論語》時，我就認定方巾氣道學氣是幽默之魔敵。……今天有人雖寫白話，實則在潛意識上中道學之毒甚深，動輒任何小事，必以「救國」「亡國」掛在頭上，於是用國貨牙刷也是救國，賣香水也是救國，弄得人家一舉一動打一個噓也不得安閑。❾

在〈今文八弊〉中，又列「方巾作祟，豬肉薰人」為「八弊」之首，林語堂痛切的指出：

中國文章最常見「救國」字樣，而中國國事比任何國糊塗；中國政客最關心民瘼，而中國國民創傷比任何國劇痛。❿

看了這兩段引文，也許我們覺得林語堂是沒有「方巾氣」是不講「救國」的了。其實未必盡然，他自己坦承他的「方巾氣」正是要大家減少一點「方巾氣」；而他的「救國」正是要大家少談一點「救國」⓫。

❾ 林語堂，〈方巾氣之研究〉，《魯迅之死》（臺北：德華，一九七六），頁一三〇。
❿ 林語堂，〈今文八弊〉，《一夕話》（臺北：德華，一九七六），頁七八。
⓫ 同❾，頁一三三。

作這樣的反面文章，林語堂所要爭取的，在我看來，還是言論自由。他所一再強調，一再表明的是：即使國難當前，我有不談救國的自由；即使國難當前，我還要有做我自己的自由。

這種態度體現了「民主」的最高境界，也是個人主義的精華，他不僅要向一個政權爭取言論自由，他也要向輿論爭取言論自由。他敢於說自己確信但不合時宜的話；他也敢於說自己確信但不得體的話。

用美國時下流行的話來說：林語堂是不顧「政治上的正確」(Political Correctness) 的。我但說我要說的話，至於政治上正確不正確，非我所計也。

所謂「政治上的正確」正是藉著輿論的力量來壓迫言論自由，這種壓迫雖是無形的，但卻往往比政治上或法律上的壓迫更無所不在，更讓人不敢輕犯其鋒。

林語堂在當時是冒著「有閑階級」、「高級華人」、「布爾喬亞」、「戀古懷舊」、「不知民間疾苦」等種種惡名來提倡幽默和小品的。

國且將亡，談的竟是明季山人雅士的生活和山水小品，這絕非當務之急。然而，林語堂所要表明的是：是否為當務之急，我自定之。國若不亡，則不因我之談小品而亡；

國若將亡，也絕不因我之不談小品而不亡。

向輿論爭言論自由，往往比向政權爭言論自由更需要一些膽識。向政權爭言論自由，一般來說，是可以得到群眾同情和支持的，甚至於是譁眾的。但向輿論爭自由，卻是犯眾怒的，是成不了英雄的。

從這一點來論林語堂提倡幽默和小品之用心，也許有些「過譽」林語堂，他若地下有知，說不定還會來一句：「提倡幽默和小品，只是洒家興趣所在，不關爭言論自由鳥事。」說他爭言論自由不免又犯了「冷豬肉」和「方巾氣」襲人的大忌。然則，若說當時他完全沒有受到輿論的壓力，也是未得事理之平。即使退一步說，爭言論自由並不是林語堂提倡幽默和小品的動機，但其結果確是發揮了這樣的作用。

就大處言，林語堂提倡幽默和小品，起了爭言論自由的作用；就小處言，他要求保有一片自己的小天地。在這片小天地裡，他要有「做我自己的自由和敢做我自己的膽量」⓬。他可以盡情的追求自己理想的生活。這種生活有一部分體現在《浮生六記》之

⓬ 林語堂，〈言志篇〉，《魯迅之死》，頁二二七。

中，有一部分則描畫在李清照〈金石錄後序〉中，更有一部分則表現在晚明文人的山水小品和尺牘之中。

林語堂所提倡的小品文是「以自我為中心」的，這一點，在他看來，正是「個人筆調及性靈文學之命脈」所在[13]。而他所強調的乃在一「真」字。這樣的文章，直寫性情，而不為浮詞濫調。也就是袁中郎所說的「大抵物真則貴，貴則我面不能同君面，而況古人之面貌乎？」[14]

「詩文不貴無病」[15]，但處處需有個「我」在。這樣的文章「寧使見者聞者切齒咬牙，欲殺欲割，而終不忍藏於名山，投之水火」[16]。這樣的作品也就是周作人所說「即興的文學」，而非「賦得的文學」；「言志的文學」，而非「載道的文學」[17]。這種作品

---

[13] 林語堂，〈說自我〉，《諷頌集》（臺北：志文，一九六六），頁二二〇。

[14] 袁宏道，〈丘長儒〉，《袁中郎全集》，《尺牘》，頁一九。

[15] 語見袁中道，〈江進之傳〉，《珂雪齋近集》，卷三（上海：中央，一九三六），頁六七。

[16] 李贄，〈雜說〉，《焚書》（臺北：河洛，一九七四），頁九七。

[17] 參見周作人，《新文學的源流》，頁七二—七三。

除了為作者自己的信念服務以外，是沒有任何其他服務的對象的。

這就是林語堂提倡小品文的精神所在。

二、林語堂文字的風格

林語堂在三十年代提倡小品文，就文學史的角度來看，反映了他對當時白話文形式單調和內容貧乏的不滿。他要求內容的多樣化，所謂「宇宙之大，蒼蠅之微」無不可以入文；至於形式上，他要求進一步的解放。他提出晚明袁中郎（名宏道，以字行，一五六八—一六一〇）「獨抒性靈，不拘格套」的口號⑱，來作為小品文寫作的原則。「獨抒性靈」正是就內容言；而「不拘格套」則是就形式言。胡適的「八不」⑲，在林語堂看來，就不免是「畫地自限」了。

在語言上，林語堂主張，白話應該吸收中國文言傳統，將「中國文字傳統中鍛鍊出來之成語」溶入白話，這不但可以提高文字的「潔淨」，也可以增進「達意」的功能⑳。

---

⑱ 參見❻。

⑲ 見胡適，〈文學改良芻議〉，《胡適文存》，冊一，頁五—一七。

林語堂曾不止一次的表示：他「深惡白話之文，而好文言之白」[21]。這句話乍看似乎有些故弄玄虛，但仔細推敲，卻是很有深意。「白話之文」指的是「文言的白話」；而「文言之白」則是「白話的文言」。

「文言的白話」是一種看似口語，而實際上係惡性西化的書面文字，既不上口，也不容易聽懂。寫的雖是方塊字，但結構卻是英文的。林語堂給的例子是：「一顆受了重創而殘破的心靈是永久的蘊藏在他的懷抱。」[22]我相信，許多人看了這個句子都會有會心的微笑。

「白話的文言」則是淺近的書面文字，明白曉暢，不冗沓，不囉嗦，沒有排比，沒有典故，但卻典雅靈動，達到了雅中見俗而俗中帶雅的境界。我且舉袁中郎《尺牘》中的一段文字來作為例子，相信去林語堂理想中「白話的文言」不遠：

---

⑳ 林語堂，〈怎樣洗煉白話入文〉，《金聖嘆之生理學》（臺北：德華，一九八一），頁二九六。

㉑ 同上，頁二九四。

㉒ 同上。

有一分，樂一分；有一錢，樂一錢。不必預為福先。兒在此隨分度日，亦自受用，若有一毫要還債，要潤家，要買好服飾心事，豈能灑脫如此耶？田宅尤不必買，他年若得休致，但乞白門一畝閑地，茅屋三間，兒願足矣。家中數畝，自留與妻子度日，我不管他，他亦照管不得我也。人生事如此而已矣，多憂復何為哉！㉓

套用袁中郎的長兄袁宗道在〈論文〉中的一句話：白話的文言是「期於達」；而「文言的白話」則是「期於不達」㉔。「達」與「不達」是三袁論文優劣的標準。林語堂的文論多少受了袁氏兄弟的影響。

林語堂能就「白話的文言」這一點來論文字之「達」，是他已不斤斤於白話必須反映口語，而看到了白話文的發展必須突破口語局限的這個事實。有些民初學者將白話文嚴格界定在「口語」的範圍之內，使白話流於冗沓，不簡潔，這正是林語堂想極力避免的。

許多人對白話文都有一個誤解，以為越口語越清楚，其實不然，口語到了一定的程

㉓ 袁宏道，〈家報〉，《袁中郎全集》，《尺牘》，頁一一。

㉔ 袁宗道，〈論文上〉，《白蘇齋類集》（臺北：偉文，一九七六），頁六二三。

度就反而不清楚了。有些白話小說用了過多的方言俚語，使我們辨讀為難，這就是口語未必就能達意的最好說明。

林語堂有見於此，提倡「語錄體」，主張「洗煉白話入文」。從一方面看，林氏的文體拉遠了書面和口語的距離，造成了一種不文不白的文體；但就另一方面來說，拉大書面和口語的距離，對我們這個多方言的國家而言，正是擴大書面文字的可讀性和可懂性。這是符合胡適「國語的文學，文學的國語」這個口號的㉕，是屬於白話的正格。倒是極力提倡寫語體白話的人，表面上看來，擁護白話，但在不知不覺之間卻容易誤入「方言」的窄路。

中國方塊字是一種表義的文字，它與拼音文字最大的不同就在表義文字無法忠實而全面的反映口語。換言之，在中國語文中，「有音無字」的可能遠遠大過英文。因此，中文書面和口語的距離與方塊字表義的內涵有著不可分割的關係。而這個距離的存在，既是不可避免的，也是必要的。林語堂提倡「語錄體」，是符合方塊字的這個內涵的。

傳統文言文的問題，是書面和口語的距離過大，使書面文字失掉了口語的滋養，因

㉕ 見胡適，〈建設的文學革命論〉，《胡適文存》，冊一，頁五五—七三。

而成了胡適筆下的「死文字」；但趙元任細分「嗎」、「嘛」、「啦」、「嘍」的白話[26]，以及企圖用方塊字來反映方言的地方報紙，或在臺灣到處可見的「俗俗賣」、「呷免驚」之類的廣告文字，卻又是無視方塊字為表義文字的這個事實。

林語堂提倡寫「白話的文言」，很可能讓人誤以為他反對白話，不主張將口語入文。其實不然，他曾一再稱讚《紅樓夢》文字之佳，把第三十回中鳳姐向寶玉、黛玉說的一段話引為文章正則。但他同時指出：「吾理想中之白話文，乃是多加入最好京語的色彩之普通話也。」[27]並特別拈出李笠翁曲話中「少用方言」一條引為作家戒約[28]。

今日我們在臺灣重讀林語堂當年的議論，依然有他的時代意義。白話文而脫離普通話是畫地自限，自願的縮小他的聽眾和讀者。這樣的文字對大多數以普通話為語文工具的中國人而言，一樣的是「死文字」。

文字的死活，不當以時間的先後論，更不當以文白分。文字的死活體現在「達」與

---

[26] 參見 Yuen-Ren Chao, *Mandalin Plimer* (Cambridge, MA: Harvard University Press, 1948).

[27] 同[20]，頁三〇三。

[28] 參看李漁，〈詞曲部〉，《閒情偶寄》（上海：古籍，二〇〇〇），頁七〇—七二。

「不達」上。「達」的文字即使再古、再文，它依舊是活的，而「不達」的文字即使再新、再白，它依舊是死的。因此，我們覺得「輾轉反側」、「投桃報李」是活的，「牀前明月光，疑是地上霜」是活的，宋明的語錄是活的，《水滸傳》、《紅樓夢》是活的。

然而，「在狂暴森冷的夜雨中，一顆沉重、憂鬱、破碎、飽經世故而又熱切的心，正在快速地墮向那地獄邊緣，不可知的深淵。」[29]卻是死的。

前者不以其古、其文，而礙其為「活」；後者卻又不以其新、其白、其洋，而免於不「死」。前者是林語堂所說「白話的文言」，而後者則是「文言的白話」。

林語堂在〈怎樣洗煉白話入文〉中，對文白之辨，有極獨到的說明：

> 文白之爭，要點不在之與乎了嗎，而在文中是今語抑是陳言。文中是今語，借之乎也者以穿插之，亦不礙事。文中是陳言，雖借了嗎呢吧以穿插之，亦是鬼話。此其中所不同者，一真切，一浮泛耳。故吾謂寧可寫白話的文言，不可寫文言的白話。[30]

---

[29] 這個例子是我杜撰的。

[30] 同[20]，頁三〇五。

從語言的角度來說，「白話的文言」是來自口語，而又能超越口語；而「文言的白話」則是未經脫胎換骨的西化結構，或看似口語，而實際上是扭捏造作的書面文字。因此，相形之下「白話的文言」離口語反比「文言的白話」近。

胡適雖然提出了「文學的國語，國語的文學」這個口號，但有時因提倡口語的心太切，不免說些言不由衷的話。一九二五年，他寫〈吳歌甲集序〉，說到《阿Q正傳》：

假如魯迅先生的《阿Q正傳》是用紹興土話作的，那篇小說要增添多少生氣呵！[31]

我認為這是胡適一時失言，有誤導白話文發展走上方言的危險。《阿Q正傳》之所以能成為白話小說的經典，並受到廣大中國人民的喜愛，正因為魯迅用的不是紹興土話，而是普通話。如果魯迅真以紹興土話寫阿Q，魯迅絕成不了日後之「文學宗匠」。

同樣的，沈從文之所以成為重要的現代文學作家，也正因為他是以普通話寫湘西景物，湘西人事。如他逕用湘西土話來寫《邊城》，怕沈從文早已「身與名俱滅」了。

老舍以善用方言詞匯入其作品而著稱，但老舍的「鄉音」正是普通話據以為準的「京

[31] 胡適，〈吳歌甲集序〉，《胡適文存》，冊三，頁六六〇。

調」啊，與其說他用的是方言，不如說他用的是「京調」的普通話。

徐志摩當年曾試著用硤石土話寫過幾首新詩，試問而今還有幾人記得？口語入文與方言入文是兩回事。將普通話的口語寫入文中，若是高手，則能得本色靈動之美，所謂「雅中見俗，俗中帶雅」正是意味著口語入文的最高境界。但若勉強將有聲無字的方言「漢字化」，則不免是走上了不通的死路。

當然，「京調的普通話」也是一種方言，但「京調的普通話」之不同於吳語、粵語、閩語也是顯而易見而不容爭執的。林語堂以閩人而能發如此議論，視今日斤斤於「漢字臺語化」之臺灣作家，其相去為何如也！

林語堂提出寫白話的文言，為許多鄉音不是「京調」的作家，開了無數方便法門。如果白話文真是「怎麼說，就怎麼寫」，那麼許多鄉音不是京調的南方佬，豈不一輩子無緣成為全國性的作家了嗎？

然而，放眼看看中國近代史上影響一時的重要白話作家，從「筆鋒常帶感情」的梁啟超，到「文學革命的急先鋒」胡適，以至於周氏兄弟、林語堂、巴金、茅盾、丁玲、沈從文，哪一個不是「南蠻鴃舌」？「南人」而能為「白話」，而「白話」又能為廣大中國人民所接受，這還不足以說明：好的白話是不反映方言的這個事實嗎？

「鄉土」、「鄉音」誠然都是很值得珍惜的祖宗遺產，但如鄉土和鄉音只能透過「幹伊娘」或「阮去𨑨迌」之類來表現，那是鄉土文學的末路、絕路和死路。「鄉土」不但不會因此以傳，反而會因此而自絕於國人。我們要走的是死路還是活路，端看此刻了。

細看從晚清到民初白話文的發展，我們不得不說：在這二、三十年之中，是白話文「文」化的過程，是白話文脫離俗話口語而走向書面的過程，也是白話文漸漸脫離「引車賣漿者流」而走向「小資產階級」的過程。這個過程，我們只要一讀晚清的白話報和民初的《新青年》，就能了然它的不同。

晚清的白話報如陳獨秀主編的《安徽俗話報》和胡適主編過的《競業旬報》，其辦報宗旨大多是「教育大眾」，因此，在文字上力求其「淺」、其「白」、其「俗」。結果，歷史證明：這種過分淺俗的文字並不「大眾」，倒是後來趙元任認為不夠「白」的「白話文」[32]在短短的幾年之內取代了文言文。換言之，取代文言文的不是《安徽俗話報》或《競業

32 趙元任常對胡適說：「適之呀！你的白話文不夠白。」，參看《胡適演講集》，中冊（臺北：胡適紀念館，一九七〇），頁四四二。

句報》上的「俗話」或「口語」，而是《新青年》上的「書面文字」——用林語堂的話來說，也就是「白話的文言」。

在了然這一段白話文的發展史之後，再來看林語堂所提倡的「語錄體」或「白話的文言」，就更能看出他這個主張的精義和獨具隻眼處。他所主張的白話，減少了文言與白話之間斷層的現象，加深了白話文歷史的縱深和對文言的繫聯。也正因為如此，白話文才能來自方言，而又超越方言，使這個文體維持了它的「普遍性」和「可懂性」。從這一點來看林語堂在三十年代所提倡的小品文，才能看出他所代表的歷史意義。

氣節與學術

——論馮友蘭的道術變遷

一、以氣節論人是殘酷的

馮友蘭（一八九五—一九九〇）生在甲午戰爭的後一年，卒於文革結束以後十四年，改革開放以後十年。他一生經歷了滿清、民國和共產黨三個不同的政權，是個名副其實的「世紀老人」。他親歷了清末的腐敗、民初的軍閥割據、三四十年代的國共內戰、抗日戰爭，以至於中華人民共和國的成立，由一個極端封閉的社會主義社會漸漸的走向市場經濟。一九四九年之後，他在「土改」、「文革」、「批林批孔」等歷次的政治運動中都有所表現。他的學術觀點和他對孔子的評價也隨著歷次政治運動的風向而游走變遷，前後矛盾。並作了許多自殘、自賤、自辱式的所謂「檢討」和「自我批評」。

海內外學者對馮友蘭在歷次運動中的表現大多感到錯愕、惋惜和不齒。早期的批評可以張君勱一九五〇年八月在香港《再生》雜誌上發表的〈一封不寄信——責馮芝生〉為代表。他將馮友蘭比為五代時的馮道，在看了馮友蘭一九五〇年發表的〈學習與錯誤〉一文之後，張君勱「身發冷汗，真有所謂不知所云之感」。接著，張君勱嚴厲的責備道：

> 足下讀書數十年，著書數十萬言，即令被迫而死，亦不失為英魂，奈何將自己前說一朝推翻，而向人認罪，徒見足下之著書立說之一無自信，一無真知灼見，自信不真而欲以之信人，則足下昔日之所為，不免於欺世，今日翻然服從馬氏、列氏之說，其所以自信信人者又安在耶？……足下竟不識人間尚有羞恥事乎？❶

國內學者對馮友蘭的批評則集中在「批林批孔」時期，馮氏迎合江青，為四人幫做顧問的那段歲月。這樣的批評，可以王永江、陳啟偉一九七七年發表在《歷史研究》上的〈評梁效某顧問〉為代表。在文中，除指出馮友蘭對江青讒媚逢迎的醜態之外，並說明過去馮曾是蔣介石的「御用哲學家」和「謀臣策士」。最後則奉勸馮友蘭：「好生記著

---

❶ 張君勱，〈一封不寄信——責馮芝生〉，發表在一九五〇年，香港《再生雜誌》，收入藍吉富，《當代中國十位哲人及其文章》（臺北：正文，一九六九），頁六六—七〇。

偉大的領袖和導師毛主席解放初年對你的告誡，做人還是採取老實態度為宜。」❷

一九八七年，已故華裔美籍學者傅偉勳，在臺灣《當代》雜誌發表〈馮友蘭的學思歷程與生命坎坷〉一文，也是對馮氏在一九四九年之後未能堅持自己的學術信念與立場而深致惋惜與責備：

> 馮氏把握不住生命的學問的結果，終於隨波逐流，造成了三十多年來學術與現實雙層生命的坎坷萎縮，更令我感到，他是欠缺真實本然 (true and authentic) 的哲學家性格的悲劇人物。❸

類似對馮友蘭的批評文章散見各處，其結論大抵不出無恥逢迎。我在此絲毫無意為馮友蘭許多令人齒冷的作為作任何辯護，我只想指出一點：即在論人時過分的「氣節掛帥」，實際上也就是「政治掛帥」。

我在〈胡適與馮友蘭〉一文中曾經指出：「中國人，尤其是知識分子，所謂氣節，

❷ 王永江、陳啟偉，〈評梁效某顧問〉，《歷史研究》，四期（北京，一九七七），頁一二一—一二三。

❸ 傅偉勳，〈馮友蘭的學思歷程與生命坎坷〉，《當代》，十三期（臺北，一九八七・五・一），頁一〇九。

絕大部分也只能表現在對當道的態度上。過分從這一點上來寓褒貶，不知不覺之中，是把學術當成了政治的附庸。一個學者無論在學術上的成就多高，只要一旦在政治上有了妥協，此人即不足論，這不正是『以人廢言』的老規矩嗎？」❹

一九四九年之後，中國知識分子所受到的迫害真可以說是三千年來所未曾有。過分在氣節上求全生活在那個苦難時代的知識分子，都不免是為那個殘暴的政權在作開脫。在義正辭嚴的批評那個時代的知識分子「無恥」的時候，若對他們所經歷的客觀環境有些認識，那麼，對像馮友蘭這樣在學術上有過幾度變遷的學者，就會多了一些「同情的了解」。

在這樣悲慘的情況下，若依舊以氣節求全知識分子，實無異逼人做烈士。表面上看來義正辭嚴，骨子裡卻充滿著不同情、不容忍的冷峻和殘酷！這種要人做烈士的正義批評也正是戴東原所說的「以理殺人」❺，五四時期，所極欲打倒的「吃人的禮教」。

---

❹ 周質平，〈胡適與馮友蘭〉，收入周質平，《胡適叢論》（臺北：三民，一九九二），頁一三三。

❺ 戴東原，〈與某書〉有「酷吏以法殺人，後儒以理殺人」之句。見胡適，《戴東原的哲學》（臺北：商務，一九六八），附錄，頁二一。

我們在批評馮友蘭無恥的時候，不妨設身處地的想想，我若身處在那樣沒有不說話自由的環境裡，我可有能力和膽識不隨波逐流，保持住自己的獨立人格？這樣設身處地一想，就能了然「易地則皆然」的簡單道理了。一個有人味的社會是允許一個人有不做烈士的自由的。

二、哲學只是一種遊戲和工具

今人論馮氏在文革期間的種種言行，大多不免是在道德或氣節的層面上，說他投機、無恥、苟且。但在馮友蘭自己看來，這樣的論斷或許不免「拘於行跡」。對馮友蘭來說，哲學概念上的改變與其說是思想上的衝突、鬥爭或掙扎，不如說只是一種遊戲。這一點往往為論者所忽略。他在《中國哲學史新編》第七卷，第八十一章〈總結〉之中，從中國哲學史的傳統看哲學的性質及其作用。他藉著金岳霖的看法，來說明自己的一個概念：

金岳霖在英國劍橋大學說過：「哲學是概念的遊戲。」消息傳回北京，哲學界都覺得很詫異，覺得這個提法太輕視哲學了。因為當時未見記錄，不知道他說這句話時候的背景，也不知道這句話的上下文，所以對這個提法沒有加以足夠的重視，以為或許是金岳霖隨便說的。現在我認識到，這個提法說出了哲學的一種真實性質。❻

《中國哲學史新編》第七卷是馮友蘭的絕筆之作，而〈總結〉又是全書的最後一章，大約寫在他死前兩三個月❼，是他對「哲學」真正的「最後定論」。在這一章裡，他對哲學的性質三致其意，並提出了金岳霖「哲學是概念的遊戲」這一說法，肯定這一提法說出了「哲學的真實性質」。馮友蘭研究了一輩子的哲學，結果竟只是一種概念的遊戲。他如此「輕薄」自己的生平志業，也可以解釋為這是為自己當年在思想上的改變，作一定的解嘲。「哲學」既然只是一種「概念的遊戲」，那麼，馮友蘭在「道術」上的幾度變遷，也無非只是一種遊戲罷了，後人又何需過分認真呢？

❻ 馮友蘭，《中國哲學史新編》，卷七（臺北：藍燈，一九九一），頁一九七。

❼ 參看〈馮友蘭先生年表〉，宗璞、蔡仲德，《解讀馮友蘭——親人回憶卷》（深圳：海天，一九九八），頁二一九。

這種遊戲的態度在馮友蘭一九四八年出版的英文《中國哲學小史》(*A Short History of Chinese Philosophy*) 的最後一章中，也有類似的表示。在這一章裡，他以自己為例來說明現代世界中的中國哲學 (Chinese Philosophy in the Modern World)，他為哲學家所下的定義是這樣的：

> 哲學家只不過是「某種主義的信仰者」，與其說他創造了解，不如說他創造誤解。
>
> A philosopher is a certain "ist," and nothing more, one usually creates misunderstanding instead of understanding.

當然，馮友蘭這麼說有他一定的幽默。但哲學家在他看來並不需要一種道德上的使命卻是事實。他在一九三三年《中國哲學史》下卷的序言中所引張載的「為天地立心，為生民立命，為往聖繼絕學，為萬世開太平」❽，是他著書立說的宗旨。但這種繼往開來的

---

❽ 馮友蘭，〈自序〉，《中國哲學史》，下卷，《三松堂全集》，卷二，頁三。這幾句話又見〈自序〉，《新原人》，《三松堂全集》，卷四，頁五一一。馮友蘭在《中國哲學史新編》卷七，頁二〇二—〇四中對這四句話有進一步的解釋，可參看。

胸襟也罷，使命也罷，對馮友蘭而言，與其說是道德的，不如說是學術的，或智識的。

馮友蘭在英文的《中國哲學小史》中說：「哲學，尤其是形上學，對具體事物知識的增加是無用的，但對一個人心智境界的提升卻是不可缺的。」(Philosophy, especially metaphysics, is useless for the increase of our knowledge regarding matters of fact, but is indispensable for the elevation of our mind.) 類似的話在《中國哲學史新編》第七卷的〈總結〉中又說了一次，但加了一些補充說明：

> 哲學的概念如果身體力行，是會對於人的精神境界發生提高的作用。這種提高，中國傳統哲學叫做「受用」。受用的意思是享受。哲學的概念是供人享受的。❾

哲學，對馮友蘭來說，一方面是一種概念的遊戲，一方面又帶著一定的「工具性」。哲學是一個為人享用的概念。因此他所謂的「身體力行」，絕不是一種「道德實踐」。「身體力行」只是為了「提高精神境界」所必不可少的實際操練。一種未經操練的哲學概念是無法真實「受用」的。這樣對待哲學的態度不僅是功利的，同時也帶著一定工具主義和享

❾ 馮友蘭，《中國哲學史新編》，卷七，頁一九九。

樂主義的色彩。

馮友蘭這樣對待哲學的態度，和傳統中國知識分子把孔孟的哲學和教訓當成自己的信仰和行為的規範，是截然異趣的。對馮友蘭而言，生命的意義並不在實踐某家的哲學。他所謂「哲學的概念，是供人享受的」，也就是，哲學的概念是為「我」服務的；「我」不是為哲學概念服務的。這個為我服務的概念可以是孔孟的「成仁取義」，也可以是莊子的「逍遙遊」、「應帝王」，當然也不妨是馬列主義的條條框框。

這樣的研究寫作態度，可以用馮友蘭在《新原人》自序中的一段話作為注腳：「其引古人之言，不過與我今日之見相印證，所謂六經注我，非我注六經也」❿。「我注六經」是我為六經服務，而「六經注我」，則是六經為我服務。

一九五九年，馮友蘭寫〈四十年的回顧〉長文，檢討自己過去四十年來在研究工作中所犯的錯誤，在完成《中國哲學史》之後，他理解到：「研究歷史，特別是研究古代歷史，真是好玩，就是那麼些材料，你可以隨便給它解釋，差不多是你願意怎麼說就怎麼說。」⓫這段話雖然是在共產集權下的自我批評，但與馮友蘭視哲學為一種工具的看

❿ 馮友蘭，〈自序〉，《新原人》，《三松堂全集》，卷四，頁五一一。

法，卻若合符節。哲學既可以為我所用，歷史又何嘗不可呢？在相當的程度上，馮友蘭把歷史的解釋 (interpretation) 也當成了一種「遊戲」。

馮友蘭把二戰以前中國的哲學研究，分成兩大營壘，北大著重歷史發展的研究，而清華則強調哲學問題的邏輯分析。他自己是清華學派的代表，他自稱「我在《新理學》中所用的方法完全是分析的」(The method I use in the *Hsin Li-hsueh* is wholly analytic) ⓬ 這種所謂「完全分析」的方法是把中國哲學中的一些概念諸如「理」、「氣」、「仁」、「義」等等，視為一個理解的「對象」而進行「解剖」。這個過程和化學家或生物學家在實驗室中工作的態度，並沒有基本的不同。

馮友蘭在〈四十年的回顧〉一文中，對自己在《新理學》一書中所用的方法，作了分析和批評：

> 《新理學》所說的邏輯分析法，正是脫離了歷史，脫離了實際，專用抽象力在概念和思

⓫ 馮友蘭，〈四十年的回顧〉，《三松堂全集》，卷一四，頁一八八。

⓬ Fung Yu-lan, *A Short History of Chinese Philosophy* (New York: The MacMillian Co., 1959), pp. 333–4; 336.

維中打圈子的方法。這種方法離開了歷史和實際，就只能作《新理學》所謂形式的分析。⓭

馮友蘭在《新原人》第七章〈天地〉中，指出宗教和哲學的基本不同。他說：「宗教使人信，哲學使人知。」⓮在馮友蘭的哲學體系中，他謹守著「知」和「信」的分際。從他的《貞元六書》中可以清楚的看出，他的興趣在「知」，不在「信」。一般人在研究哲學問題時，因為不能有意識的區分「知」和「信」這兩個範疇，由「知之深」，在不知不覺之間，轉成了「信之堅」。當然，也有人往往誤「信之堅」為「知之深」。

馮友蘭對孔孟哲學、宋明理學的了解，少有人能出其右。但對他來說，「了解」並不代表「信仰」。這樣的態度，就好處看，是不做禮教的奴隸；就壞處看，就不免是「信道不篤」了。但「篤信」，在馮友蘭看來，不但不是他所期望達到的境界，反而是他所極力避免的「魔障」。「篤信」，實際上，也就是「黏著」。馮友蘭在《新原人》中，把人生分

⓭ 馮友蘭，〈四十年的回顧〉，《三松堂全集》，卷一四，頁二一二。

⓮ 《三松堂全集》，卷四，頁六二七。

為「自然」、「功利」、「道德」和「天地」四個境界。「道德境界」並非最高境界，最高境界是「天地境界」。馮友蘭把天地境界英譯為 the transcent sphere⑮，亦即「超越的境界」，一旦篤信，即無法超越。一個在天地境界中的人，一個講「最哲學的哲學」的人「對實際是無所肯定」的⑯，因此，也就唯恐信道過篤了。

張君勱在〈一封不寄信〉中，指責馮友蘭：

> 足下將中國哲學作為一種智識，一種技藝，而以之為資生之具，如牙醫之治牙，電機工程師之裝電燈電線，決不以之為身體力行安心立命之準則，此其所以搜集材料，脈絡貫通，足見用力之勤，然與足下之身心渺不相涉。

在我們看來，張君勱的批評是切中馮友蘭要害的。但從馮友蘭的觀點言之，或不免是一個在「道德境界」中的人用世俗道德的標準來批評一個在「天地境界」中，已對實際一無肯定的一個人。馮友蘭對儒學、理學的研究，都是進行一種「知識化」的研究，缺乏

---

⑮ Fung Yu-lan, *A Short History of Chinese Philosophy*, p. 339.

⑯ 參看馮友蘭，〈緒論〉，《新理學》，《三松堂全集》，卷四，頁一一。《中國哲學史新編》，卷七，頁一九六。

一種真信仰，因此也就缺少一種精神和人格的力量。

一九九七年，馮友蘭的女婿蔡仲德在臺灣《清華學報》發表〈論馮友蘭的思想歷程〉，將馮氏一生思想分為三個階段：一九一八年到一九四八年是第一時期，在此期間，馮氏建立自己的思想體系；一九四九年到一九七六年是第二時期，這一時期馮氏被迫放棄自己的體系；一九七七年到一九九〇年是第三時期，馮氏回歸自己的體系⓱。

蔡仲德的分期是符合馮友蘭思想發展的。在這三個時期之中，一九四九和一九七七是關鍵的兩年，一九四九是馮友蘭一生由順轉逆的開始，而一九七七則由逆轉順。若說馮友蘭的思想隨著客觀環境的順逆或政治局勢的興亡而有所改變，應該是一句公允的論斷。一九七二年，馮友蘭在〈贈王浩詩〉中有「若驚道術多變遷，且向興亡事裡尋」的句子。這也無非是說：只要了然興亡之後，道術之變遷，又有什麼可驚怪的呢？

這個變遷固然有其不得已，但「與時抑揚」，這個概念卻並不與馮友蘭哲學的基本信念有太大的衝突。換句話說，若把馮友蘭一九四九年以後，思想上的變遷，完全說成是

⓱ 蔡仲德，〈論馮友蘭的思想歷程〉，收入蔡仲德編，《馮友蘭研究》（北京：國際文化，一九九七），頁五二二一—六二一。

共產黨迫害的結果，這不但與事實不符，而且還不免把馮友蘭的哲學看「僵」了，也看「小」了。

馮友蘭在《新世訓．道中庸》一篇中說道：

> 「言必信，行必果」，是俠義的信條。「言不必信，行不必果，為義所在」，是聖賢的信條。此所謂義，即「義者，宜也」之義。所謂宜者即合適於某事及某情形之謂。作事須作到恰好處。但所謂恰好者，可隨事隨情形而不同。⑱

這是馮友蘭文革期間「權宜」和「便宜行事」的主導思想。

借用蔡仲德的話來說，馮友蘭的第一個時期是「建立自我」，第二個時期是「失落自我」，而第三個時期是「回歸自我」。我認為這三個時期的馮友蘭既不宜以真假分，也不宜以高下或優劣分。馮友蘭不但是多變的，也是多面的，他唯一不變的是「義者，宜也」的這個「聖賢信條」。在馮氏看來，為自己信念而殉道的烈士，不免都是「尾生之信」，犯了過分拘泥的毛病，是不足為訓的⑲。馮氏在文革期間的種種醜態醜行，從《新世訓》

⑱ 馮友蘭，〈道中庸〉，《新世訓》，《三松堂全集》，卷四，頁四三二。

的這個角度言之，毋寧是「宜」的。

同情馮氏的論者或不免將第二時期之馮友蘭說成不得已或被迫，因此，此一時期之馮友蘭，在一定的程度上，是「假」的馮友蘭。其實，一九四九—一九七六是馮友蘭求生哲學與「應帝王」哲學應用得最徹底的一段時期，他把哲學和歷史真正當做遊戲和工具。從這一角度而言，這一時期之馮友蘭，反成了最「真」的馮友蘭。

三、相互的戲弄和侮辱

馮友蘭的多變，從一方面來說，固然是受到了共產黨的擺布和戲弄；但從另一方面來說，又何嘗不是馮友蘭在戲弄和擺布共產黨呢？我看馮友蘭一些檢討、認錯和懺悔的文字，往往是隨著政治風向，在一夜之間「脫胎換骨」⑳，覺今是而昨非。每次都寫得如此誠懇，如此深情。初看或不免覺得有種可慘的無恥，但多看幾回，就不難看出它的

⑲ 參看〈道中庸〉，《新世訓》，《三松堂全集》，卷四，頁四三一—四〇。

⑳ 馮友蘭一九六二年寫《中國哲學史新編・題詞》，其中有「此關換骨脫胎事，莫當尋常著述看」句。《三松堂全集》，卷七，頁一。

可笑。人的思想哪有可能是如此輕易就「脫胎換骨」的？

馮友蘭在一九五〇年十月五日致函毛澤東時表明：「決心改造自己思想，學習馬克思主義，準備於五年之內用馬克思主義的立場、觀點、方法重新寫一部中國哲學史。」這是馮友蘭在一九四九年之後，把寫中國哲學史作為一種「遊戲」和「工具」的第一次嘗試。

毛顯然洞悉馮的用心，在回函中要他「不必急於求效，可以慢慢地改，總以採取老實態度為宜」。換句話說，毛對馮的急於皈依馬列是有些懷疑的，這是毛的高明處。「總以採取老實態度為宜」，對馮友蘭來說，則是一句切中要害的告誡㉑。

馮友蘭並沒有接受毛澤東的勸告，採取老實態度，相反的他「譁眾取寵」，急於求功。在一九六二年九月，由人民出版社出版了《中國哲學史新編》（試行本）第一冊。一九八〇年，他在回憶這段往事時，有下面的一段檢討：

> 解放以後，提倡向蘇聯學習。我也向蘇聯的學術權威學習。看他們是怎樣研究西方哲學

㉑ 參看馮友蘭，《三松堂自序》，《三松堂全集》，卷一（河南：人民，一九八五），頁一四七。

史的。學到的方法是，尋找一些馬克思主義的詞句，作為條條框框，生搬硬套。就這樣對對付付，總算是寫了一部分《中國哲學史新編》……到了七十年代初期，我又開始工作。這個時候，不學習蘇聯了。對於中國哲學史的有些問題，特別是人物評價問題，我就按照評法批儒的種種說法。我的工作又走入歧途。㉒

從這段相當「老實」的自述中，我們可以看出，馮友蘭在思想上的改變，實無任何衝突、矛盾、掙扎之可言。它的改變輕易和隨便到了談不到任何意義，因此，也就談不到什麼改變了。馮友蘭一九八〇年這樣的懺悔，曲折的為自己當年的多變和善變做了一些辯護。他一再要說明的無非是，那些文字全是應景敷衍之作，並不曾花過多少心思，當然，也就不代表他的思想了。後世讀者又何須大驚小怪呢？

一九五九年，馮友蘭在〈四十年的回顧〉中講到人民公社，有如下一段話：

我們說人民公社好。杜勒斯說：人民公社是有史以來最壞的東西。現在也可以得到這樣的結論：凡是社會主義國家以為是的，帝國主義國家必以為非。我們所做的事情，如果

㉒ 馮友蘭，〈中國哲學史新編自序〉，《三松堂全集》，卷八，頁一。

受到帝國主義的誣蔑和誹謗，那就證明我們做的對了。㉓

我之所以引這段話，不僅是因為內容荒唐，而且邏輯錯亂。一個精於邏輯分析的馮友蘭，竟說出如此不通的話來，他豈能不知。這種超出常情的錯亂，不妨解釋為馮友蘭對共產黨的一種戲弄。

馮友蘭在許多自我批評的文章中，引馬、列、毛的著作來作踐自己當年的思想，這種自我醜化的過程，最可以看出共產黨在五十年代進行思想改造的殘酷手段，那就是中國知識分子必須為加害於我的人高歌歡呼！這種對人性尊嚴的踐踏，其慘毒之程度，遠非秦始皇、漢高祖所能比擬。馮友蘭寫那樣不堪的懺悔和檢討的文字，一方面固然是侮辱自己，但另一方面又何嘗不是侮辱共產黨呢？以馮氏思想之縝密，對這一點，他不至全未想到。

四、最後的一擊

㉓ 馮友蘭，〈四十年的回顧〉，《三松堂全集》，卷一四，頁二四三。

批評馮友蘭的人大多只看到他多變、善變、逢迎、諂媚的一面；而忽略他也有「見侮不辱」的堅毅和超越。「見侮不辱」是一種「不動心」，也是一種「忘情」，將之理解為「無恥」固可，將之視為「堅毅」，亦未嘗不可。我們在論人時，往往過分強調「殺身成仁，舍生取義」的壯烈，而忽略了在亂世中苟全性命所需要的忍耐、堅持與智慧。誠如馮友蘭的女兒宗璞在〈向歷史訴說〉一文中所說：「他在無比強大的政治壓力下不自殺，不發瘋，也不沉默。」[24]在這「三不」之中，體現了馮友蘭頑強的生命力與創作力。

馮友蘭生命中的最後十年（一九八〇—一九九〇），是精彩重要而又多產的一段歲月，也是他結束三十年「檢討」之後，開始寫「檢討的檢討」，他在九十歲的高齡出版《三松堂自序》，這是他的回憶錄。對自己一九四九年之後的升沉坎坷，有比較誠懇的反思和剖析，讀來親切有味[25]。

馮友蘭就死之前的力作則是《中國哲學史新編》第七卷，「修史」是中國歷朝知識分

---

24 宗璞，〈向歷史訴說〉，宗璞、蔡仲德，《解讀馮友蘭——親人回憶卷》（深圳：海天，一九九八），頁五九—六〇。

25 《三松堂自序》，一九八四年十二月，由三聯書店出版。

子對當道迫害的最後反擊，也是一種永恆的抗議。公道即使在今生討不回，可以俟諸來世，俟諸千萬世！

在〈自序〉中，馮友蘭預計到，《新編》第七卷在中國大陸，一時之間，或許沒有出版的可能。他說：「如果有人不以為然，因之不能出版，吾其為王船山矣。」㉖果然，如馮氏所料，《新編》的第七卷在大陸出版遭到了困難，書成九年之後（一九九九），更名為《中國現代哲學史》，才由廣東人民出版社出版。當然，這比起王船山來，已經是很幸運的了。

馮友蘭究竟發了什麼議論，讓他有「吾其為王船山矣」的悲懷呢？細讀全書，我們可以從孫中山、陳獨秀和毛澤東三章之中，看出端倪。

馮友蘭稱孫中山為「舊民主主義革命的最大理論家和最高領導人」，可見他是充分肯定孫中山的思想和貢獻的。馮友蘭巧妙的藉著孫中山之口，說明何以「階級鬥爭」和「無產階級專政」並不適用於中國。他引用孫中山在《三民主義》一篇講稿中的話說：

㉖ 馮友蘭，〈自序〉，《中國哲學史新編》，卷七（臺北：藍燈，一九九一），頁一。

階級鬥爭不是社會進化的原因，階級鬥爭是社會當進化的時候，所發生的一種病癥……馬克思研究社會問題所有的心得，只見到社會進化的毛病，沒有見到社會進化的原理。[27]

在這一章裡，馮友蘭是「項莊舞劍」，用孫中山的文字來批評馬克思階級鬥爭的理論，而劍鋒所指最終的對象則是毛澤東。

馮友蘭這種借刀殺人的手法，在陳獨秀一節中，有更為露骨的表現。他引了陳獨秀在〈資產階級的革命與革命的資產階級〉一文中的一段話，來說明「偉大人物」的空幻和有限：

沒有階級意義和社會基礎的革命，在革命運動中雖有一、二偉大人物主持，其結果只能造成這一、二偉大人物的奇蹟，必不能使社會組織變更。[28]

---

[27] 同上，頁三五。

[28] 同上，頁八六。

馮友蘭引這段話，是用中國共產黨奠基人陳獨秀之筆，指出一九四九年革命，就深層來看，並沒有改變多少舊中國的社會組織，而只是造成了毛澤東的個人奇蹟。

在這一節的結論中，馮友蘭更清楚的指出：從半封建半殖民地的社會是不可能直接進入社會主義的，而「一些教條主義者，患左傾幼稚病者，被勝利沖昏頭腦者」卻以為不但可以直接進入社會主義，甚至可以立即實現共產主義了，這種思想發展的結果使中國「陷入了十年動亂的浩劫」[29]。在這段結論中明眼人是不難看出：毛澤東正是馮友蘭筆下的「偉大人物」，「教條主義者，患左傾幼稚病者，被勝利沖昏頭腦者」，也是造成文化大革命十年浩劫的罪魁禍首。這樣的論斷是符合歷史實際的，也是當今中國知識分子想說而不敢說、不能說的。

馮友蘭圖窮匕現的最後一擊則表現在第七十七章〈毛澤東和中國現代革命〉中。在篇首他指出：

> 毛是中國歷史上一個最有權威的人。在幾十年中，他兼有了中國傳統文化中所謂「君、

[29] 同上，頁九〇—九一。

師」的地位和職能。因此，他在現代革命中，立下了別人所不能立的功績，也犯下了別人所不能犯的錯誤。[30]

馮友蘭將毛澤東的思想分為三個階段：新民主主義階段，社會主義階段，極左思想階段。而這三個階段發展的內容則是由「科學的」，轉入「空想的」，而歸結於「荒謬的」[31]。毛澤東在第二個階段所犯最大的錯誤，照馮友蘭的說法，是由「對症下藥」，漸漸轉變成了「對藥害病」[32]。

第三個階段的主要錯誤則是在發動大躍進、人民公社和文化大革命。從一九四九到一九七九這三十年之間，馮友蘭一針見血的指出：中國既「沒有出現由生產工具的革命引起的生產力的突飛猛進發展，也沒有出現由生產力的發展造成的生產關係的改變」[33]，在這樣的情況下，又如何有可能一躍而進入社會主義呢？這種空幻的妄想和唯物史觀是

[30] 同上，頁一一五。
[31] 同上，頁一三九。
[32] 同上，頁一二二—一三三。
[33] 同上，頁一四一。

互相矛盾的。

社會的發展只能以實際來決定理論，而不能強實際以符合理論。中國，可憐的中國！在一個偉大人物的空想和荒謬中，已經為馬克思的理論做了最悲慘的犧牲和最慘烈的試驗。而在這人類史上空前的大實驗中，億萬中國老百姓的生離死別、家破人亡，可曾在「風流人物」的心中蕩起過半絲波瀾？

毛澤東這一章是馮友蘭《中國哲學史新編》第七卷中，最精彩的一章。「吾其為王船山矣」只不過是為這一章所布下的伏筆。這一章可以一洗馮友蘭在「批林批孔」時期的醜態和媚骨，也可以看出他就死之前，發憤著書的「志」與「感」。行將就木，其言也善，其情也哀[34]。

看了馮友蘭《中國哲學史新編》第七十七章，再回看他一九六二年在初寫《新編》時對毛澤東的吹捧，馮友蘭在就死之前，經歷了又一次的「脫胎換骨」[35]。

---

[34] 以上這一小節引用了我在〈馮友蘭的最後一擊〉中的部分文字，收入周質平，《儒林新誌》（臺北：三民，一九九六），頁一九七—二〇三。

[35] 在《中國哲學史新編》的〈自序〉中，馮友蘭說了這樣的一段話：「現在，社會就是一個大學校，黨和

五、結論

論晚近中國學人，「骨氣」往往成了一個測試要項。這一現象在海外華人評論國內人物時尤其顯得突出，骨氣有時竟成了唯一標準。

梁漱溟與馮友蘭是代表這一現象的兩個顯例。梁漱溟以「硬骨」名，而馮友蘭則以「軟骨」名。梁漱溟最為人所稱道的既不是他的《東西文化及其哲學》，也不是他的鄉村建設，而是他和毛澤東的一次衝突。一九五三年九月十六日到十八日，在北京中央人民政府委員會第二十七次會議期間，梁有過一次工人生活在「九天之上」，而農民生活則在「九地之下」的發言，受到毛澤東破口大罵式的嚴厲批判，說他「反動透頂」[36]。

毛主席是偉大的導師，馬克思列寧主義經典和毛主席的著作是高深的課程。在這種教育下，我的《新編》也得到了正確的方向。我的主觀企圖是，寫一部以馬克思列寧主義、毛澤東思想為指南的中國哲學史。實際上這只是一個方向，一個奮鬥的目標。馬克思列寧主義，毛澤東思想越研究越見其高深，真是仰之彌高，鑽之彌堅。」《三松堂全集》，卷七，頁二。在《新編》的〈題詞〉中，馮友蘭有「此關換骨脫胎事，莫當尋常著述看」的句子。

自從這一罵之後，梁漱溟硬骨之名，迅速傳遍海內外。美國學者艾愷，在他的英文專著《最後的儒家》，梁漱溟傳中，就是以梁與毛的這次衝突，作為全傳戲劇性的開始㊲。一九九〇年，由陸鏗、梁欽東主編的《梁漱溟先生紀念文集》更以《中國的脊梁》作為文集的書名。周策縱在序中指出：「歷史上有些人往往因為一件意想不到的事，變得千古知名，甚至掩沒了他們一生別的重要言行。」㊳說的就是梁漱溟與毛的這次衝突。

在中國哲學史的研究上，馮友蘭是個集大成的學者。一九三四年，他的《中國哲學史》由商務印書館出版之後，立刻取代了胡適的《中國哲學史大綱》卷上，一九五三年，賓州大學 (University of Pennsylvania) 的卜德 (Derk Bodde) 教授將馮著翻譯成英文，由普

㊱ 在毛澤東的講話中有如下一段話痛罵梁漱溟：「一生一世對人民有什麼功？一絲也沒有，一毫也沒有。而你卻把自己描寫成了不起的天下第一美人，比西施還美，比王昭君還美，還比得上楊貴妃。」參看毛澤東，〈批判梁漱溟的反動思想〉，《毛澤東選集》，卷五（北京：人民，一九七七），頁一〇七－一一五。

㊲ 參看 Guy Alitto, *The Last Confucian: Liang Shu-ming and the Chinese Dilemma of Modernity*. California, 1979. 本書有中譯，王宗昱、冀建中譯，《最後的儒家》（江蘇：人民，一九九二），頁一－三。

㊳ 周策縱，〈梁漱溟可以當雷丸吃〉，陸鏗編，《梁欽東主編中國的脊梁》（香港：百姓，一九九〇），頁一。

林斯頓大學出版社 (Princeton University Press) 出版。從此，馮著幾乎已成了海內外中國哲學史的定本，建立了馮氏在這一界中不可動搖的地位。

一九四九年之後，由於馮友蘭在政治上的妥協、靠攏和跟進，馮氏成了一個海內外交責的人物。論者所樂道的，不是他在學術上的建樹，而是那幾首諂媚毛澤東的詩和不少自辱式的自我檢討[39]。

從梁漱溟和馮友蘭這兩個例子來看，在中國，一個人的骨氣往往比他的學術更能決定他的身後名。這樣的傳統毋寧只是專制獨裁政權底下必然的結果，只要專制獨裁的政體不變，學術就永遠得不到真正的獨立。今天我們論馮友蘭，與其把他的多變和善變歸咎到他的骨氣上，不如說那是一個不允許任何人有獨立人格的時代。我們希望這樣的制度和時代能盡快的過去，學術的獨立和知識分子的氣節不需要以身相殉，才能獲致；而是法律保護之下，每個人起碼的人權。

39 參看馮友蘭，《三松堂全集》，卷一四。

超越不了傳統的現代

——從家書看父子情

一、傳統尺牘中的家書

尺牘在中國歷代文集中，是極重要的一部分。一般說來，尺牘不同於文告宣言式的官樣文章，比較能體現作者性情。如宋代蘇東坡、黃庭堅的尺牘，如晚明李贄（卓吾）、袁宏道（中郎）三兄弟的尺牘，如清代袁枚《小倉山房尺牘》，大致都體現了這個特點。尺牘之中，又有家書一體，一般又分為「稟父母」、「諭子」、「示弟」幾類。近代家書中，較為人所熟知的，當推《鄭板橋家書》和《曾國藩家書》。鄭板橋家書雖不多，但流通甚廣。至於曾國藩家書，其中有幾通寫給兒子紀澤和〈致澄弟沅弟季弟〉的信，幾乎與《朱柏廬治家格言》有同等的地位，有幾篇甚至選入中小學課本，作為修身、治學的格言來讀。

鄭板橋的〈與舍弟書十六通〉和曾國藩的家書，在行文上雖不失親切，但態度上卻不免道貌。尤其是曾國藩的〈諭紀澤〉，總是讓我想起「庭訓」。無論講的是修身也好，治學也好，理家也好，總不外「告誡」、「訓斥」的口吻。換言之，是清楚的居高臨下，而在內容上則充滿了道德的教訓。和司馬光的名文〈訓儉示康〉（《全宋文》卷一二二三），雖然在時間上相隔八百年，而精神上是完全一致的。

我且舉咸豐六年（一八五六）十月初二〈諭紀澤〉信中的一段來說明「道貌」和「教訓」這兩點：

> 爾幸托祖父餘蔭，衣食豐適，寬然無慮，遂爾酣豢佚樂，不復以讀書立身為事。古人云勞則善心生，佚則淫心生，孟子云生於憂患，死於安樂，吾慮爾之遇於佚也。

咸豐九年（一八五九）十月十四日，曾國藩又有一信〈諭紀澤〉，告誡其早起、有恆及重厚三事：

> 爾既冠授室，當以早起為第一先務，自力行之，亦率新婦力行之……爾欲稍有成就，須

從有恆二字下手。……爾之容止甚輕，是一大弊病，以後宜時時留心。無論行坐，均須重厚。早起也，有恆也，重也，三者皆爾最要之務。早起是先人之家法，無恆是吾身之大恥，不重是爾身之短處，故特諄諄戒之。

類似這樣口吻的家書，我相信中年以上的人大多接讀過。而這樣的口吻，這樣的內容，也成了世世代代中國人父母與子女之間實質關係的重要部分。正因為如此，尺牘能反映作者性情這一特點，在家書之中反而比較貧乏；倒是寫給朋友的信，往往充分表露作者的悲喜好惡。這種貧乏，又豈止是文字上的貧乏而已，這種貧乏也是中國傳統父母與子女之間感情的一種貧乏。

傳統「示子」的家書，歸納起來，不外「規勸」、「鍼過」、「勵志」這幾類。這樣的家書，或許真能讓人起念「改過」、「向上」、「勤學」。但要在感情上起深沉的感動是比較不容易的。換言之，傳統的家書說理有餘，而抒情不足。

這種理多於情的「示子」家書，民國以後，並不因時代的改變而稍有不同，也不因白話文的流行，而在語氣上有所緩和。恰恰相反的是，白話文使訓斥的口氣變得更直接、更露骨了。

二、胡適如何「示子」

胡適在五四前後的新派人物中，向以溫和包容見知於世，但在一九三〇年六月二十九日寫給長子祖望的信中，我們卻看到了少有的嚴厲：

祖望：

今天接到學校報告你的成績，說你「成績欠佳」，要你在暑期學校補課。

你的成績有八個「4」，這是最壞的成績。你不覺得可恥嗎？你自己看看這表。

你在學校裡幹的什麼事？你這樣的功課還不要補課嗎？

我那一天趕到學堂裡來警告你，叫你用功做功課。你記得嗎？

你這樣不用功，這樣不肯聽話，不必去外國丟我的臉了。

今天請你拿這信和報告單去給倪先生看，叫他准你退出旅行團，退回已繳各費，即日搬回家來，七月二日再去進暑期學校補課。

這不是我改變宗旨，只是你自己不爭氣，怪不得我們。

爸爸

十九・六・廿九

這真是一封聲色俱厲的信。

胡祖望生在一九一九年三月十六日，寫這封信的時候，剛過十一歲生日不久！跟一個十一歲的孩子講「可恥」、「丟我的臉」、「不爭氣」，真不知祖望能懂得多少。一個最能演說，最能運用「大眾語」使「婦孺能解」的白話文大師，在和自己兒子說話的時候，怎麼就忘了祖望只不過是一個十一歲的孩子啊！

這封信收在一九九四年由北京中國社會科學院近代史研究所耿雲志先生主編，安徽黃山書社影印出版的《胡適遺稿及密藏書信》中。在現有的材料中，胡適「示子」的家書，僅得給胡祖望信兩通，胡思杜信四通。

在另一通給祖望的信中，胡適訓勉兒子要「操練獨立的生活」、「操練合群的生活」，要「感覺用功的必要」。在第一條之下，他指出：

> 最要緊的是做事要自己負責任。你功課做得好，是你自己的光榮；你做錯了事，學堂記你的過，懲罰你，是你自己的羞恥。做得好，是你自己負責任；做得不好，也是你自己負責任。……

這樣的口氣與其說是一封寫給孩子個人的信，不如說更像校長週會時對全體學生的演說。

在說到「用功」這一點時，胡適有如下一段話：

> 你不是笨人，功課應該做得好，但你要知道，世上比你聰明的人多得很，你若不用功，成績一定落後。功課及格，那算什麼？在一班要趕在一班的最高一排，在一校要趕在一校的最高一排。功課要考最優等，品行要列最優等，做人要做最上等的人，這才是有志氣的孩子。

這封信寫在一九二九年八月二十六日，祖望十歲。做名父之後，真不容易！

當然，這段話是用淺近的白話寫的。但是這樣的「示子」，無論就內容而言，就語氣而言，與曾國藩的「示紀澤」相去並不太遠。一個新文化運動的領袖，一個主張「全盤西化」的自由主義者，一個受過完整美國高等教育的現代中國知識分子，在父子的關係上，卻是徹徹底底的中國本位主義者，不但是「中學為體」，而且「中學為用」。

一九三九年九月二十一日，胡適任職駐美大使，寫了一封信給江冬秀，在信裡提到他們兩人與孩子的關係：

> 冬秀，你對兒子總是責怪，這是錯的。我現在老了，稍稍明白了，所以勸你以後不要總是罵他。你想想看，誰愛讀這種責怪的信？……
>
> 你和我兩個人都對不住兩個兒子。現在回想，真想補報，只怕來不及了。以後我和你都得改變態度，都應該把兒子看作朋友。他們都大了，不是罵得好的了。你想想看，我這話對不對？……
>
> ……我真有點不配做老子。平時不同他們親熱，只曉得責怪他們功課不好，習氣不好。

我初讀這封信曾大受感動。試問有幾個父母能有如此悔悟？能有幾個父母曾把孩子當朋友看待？可悲可慘的是等我們悟到錯待孩子的時候，孩子往往已經不再是孩子了。許多事一生都只有一次機會，一旦失去，是不能重來一回的。

胡適在一九二〇年八月，生女兒素斐，一九二五年五月素斐病逝，死時還不到五歲。一九二七年二月五日胡適在紐約作悼亡女〈素斐〉的詩，收入《嘗試後集》，在作詩的當天有信給江冬秀：

我想我很對不住她（作者案，素斐）。如果我早點請好的醫生給她醫治，也許不會死。我把她糟掉了，真有點罪過。我太不疼孩子了，太不留心他們的事，所以有這樣的事。今天我哭她，也只是怪我自己對她不住。

「太不疼孩子，太不留心他們的事」，我想是許多「成大事，立大功」的父親所共有的懺悔。胡適至少還是個能經常反省的父親，有多少從不過問孩子生活的父親，就連這點慚愧也不曾有過。

中國的倫理規範一方面極重視家庭；但另一方面，卻又強調一個男人不能為家室所羈絆，所謂「男兒志在四方」，所謂「兒女情長，英雄氣短」，這些大家耳熟能詳的老話，在一定程度上，都是為一個有家而不回家的男人提供了最有力的理論依據。「家」只是一個「老弱婦孺」的收容所，這反映的當然不只是一個倫理問題，也是一個經濟問題。但中國傳統的倫理觀念縱容甚至鼓勵父親不為孩子所累，也是不爭的事實。而五四時期，許多新派的知識分子，在這一點上，卻又是相當傳統的。

三、紙上談兵的好父親

五四這一代的新派人物，講到父母子女關係，都擅於發大議論，講大道理，什麼「易卜生主義」、「個人主義」、「婦女解放」、「婚姻自由」、「人格獨立」等等，都有宏論，但真正身體力行，做個好父親的卻無幾人。

魯迅在一九一九年寫有〈我們現在怎樣做父親〉，題目看來親切有味，但一讀之下，竟是極抽象的「三段論法」：「一、要保存生命；二、要延續這生命；三、要發展這生命。」其中的名句則是：「自己背著因襲的重擔，肩住了黑暗的閘門，放他們到寬闊光明的地方去；此後幸福的度日，合理的做人。」

其實，有哪個做父親的是先在腦子裡有了這般生物科學進化論，有了這般「肩住黑暗閘門」的犧牲精神，才做成了一個好父親的？做一個好父親並不必是一個生物科學家，更不必是一個殉道的革命家。一個好父親起碼的條件只是要能和孩子共同生活在一起，並在共同的生活中體會其中的樂趣。

儘管文章寫得天花亂墜，要是一年之中竟不能和孩子吃兩頓飯的人，無論是科學家也好，是革命家也好，都算不得是個好父親。五四前後做好父親的大多只是紙上談兵的理論家，很少實行家。

那一時代的父母，只要經濟上許可，孩子大多長於保姆、奶媽之手。真正吃母奶，由父母換尿布長大的孩子，那是「無產階級」工、農、兵出身，是讓大家同情而不是羨慕的對象。父母親手撫養長大，幾乎是一件不體面的事。這是何等畸形的價值標準！在這樣的價值標準之下，求現代的好父親，也就難乎其難了。

四、梁啟超——從嚴父到朋友

在近代中國人物中，能夠文章、事功、家庭兼顧的實在不多，梁啟超是少數中的翹楚。梁氏的家書打破了中國家書「庭訓」的傳統，在「規勸」、「鍼過」、「勵志」之外，別立了「談心」、「抒懷」和「思念」的新典型。這些家書不但可以當書信讀，也可以當梁氏的日記讀、梁氏的自傳讀，而更重要的是可以做「模範父親指南」讀。

梁啟超給孩子們的信，大部分收在由丁文江、趙豐田所編的《梁啟超年譜長編初稿》之中，此書一九五八年臺北世界書局初版；一九八三年，上海人民出版社另出修訂本，並刪去「初稿」二字。一九九四年，北京中華書局影印出版《梁啟超未刊書信手跡》，共兩大冊，九四八頁，對《年譜長編》作了大量增補。

梁啟超的婚姻是舊式的一妻一妾，但他與孩子的關係，卻絕不是「庭訓」式的「父子責善」。在他的家書裡，我們看不到疾言厲色的訓斥，也看不到居高臨下的道貌；我們看到的是一個慈愛、熱情而又體貼的父親，在窗前燈下，與他的孩子們娓娓話家常，談自己的悲喜和對子女的相思。梁氏在家書中也談國家大事和孩子們的學業，但即使這種比較嚴肅的題目，筆調還是親切的。若借用林語堂的說法，則梁啟超的家書是帶著小品文的筆調，而沒有官樣文章的「方巾氣」。

在稱呼上，梁啟超的家書打破了「字諭某」，或僅呼其名的方式，而代之以「我的寶貝思順（梁氏長女）」，「小寶貝莊莊（梁氏二女）」，有時則逕稱「大大小小的一群孩子們」。

一般說來，中國父母比較不擅於表達對子女的關愛思念之情，或者說，表達的方式比較含蓄。梁啟超則不然，他對子女的愛是形諸筆墨的。用「筆鋒常帶感情」來描述他的家書，真是再恰當不過了。

在一九二七年六月十五日〈給孩子們書〉中，梁氏說：「你們須知你爹爹是最富於情感的人，對於你們的愛情，十二分熱烈。」這種「十二分熱烈」的「愛情」，在梁氏家書中是隨處可見的，尤其以寫給長女思順的信為最。

一九一二年二月二十日有〈與嫻兒（即思順）書〉，說到：「國事不可收拾，種種可憤可恨之事，日接於耳目……，因思若吾愛女在側，當能令我忘他事，故念汝不能去懷（昨夕酒後作一短簡，今晨視之乃連呼汝名耳）。」次年四月十八日，又有函致思順說：「吾每不適，則呼汝名，聊以自慰。」一九一五年八月二十二日函中則云：「回廊獨坐，明月親人，茲景絕佳，恨汝不來共此。」一九二三年十一月，梁啟超一日酒醉，「我那晚拿一張紙寫滿了『我想我的思順』，『思順回來看我』等話」。類似的例子在梁啟超給思順的家書中所在多有。

除了毫不保留地寫他對子女的相思以外，梁啟超也偶有詩詞寫給兒女。歷代文人以詩詞贈友唱和的極多，而給兒女妻子的反而極少。

梁啟超的家書絕非一般所謂的「平安信」可比。梁氏的家書有實質情感和知識的交流，少了一些傳統家書的框架，卻加進了真實的內容。

梁啟超說他自己有時「帶孩子氣」，「有童心」，這也可以從他家書中看出。一九二六年一月二十六日，他在協和醫院病床上，寫了一封信給「大孩子、小孩子們」：

> 賀壽的電報接到了，你們猜我在哪裡接到？乃在協和醫院三〇四號房。你們猜我現在幹什麼？剛被醫生灌了一杯萆麻油，禁止吃晚飯。活到五十四歲，兒孫滿前，過生日要捱餓，你們說可笑不可笑？（Baby：你看！公公不信話，不乖乖過生日還要吃瀉油，不許吃東西哩）。
>
> 我這封信寫得最有趣，是坐在病床上用醫院吃飯用的盤當桌子寫的……
>
> 我寫這封信，是要你們知道我的快活頑皮樣子。

這樣帶有幽默而又親切的「父示」，在中國家書中是不可多得的。梁啟超晚年給孩子們的信，有極生動活潑的白話，這種「明白如話」的文字是「至親無文」最好的說明。如一九二三年十二月二日〈與思順書〉中，有這樣的話：「我的寶貝思順……我很後悔，不該和你說那一大套話，只怕把我的小寶貝急壞了，不知哭了幾場？」又在同月八日的信中，以「怎麼啦！嚇著沒有？」起頭，同月十八日信中又有「我又想起你來了，說不寫信又寫了」。

這樣的文字，使書信成為「對話」，而不是「獨白」。梁啟超也常和思順談家居瑣事，從一些細小的敘述中，不但可以看到梁氏一部分的家居生活，也可以看出他和孩子們相處，是如何的樂在其中：

老白鼻（按：即 Old baby，指梁氏幼子思禮）一天一天越得人愛，非常聰明，又非常聽話，每天總逗我笑幾場。他讀了十幾首唐詩，天天教他的老郭（梁家工人）念，剛才他來告訴我說：「老郭真笨，我教他念：『少小離家』，他不會念，念成『鄉音無改把貓摔』。」（他一面說一面抱著小貓就把那貓摔下地，惹得哄堂大笑。）

梁啟超晚年患「血尿」，病逝於一九二九年一月十九日，死前三個月（一九二八年十月十二日），有信給思順，其中有一段說到他渴望和兒孫們團聚：

我平常想你還自可，每到病發時便特別想得厲害，覺得像是若順兒在旁邊，我向他撒一

> 撒嬌，苦痛便減少許多。……現在好了，我的順兒最少總有三五年依著我膝下，還帶著一群可愛的孩子——小小白鼻接上老白鼻——常常跟我玩。我想起八個月以後的新生活，已經眉飛色舞了。

父親向女兒撒嬌，這是何等和樂的父女親情。

雖然梁啟超等不及過他兒孫團聚的「新生活」，但他在給孩子們的信中所作的忠實記錄，不但豐富了中國家書的內容，也為近代中國知識分子的家庭生活提供了一個真實而又令人羨慕的典型。梁氏充滿摯情的家書一改中國傳統「嚴父」的形象，而代之以一個可親可愛，可以中夜對談的朋友。

從「嚴父」到朋友，是中國父子關係的一大革命。

五、結語：從「齊家」到「反家」

一個「現任」或者「候補」的父親，如果想從前人的經驗中汲取一些「為父之道」，與其看魯迅的〈我們現在怎樣做父親〉，胡適的〈我的兒子〉，遠不如讀讀梁啟超給孩子們的信。在五四那一代，我們所不缺的是板著臉孔說大道理的學者專家，真正要找幾個關懷並摯愛孩子的父親，卻是少之又少。

從傳統的「示子」家書中看父子關係，我們看到的是一種平面的制式關係，表面上看來框架俱全，但細審內容則空洞無物。父子之間缺乏共同的生活，自然也就沒有共同的話語了。所謂「言者諄諄，聽者藐藐」最能道盡父子之間的關係，「示子」的家書，與其說是對話，不如說是獨白。

在這樣的父子關係中成長的孩子，固然值得同情；而「為父」的又何嘗不值得同情呢？近代中國有的是偉大的思想家、文學家，但有幾個有溫暖和樂的家庭生活？父母與孩子之間的相處，應是人生最基本也是最真實的一種快樂，然而，在當代人物中可有幾人嘗過這種快樂？

在父母包辦婚姻的傳統下，五四前後的知識分子在愛情上大多是殘缺的。心靈上的空虛寂寞往往只能從情婦和妓女的身上得到些許的滿足，再加上制式的父子關係，使愛情和親情呈現出雙重的貧乏和失調。正因為如此，「家」不但不是一個快樂溫暖的所在，反而成了痛苦和罪惡的淵藪。

由於家庭的社會功能的改變，許多五四前後知識分子有意無意地提倡一種不同於傳統「修、齊、治、平」的個人與社會的關係。這種新的關係是強調「修身」——努力把自己造成一塊有用的材料，而完全抹煞「齊家」，這一自《大學》以來，即為儒家視為「治國」、「平天下」前的必要過程。換言之，即由個人直接進入社會，而不經過家庭這一環節。「齊家」不但不是「治國平天下」的必要條件，家庭簡直成了發展自我的一個枷鎖鐐銬。為了個人的尊嚴和自由，「家」不但不必「齊」，而且必須「反」，必須「破」。這樣的觀念是新文化運動中一個重要的課題。

從康有為《大同書》中「去家界為天民」，到胡適的「不婚」、「無後」，都是圍繞著打破家庭這個組織而立論的。巴金在三十年代出版的暢銷小說《家》，為一個年輕人如何打破家庭的桎梏而找到自由，做了最浪漫的敘述。

在這樣的風氣之下，家庭生活對許多新派知識分子來說，是不屑追求，也是不屑營造的。結婚只是被迫演出由父母導演的一場戲，是盡義務，不是享天倫；而成婚的那一刻與其說是洞房花燭的喜悅，不如說是成仁就義的悲壯。魯迅與朱安，胡適與江冬秀，乃至於巴金筆下「覺新」的婚姻，哪一個不是血淚斑斑的痛史？

回顧十九世紀以來中國知識分子的家庭生活、父子關係，我們在辛酸之中感到欣慰的是「家」對這一代的年輕人來說，已經不再是三代同堂的大家庭了，也不再是個人自由的枷鎖了，而是夫妻共同營建的一個安樂窩。經過近百年「反家」、「破家」的思潮洗禮以後，現在是回過頭來重新審視「家」的意義和功能的時候了。在個人和社會的關係上，多少年來，我們總是強調個人為社會或國家犧牲服務。然而「社會」或「國家」對一般小民而言，實在是一個相當抽象的概念，我們何不談談怎麼做個好父親好母親呢？這也是對「社會」的一種貢獻。

胡適與梁漱溟

一、學術與事功

在中國近代思想史上，胡適（一八九一—一九六二）與梁漱溟（一八九二—一九八八）代表了兩個極不同的典型。胡適是學者而兼為社會改革家，梁漱溟則是社會改革家而兼為學者。這點「成分」先後的不同，使這兩個人在新、舊上出現了有趣的對比。

就這兩個人對中、西文化的闡釋而言，無疑的胡適代表的是新派，批判中國舊傳統而主張西化；梁漱溟雖不能說是舊派，但顯然是偏向於迴護中國之傳統，並對西化有相當的保留與懷疑。然而，就兩人一生所從事的工作和經歷而言，胡適毋寧是更「傳統」的，從九年的家鄉教育，到上海入新式學堂，到出洋得博士回國，從一定的意義上來說，依舊是傳統「科舉」的模式，只是胡適求的是個「洋進士」。所謂「十年寒窗，一舉成名」，所謂「學而優則仕」，都還能在一定的程度上，體現在胡適的身上。國史館不修史則已，一旦修史，則胡適清楚的歸屬於「儒林傳」。

反觀梁漱溟的一生，我們卻不能將他套在上述的傳統模式裡。他倒真是魯迅在〈吶喊自序〉中所說的：「走異路，逃異地。」❶他一生的「學思歷程」，很少有先例可援。他基本上是自學，由佛入儒，由講學而致奔走國事，從事鄉村建設。這樣的經歷是傳統的中國知識分子所少有的。他既不在「儒林」，也不在「文苑」。就這一點而言，梁漱溟卻反而比胡適更「新」。

胡適雖然也從事社會改革，做過政治、外交工作，但他真正的興趣還是在學術研究，在他的哲學史、文學史、小說考證，以及《水經注》疑案的審理。尤其是他對《水經注》版本的訪求，鍥而不捨的校勘、糾謬，一個人若不是對此有極大的興趣，實不容易將這樣一件工作持續至二十年之久。

我想：胡適最希望後世人記得他的，絕不是革命領袖，也不是社會改革家，更不是外交家，而是學者或思想家。這從他晚年刪定臺北版的《胡適文存》中，可以見出端倪。

❶ 魯迅，〈吶喊・自序〉，《魯迅全集》，冊一（北京：人民，一九八一，共十六冊），頁四一五。

他刪了許多極精彩而又能代表胡適思想的政論，如〈我們的政治主張〉、〈我的歧路〉、〈人權論集序〉、〈國際的中國〉、〈一個平庸的提議〉及整個的〈這一週〉六十七則。但重要的論學文字卻一篇未刪。又如一九三五年，胡適編訂《胡適文存》第四集時，他在《獨立評論》及《大公報》上發表的社論時評多未編入，因此《胡適文存》第四集出版時，更名為《胡適論學近著》。當然，這樣的處理多少與當時政局有關，但在胡適心目中，他的學術文章，比政論時評更有價值是絲毫沒有疑問的。

一九二三年，胡適寫〈一年半的回顧〉，他清楚的指出《努力》雜誌上，「最有價值」的文章，不是政論，而是「批評梁漱溟、張君勱一班先生的文章和《讀書》雜誌裡討論古史的文章」。他說：「如果《新青年》能靠文學革命運動而不朽；那麼，《努力》將來在中國的思想史上佔的地位應該靠這兩組關於思想革命的文章，而不靠那些政治批評，這是我敢深信的。」❷

胡適是最講究「不朽」的，在「立德」、「立功」、「立言」三不朽之中，他對自己期許最深的是「立言」。「立德」他心嚮往之，他與江冬秀白首偕老的婚姻，從一定的意義

❷ 胡適，〈一年半的回顧〉，《胡適文存》，二集，卷三（上海：亞東圖書館，一九二四），頁一五〇。

上來說，是他在「立德」上的努力。如果我們把「白話文運動」視作「立功」，那麼，他的「功」畢竟還是通過「言」才能立起來的。

梁漱溟是以先知，甚至於救世主自居的。一九一七年發表的〈吾曹不出如蒼生何〉最能突顯他這方面的自我期許❸。我常覺得梁漱溟在寫《東西文化及其哲學》、《鄉村建設理論》、《中國民族最後之覺悟》這幾本書時的心情是與孫中山寫《知難行易》、《建國大綱》、《建國方略》、《實業計畫》時的心情相類似的。

《鄉村建設理論》之所以一名《中國民族之前途》，正如他在序中所說：他已為中國所面臨的困境和難題找出了答案，而且是唯一正確的答案❹。

在學術研究上，梁漱溟是沒有太大成績的。在《中國文化要義》的〈自序〉中，他很明白的表示：若世人僅把他視為「思想家」，他是覺得有所不足的，他所最希望的是在「思想家」之外，再加上「社會改造運動者」，這樣他才覺得「十分恭維」了❺。很顯然

❸ 梁漱溟，〈吾曹不出如蒼生何〉，《漱溟卅前文錄》，頁六一—六九。

❹ 梁漱溟，《鄉村建設理論》（臺北：文景，一九七一）。

❺ 梁漱溟，〈自序〉，《中國文化要義》（臺北：正中，一九六三），頁四。

的，「社會改造運動者」才是他真正希求的最後墓誌。

梁漱溟有時也以聖人自居，在〈這便是我的人生觀〉一文中，他引了孔子「發憤忘食，樂以忘憂，不知老之將至」這幾句話，接著說：「是吾道也！吾將以是道昭蘇天下垂死之人而復活之。」❻這真是聖人和救世主的綜合體了。

梁漱溟曾多次表白，他不是學問中人，他從十四歲以後就「鄙薄學問，很看不起有學問的人」❼，他一心想做的事是「救國」。他把學問看作不急之務，並且「認定學問與事功截然兩途」，「講學問便妨礙了做事，越有學問的人越沒有用」❽。在「三不朽」中，梁漱溟所三致其意的顯然是「立功」。

胡適對學問和事功的看法，與梁漱溟是很不同的。胡適在〈愛國運動與求學〉等文中，所一再強調的是：學問不但可以救國，而且是救國的一條有效途徑，救國之道不在遊行示威，也不在血灑疆場，而是在圖書館，在實驗室。在胡適看來，事功不但在學問

---

❻ 梁漱溟，〈這便是我的人生觀〉，《漱溟卅後文錄》（臺北：時代，一九七一），頁一七。

❼ 梁漱溟，〈如何成功今天的我〉，同上，頁一九八。

❽ 同上。

之中，而學問亦即是事功❾。

正因為這一點不同，梁漱溟沒有胡適那種從事學術研究還是從事社會改革的矛盾與「歧路」。他在《中國民族自救運動之最後覺悟》一書中，開宗明義的說明：有許多人為他拋開學術研究，從事鄉村建設而覺得可惜，這是完全沒有必要的。在他「談學問」「只是不得已」，「區區之志固不在此」。要梁漱溟談學問，豈不是小看了他嗎？他肯定的說：「做社會運動自是我的本色。」❿

早在一九一七年，胡適就已看出了梁漱溟在這方面的「大志」，胡適看了〈吾曹不出如蒼生何〉一文，就知道「梁漱溟這個人是要革命的」。梁因此說「適之先生其知我乎！」⓫一九二一年五月九日日記，胡適又提到梁漱溟父子都「富刺激性」，指的也是他們革命的傾向⓬。

❾ 參看胡適，〈愛國運動與求學〉，《胡適文存》，冊四（臺北：遠東，一九六八，共四冊。以下未註明出版者的，即指遠東版），頁七二〇—七二五。

❿ 梁漱溟，〈我是怎樣一個人〉，《中國民族自救運動之最後覺悟》（上海：中華，一九三六），頁三。

⓫ 同上，頁四。

梁漱溟所心嚮往的歷史人物，絕非程、朱、陸、王者流。他想企及的是「秦皇漢武」、「唐宗宋祖」，而近代人物中，大概也只有犯過「偉大錯誤」的「偉大人物」毛澤東才稍入他眼中。而胡適給我的感覺是：若能成就一個二十世紀的朱熹，也就深感此生不虛了。倒是對秦皇漢武之流的英雄人物甚少措意，而在蔣、毛的身上，胡適並不曾看出多少「偉大」。

二、認識老中國、建設新中國

梁漱溟有句口號：「認識老中國，建設新中國。」[13]他的《東西文化及其哲學》以及《中國文化要義》等書，主要是在「認識老中國」上著意；而他的《中國民族自救運動之最後覺悟》及《鄉村建設理論》等書，則是在「建設新中國」這一點上立論。

其實，所有五四前後的知識分子，只要對國事稍有關懷的，都在不同的程度上做著「認識老中國，建設新中國」的事業。胡適的《中國哲學史大綱》卷上、《白話文學史》，

---

⑫ 胡適，《胡適的日記》（香港：中華，一九八五），頁四二一。

⑬ 梁漱溟，《中國文化要義》，頁四。

以及許多論學、論政，甚至於考證的文字，都是在一點一滴的「認識老中國」，而他的〈問題與主義〉、〈我們的政治主張〉、〈實驗主義〉、〈易卜生主義〉、〈我們走那條路〉等文則是為「建設新中國」在做指引。

胡適雖未寫過《中國民族之前途》這一類的書，但他對中國民族前途之關切及其對建設新中國之熱忱卻絕不下於梁漱溟。他們都自認為是「好人」，應該積極的為改良社會而盡一己的力量。梁漱溟在〈吾曹不出如蒼生何〉的小冊中，清楚的指出：所謂「吾曹」就是「好人」⓮。而就當時大局而言，梁漱溟認為「吾曹誠無所逃責也，吾見今之好人多在徬徨，莫能發揮其好，吾願共結合而相與發揮其好」⓯。

梁漱溟將「國家興亡」的責任，全肩在「吾曹」的身上，並對「吾曹」充滿信心，極樂觀的說：

> 吾曹不出，悉就死關。吾曹若出，都是活路。而吾曹果出，大局立轉，乃至易解決之事，

⓮ 同❸，頁六一。

⓯ 同上，頁八六。

> 乃必成功之事。今日之宇內更無有具大力量如吾曹者，握全國之樞機者，不在秉鈞之當局，而在吾曹。嗟呼！吾曹其興起！吾曹不出如蒼生何！⑯

梁漱溟的這番議論很自然的讓我們想起胡適在一九二二年提出的〈我們的政治主張〉，梁漱溟也是簽署人之一。在這個主張裡，胡適特別強調的是「好政府」與「好人」。他深信「好人自命清高」，是中國政治敗壞的主要原因，因此，他呼籲「好人」要有擔當，有「奮鬥的精神」。「凡是社會上的優秀分子，應該為自衛計，為社會國家計，出來和惡勢力奮鬥」。胡適指出：只是做「好人」還不夠，必須做「奮鬥的好人」⑰。全文基本的精神與梁漱溟〈吾曹不出如蒼生何〉是完全一致的。

這個基本精神是相信有良心的知識分子參與政治，可以帶動整個社會和政治的改良。誠如他所說：「吾曹果出，大局立轉」，這是何等自信！蒼生的希望，國家的前途，全賴「吾曹」！在梁漱溟看來，「出不出」只是一個「願不願」的問題，而不是一個「能不能」

---

⑯ 同上，頁九〇。

⑰ 胡適，〈我們的政治主張〉，《胡適文存》，二集（上海：亞東圖書館，一九二四），頁二七—三四。

的問題。但是，我們要知道：「出不出」不只是主觀的意願，這個意願也受到許多客觀因素的限制，想出而不得出的大有人在；而既出之後，大局因不因「吾曹」之出而有所轉變，這就更不是一個「願不願」的問題了。「吾曹不出」固然是「如天下蒼生何」，然而「吾曹既出」又「如天下蒼生何」呢？放眼看看，到底有多少「吾曹」在既出之後，為輾轉溝壑的蒼生帶來了春陽和雨露呢？

套用余英時先生在〈中國知識分子的邊緣化〉一文中所提出的理論⑱。胡適與梁漱溟都不免是在政治上已經「邊緣化」了的知識分子，還自以為居於舞臺的中心，忍不住還要為中國的前途畫些藍圖，指點出「我們走那條路」，為「怎樣解決中國的問題」提出答案。

新時代的新人物依舊免不了做些「舊夢」，然而在新時代做舊夢，其夢之難圓，也就不足為怪了。

三、異中有同

⑱ 參看余英時，〈中國知識分子的邊緣化〉，《二十一世紀》，六期（一九九一，八），頁一五－二五。

梁漱溟的成名作《東西文化及其哲學》是一九二一年在北京出版的。這是繼胡適《中國哲學史大綱》卷上之後，又一部引起當時中國學術界震動的著作。梁著代表了中國儒學在五四前後，西潮狂瀾之下，最後的一次掙扎。這次掙扎並沒有帶來如梁氏預期中的儒學復興，而只是在西潮席捲之下，儒學的一道迴光。

在中國近代思想史的發展上，梁著代表了一個半新不舊的老新黨，在新文化的摧逼之下，對儒學的一種眷顧和期盼。但在這眷顧和期盼之中，卻也可以看出梁漱溟對整個新文化運動趨向的隔閡，而一廂情願的要以孔子的哲學來解救中國人以至全人類。他在《東西文化及其哲學》的〈自序〉中，毫不客氣的指出：他是看著西洋人「可憐」，想到他們「未聞大道」，所以要將他們引上「孔子這一條路」。他又看到中國人「蹈襲西方的淺薄」和「人生的無著落」，因而發宏願要將中國人導向「至好至美的孔子路上來」[19]。

在梁漱溟的筆下，西方人的生活是「猥瑣狹劣」，而東方人則「荒謬糊塗」[20]。孔子的哲學，在他看來，是整個人類前途的一盞明燈，是東西方人錯誤生活方式的一劑良藥。

[19] 梁漱溟，〈東西文化及其哲學自序〉，《東西文化及其哲學》（臺北：虹橋，一九六八），頁一－五。

[20] 同上，頁四。

而他自己則是當今孔子的代言人，他近乎狂妄的說道：「孔子之真，若非我出頭倡導，可有哪個出頭？」㉑這種捨我其誰的氣概固然很值得我們欽佩，然而其有味於整個新文化發展的方面也殊足驚人！這篇序寫在一九二一年，近一世紀過去了，到底是我們導「可憐」的西洋人走上了孔子的大道，還是那些「可憐」的西洋人導聖人之徒走上了梁漱溟眼中「物質的末路」？

《東西文化及其哲學》之所以能震動一時，一方面固然如馮友蘭所說，梁漱溟是個「好學深思之士」，而他所提出的問題又是當時一般人心中的問題㉒；但另一方面與其說是他的看法正確，不如說是他的持論怪異，有些立論怪異到了胡適也不得不「老實承認全不懂得他說的是什麼」㉓。

說梁漱溟好學深思，甚至於近於苦思，這是沒有疑問的，但好學深思是不是一定能帶來如梁氏所自詡的「真知灼見」㉔卻未必。梁漱溟自是之深，自信之強，雖沒有如陳

㉑ 同上。

㉒ 馮友蘭，〈三松堂自序〉，《三松堂全集》，冊一（河南：人民，一九八六），頁一八八。

㉓ 胡適，〈讀梁漱溟先生的東西文化及其哲學〉，《胡適文存》，二集，頁一七〇。

獨秀「必不容反對者有討論之餘地」[25]的霸道，但他的固執與倔強，常使人覺得他不能周全而客觀的觀察問題，以致說出一些看似深刻而實不知所云的話來，這類例子在著作中頗不少，如《東西文化及其哲學》第四章講〈西洋、中國、印度三方哲學之比較觀〉，將這三種文化大膽的歸納為以下三種形式：

㈠西洋生活是直覺運用理智的；

㈡中國生活是理智運用直覺的；

㈢印度生活是理智運用現量的。[26]

這是一個二十幾歲的青年玩弄幾個西方心理學的名詞而企圖來說明世界上三大文化類型，這是近乎狂妄的作法了。胡適直斥之為「荒謬不通」[27]。

梁漱溟承認自己是個「沒出過國門一步，西文又不好」[28]的人，然而他對西方人或

---

[24] 同[19]，頁三。

[25] 陳獨秀，〈答書〉，《胡適文存》，一集，頁三三一。

[26] 梁漱溟，《東西文化及其哲學》，頁一五八。

[27] 胡適，〈讀梁漱溟先生的東西文化及其哲學〉，《胡適文存》，二集，頁一六九。

西方文明卻有一種極端卑視的態度，稱自己為「百般看不起西洋人的我」㉙，而對中國文化則懷著一種一廂情願式的自詡自誇，將中國文化在科學民主上之不及於西方，解釋為「誤入歧途」，而非「遲慢落後」。在中西文化比較上，與其說中國不及西洋，不如說中國有過於西洋，是「過而後不及」㉚，這種自慰已經是近乎自欺了。一個從未到過歐美的人，大談西方文化和社會，其不能得其精義是可以想像的，也是可以原諒的，但那種自信自是的態度卻是可驚的，如他說：「在歐洲一個沒有宗教信仰的人將是任意胡為而沒有道德的人。」㉛這不只是偏見，簡直是無知。

在東西文化的討論上，梁漱溟所沒有的是胡適對整個中國文化一種「承認我們百事不如人」㉜的認錯和反省的心理。而胡適所缺的則是梁漱溟對儒學終將復興的一種盲目

㉘ 同㉖，〈自序〉，頁四。

㉙ 梁漱溟，《中國民族自救運動之最後覺悟》，頁四六。

㉚ 同上，頁九七。

㉛ 梁漱溟，《中國文化要義》，頁二九〇。

㉜ 胡適，〈介紹我自己的思想〉，《胡適文存》，四集，頁六一八。

的樂觀。就這一點而言，他們確是各行其是，少有共同的語言。誠如梁漱溟在〈答胡評東西文化及其哲學〉中指出：「我們（胡適、陳獨秀、梁漱溟）是不同的，我們的確是根本不同的。我知道我有我的精神，你們有你們的價值。」[33]

然而，就胡適與梁漱溟對中國社會結構與現象的觀察而言，兩人的觀點隨著時間的過去有由異趨同的轉向。一九三〇年胡適發表了著名的〈我們走那條路〉，指出中國當時的大敵不是帝國主義、軍閥、封建勢力、資本主義與資產階級，而是貧窮、疾病、愚昧、貪污與擾亂[34]。梁漱溟同年發表〈敬以請教胡適之先生〉，對胡適的說法頗多非難，並用「輕率大膽」、「淺薄」等相當強烈的字眼批評胡文。梁漱溟提出了一套他自己的看法，認為中國的問題在國際資本帝國主義的侵略壓迫，而解決之道在「解除不平等條約的桎梏束縛」。因為他相信：「疾病、愚昧皆與貧窮為緣；貪污則與擾亂有關，貧窮則直接出於帝國主義的經濟侵略，擾亂則間接由帝國主義之操縱軍閥而來，故帝國主義實為癥結

[33] 梁漱溟，〈答胡評東西文化及其哲學〉，《晨報副鐫》（一九二三．十一．八），第四版。收入《煥鼎文錄》（臺北：地平線，一九七四），頁三〇。

[34] 參看胡適，〈我們走那條路〉，《胡適文存》，四集，頁四二九—四四。

所在。」梁漱溟毫不客氣的說胡適的提法是「閉著眼只顧說自家的話」㉟。

若就這一次的爭論來看，胡梁對「中國問題」究竟何在的解釋是完全不同的。但這點不同到一九三七年，梁漱溟寫《鄉村建設理論》時已不這麼明顯了。他在第一章〈鄉村建設運動由何而起〉中，特別強調中國政治之無能而具破壞性㊱，多少有了一點胡適「責己而不責人」㊲的態度。說到「天災」、「人禍」，其實都由政治不良所致；至於「國際的侵略壓迫亦不能怪人家，而實由自己不能應付環境。其最大原因在自身陷於分裂衝突不能凝合為一個力量以對外」㊳。到了第五章，〈社會事實與意識要求不符合〉一節中，對當年胡適「五鬼鬧中華」的說法已不再持懷疑的態度了：

說到此處，使我們想起胡適之先生於打倒帝國主義不置意，而獨創其五大魔之說，雖立言不免稍笨，而正非無所謂也。㊴

㉟ 參看梁漱溟，〈敬以請教胡適之先生〉，《中國民族自救運動之最後覺悟》，頁三八一－九一。

㊱ 參看梁漱溟，〈鄉村建設運動由何而起〉，《鄉村建設理論》，頁一－二二。

㊲ 同㉞，頁四五。

㊳ 同㊱，頁九。

梁漱溟在〈經濟建設〉一節中，對帝國主義也不再是全盤的否定了。他認為帝國主義以不平等條約和經濟上的各種手段來壓迫中國，使中國的工商業不能興起，因而免了資本主義化的可能，他說：「這真是非常慶幸之事，我願謝天謝地。」他之所以認為這是一件幸事，是因為帝國主義使「八十年來極容易走上工業資本之路的〔中國〕，竟得倖免，不能不說是食他們之賜。這樣，才留給我們今天講鄉村建設的機會」。並延緩了共產革命的發生[40]。換句話說，帝國主義的好處在它的經濟剝削，使中國保留了固有的落後面貌，這也就是他所說的：「幸虧中國只有一個上海，而未完全上海化。」[41]

這真是石破天驚的怪論。歷史證明帝國主義的經濟剝削固然延緩了中國資本主義化，但並不曾阻止共產黨的發生。《鄉村建設理論》出版後十三年，整個中國就落入共產黨的手中了！然而梁漱溟能從「帝國主義」一無是處之中，看出一點「是處」，這點態度上的轉變卻有點胡適的影子。

---

39 同上，頁九七。

40 同上，頁三七八。

41 同上，頁三七九。

一九四九年，梁漱溟發表《中國文化要義》，特別強調中國只有職業分途而無階級對立。其中說到中國自漢朝以來即無長子繼承權，遺產由諸子均分，所以產生不了資本家，也產生不了勞資對立。其次則科舉制度也是打破階級的有效辦法，通過科舉，原則上人人有做官的可能，因此統治與被統治之間並沒有明顯的界線「更何從而有統治被統治兩階級之對立？」㊷他同時指出：在傳統的中國社會，讀書並不是一件困難的事，只要有心向學，不但固定的那幾本書不難求，而不收學費的「義塾」也到處都有。所謂「耕讀傳家」、「半耕半讀」，都是士農不分的明證㊸。

梁漱溟的這番議論與胡適在一九四一年發表的英文論文〈民主中國的歷史基礎〉中所提出的幾點，幾乎雷同。無長子繼承權、科舉制度與讀書之不屬於任何特定階級，也是胡適認為「民主中國」的重要基礎㊹。

㊷ 梁漱溟，《中國文化要義》，頁一五六。

㊸ 參看同上，頁一四三—六二。

㊹ 參看 Hu Shih, "Historical Foundations for a Democratic China," in *Edmund J. James Lectures on Government: Second Series* (Urbana, IL.: University of Illinois Press, 1941), pp. 1–12.

我在此無法證明梁漱溟在寫《中國文化要義》之前是否讀過胡適的文章。但這一點並不重要；重要的是胡梁二人對中國社會是否存在階級這一問題所達到的共同認識。

胡適與梁漱溟除了對中國社會結構有一定共同的認識以外，在對東西文化和社會的比較上，也有一個相同的態度。他們兩人基本上都是以西方的標準來論斷中國的社會，這樣的價值取向，在胡適的著作中是很顯然的。這個取向在梁漱溟的言論中雖不如胡適那麼明顯，但骨子裡卻有相通的地方。

梁漱溟不談中西文化則已，一談即不免強調中國文化之特異，不但中國社會結構特殊，甚至於中國人也是另一種人。這種看法來自他胸中的一個成見，即西方的歷史發展和社會結構是「常態」，而中國的是「變態」。這種「常」與「變」的觀念充分的顯示了他在比較中西文化時，自覺或不自覺的還是以西方為主，而以中國為次。這種態度表現的最明顯的是在《中國文化要義》之中，尤其是第九章論〈中國是否一國家〉，他反覆申論的無非是中國不是一個政治實體，而是一個文化實體[45]。此說羅素 (Bertrand Russell) 在他一九二二年出版的《中國的問題》(*The Problem of China*) 一書中已提及[46]，梁漱溟將

[45] 參看梁漱溟，〈中國是否一國家〉，《中國文化要義》，頁一六二—九五。

之擴大申論，並將中國的歷史發展稱為「變態畸形」㊼。在此必須指出的是：是否為一國家是一個相對的問題，如果歐洲諸國「是」國家，則中國為「否」；然何不以中國為「是」，則歐洲諸國自然為「否」了。把西方的國家視為國家，把西方的歷史發展視為「常態」，這依舊不免是以西方為標準、為模式，因此也就處處發現中國是例外、是「畸形」、是「變態」。論者說到胡適與梁漱溟，往往突出兩人相異之點，而不言其同，這不免是一偏之見。

四、結　語

胡適與梁漱溟早年在北大雖有同事之誼，但談不上有什麼私交。誠如梁漱溟在〈答胡評東西文化及其哲學〉中所說：胡適與陳獨秀等一班新人，多少把梁漱溟視為「思想革新運動」中的「障礙物」㊽。這個「障礙物」雖不高唱反調，但也絕非「同調」，這點

㊻ 參看 Bertrand Russell, *The Problem of China* (London: George Allen & Unwin Ltd., 1966, Rpt.), p. 208.

㊼ 同㊺，頁一八五。

㊽ 同㉝。

步調上的不一致，使胡適與梁漱溟無法進一步的合作。倒是梁漱溟並不曾把胡適當做他的「絆腳石」，而總覺得：只要肯幹的，都是「吾曹」中的「好人」，共同為社會改革而努力㊾。

一九四二年，梁漱溟寫〈紀念蔡元培先生〉，極肯定胡適在新文化運動中的貢獻，說胡適最大的「本領」，是「能以自己把握得的一點意思度與眾人」。他說：「胡先生頭腦明爽，凡所發揮，人人易曉。當時的新文化運動自不能不歸功於他。」㊿這點「把自己意思度與眾人」的本領，正是梁漱溟所缺的。他在一九五二年〈我的努力與反省〉一文中，就很坦白的承認：「我常自以為與任何人都不隔閡，其結果卻是與任何人亦沒有打

㊾ 參看同上。梁漱溟說：「我不覺得我反對他們〔胡與陳〕的運動！我不覺得我是他們的敵人，他們是我的敵人，我是沒有敵人的！我不看見現在思想不同的幾派——如陳，如胡……有哪一派是與我相衝突的、相阻礙的。他們覺得我是敵人，我卻沒有這種意思。在這時候，天下肯幹的人都是好朋友！我們都是一夥子！」（《煥鼎文錄》，頁二一九）另參看《胡適來往書信選》，上冊（香港：中華，一九八三，共三冊），頁一七六，〈梁漱溟致胡適〉函。

㊿ 梁漱溟，〈紀念蔡元培先生〉，《我的努力與反省》（廣西：漓江出版社，一九八七），頁三二五。

通。」51這句話很能說明梁漱溟在新文化運動中所扮演的角色。

在〈如何成功今天的我〉一文中，梁漱溟說胡適的哲學「很淺」、「很行」。「縱然不高深，卻是心得，而親切有味。所以說出來便能夠動人。」52梁漱溟所說胡適的長處，正是他自己的短處。梁早年的著作如《究元決疑論》53，如《東西文化及其哲學》都是求深、求玄，要想「親切有味」而又能「動人」，也就難乎其難了。倒是他晚年回憶的文字稍稍趨向平易，但離胡適的明白曉暢還有一大段。

讀梁漱溟的文字，總使我們覺得，他缺少了一點文人應有的風趣、才氣和幽默。他的態度太嚴肅，使人有種說不出的沉悶。我們只見他深思、苦思，圍困在自己的問題中打轉，而尋不出解答。胡適則給人一種明快犀利的感覺，問題到他手中大多迎刃而解。

梁漱溟在讀了胡適評他的《東西文化及其哲學》之後，曾寫信給胡適，說他「語近刻薄，頗失雅度」。胡適在〈答書〉中說：

51 同上，頁四二七。

52 梁漱溟，〈如何成功今天的我〉，《漱溟卅後文錄》，頁二〇三。

53 梁漱溟，《究元決疑論》（上海：商務，一九二三）。

> 適每謂吾國散文中最缺乏詼諧風味，而最多板起面孔說規矩話。因此，適作文往往喜歡在極莊重的題目上說一兩句滑稽話，有時不覺流為輕薄，有時流為刻薄。[54]

「板起面孔說規矩話」最能說明梁漱溟為文的態度。至於「刻薄」，胡適有進一步的解釋：

> 適頗近於玩世，而先生則屢言凡事認真……玩世的態度固然可以流入刻薄；而認真太過，武斷太過，亦往往可以流入刻薄。[55]

其實，胡適並不「玩世」，只是他的認真態度不使人有乾枯艱澀的感覺。而梁漱溟則往往是在乾枯和艱澀上顯得特別突出。

胡適在一九二三年十二月十九日的日記手稿中引了北大二十五週年紀念刊上的一篇文章，把胡適與梁漱溟做了對比：

> 〔梁漱溟〕是徹頭徹尾的國粹的人生觀，〔胡適〕是歐化的人生觀；前者是唯心論者，

---

[54] 胡適，〈答書〉，《胡適文存》，二集，頁一七八。

[55] 同上。

後者是唯物論者；前者是眷戀玄學的，後者是崇拜科學的。[56]

胡適說，這種分法「很有趣」；但是「我在這兩個大分化裡，可惜卻都只有從容慢步，一方面不能有獨秀那樣狠幹，一方面又沒有漱溟那樣蠻幹！」[57]在這段話裡用「從容慢步」、「狠幹」、「蠻幹」這三個詞來形容胡適、陳獨秀和梁漱溟三個人的個性，和當時在新文化運動中所扮演的角色是很傳神的。當然，「狠幹」、「蠻幹」都有一定的貶義，也正是胡適不能苟同的地方。

然而，梁漱溟的「蠻幹」也有他可取可貴的地方。他是五四這一代知識分子中，極少數注意到鄉村問題的。絕大多數的知識分子都只著眼於城市文化工作，很少「下鄉」的。且不論梁漱溟鄉村建設工作成功不成功，他能把中國的問題由城市轉到鄉村，是他獨具隻眼處，而他又能身體力行，到鄉間去做一番工作，這是他的可貴處。

在中國近世多變的時代裡，胡適與梁漱溟代表了知識分子為自己的理想和信仰而不

[56] 《胡適的日記》手稿本，冊四（臺北：遠流，一九九〇，共十八冊），無頁碼。

[57] 同上。

懈奮鬥的兩個典型。也是自晚清以來，中國知識分子從救國走向建國的兩個關鍵人物。他們不再把「亡國滅種」帶在口頭筆端，而是實際的提出改革的方案，這些方案也許太過理想，也許並未發生任何作用，但是經由他們的努力，確是為當時的中國開啟了一個新時代，指引出了一個新方向。

胡適的反共思想

一、前言：反共依然是個禁忌

一九五〇年代初期，中共在全國各階層發動了一個歷時數年的胡適（一八九一——一九六二）思想批判運動，此後近三十年，只有胡適批判而沒有胡適研究。這個情形，最近二十年來，有了相當的改變。不但胡適著作在大陸重新出版，而且有關的傳記和研究也隨著政策的開放，而日見其多。胡適研究在中國大陸居然很有成為「顯學」的趨勢。但這並不表示胡適的著作和研究全無禁區。在現有大陸出版的胡適著作中，以一九九八年由北京大學出版社出版，歐陽哲生所編的《胡適文集》十二冊，及胡明主編，由光明日報出版社出版的《胡適精品集》十六冊為最全，但胡適晚年所寫重要的反共文字多未收入❶，而所有大陸所出有關胡適的研究著作，對胡適思想中反共的部分不是輕描淡寫，就是痛下批判。因此，胡適的反共思想在大陸始終沒有得到全面的展現和受到公平的對待。

這個情形也相當程度的反映在臺灣和海外的胡適研究上。形成這一現象的主要原因並不是政治上的忌諱，而是胡適重要的反共言論大多是一九四九年以後以英文發表的。這些英文發表的演講和文章翻譯成中文的只是少數，而有些講稿並未正式出版，搜求就更為困難了。

胡適著作在中國重新出版的重要意義正在於他的思想至今仍有違礙的地方，而這點違礙也正是「胡適幽靈」精神之所在。胡適晚年所寫文字有不少是早年作品的摘要或復述，他的反共言論卻是他晚年的「新作」。在這個新世紀伊始，而共產主義式微之際，來審視胡適——共產黨當年的死敵——的反共思想，我們特別能感到自由民主畢竟是擋不住的世界潮流。

❶ 如一九五〇年由香港自由中國出版社出版的《我們必須選擇我們的方向》一書中所收九篇文字，除〈自由主義〉一文，收入《胡適文集》第十二冊《胡適演講集》（文句小有異同）外，其餘八篇都未收入。《胡適精品集》所收反共文字稍多，但仍不全。

至今，中國大陸的學者，還有不少以「小資產階級的軟弱性」來批評胡適與當道在鬥爭中的容忍態度，談到胡適的反共，則不假思索的用些「反動」等不堪的字眼加諸其身。其實，胡適的「反動」，正是他的進步；胡適的「反動」，正是他的鬥爭，他的不妥協；胡適的「反動」，也正是他的思想對二十一世紀的中國人來說，依舊光焰萬丈之所在。

二、胡適反共思想的哲學基礎

就胡適思想整體而言，「反共」並不是它的「體」，而只是它的「用」。換句話說，一種反對意見的提出，必然是在一個人的基本信仰受到威脅或挑戰以後，被動的，甚至於是不得已的一種舉措。所以要了解胡適的反共思想，必須先審視他思想體系中有哪些基本信念或價值取向是和共產主義不兩立的。在有了這樣的理解之後，我們才能知道胡適的反共，絕不僅僅是他個人政治立場的表示，更重要的是在反共中體現了他的自由主義、人道主義和他對廣大眾生的悲憫。這種悲憫是來自「抗爭」，而不是「容忍」。

胡適一生服膺杜威（John Dewey, 1859–1952）的實驗主義，在社會改造上，反對徹底通盤「畢其功於一役」的革命，不相信有「包醫百病的根本解決」，而主張一點一滴的改良。這個基本信念，早在一九一九年「問題與主義」的辯論中即已明白的表示出來❷。胡適經常引用杜威的一句話是：「進步不是全盤的，而是零星的，是由局部來進行的。」(Progress is not a wholesale matter, but a retail job, to be contracted for and executed in section.)❸這種溫和的改良態度是胡適和李大釗（一八八九－一九二七）、陳獨秀（一八八〇－一九四二）等左派知識分子最大不同之所在，也是《新青年》團體在「問題與主義」論爭之後，分化成左右兩個營壘的根本原因。共產黨的革命主張用暴力的手段，做翻天覆地式的徹底改變，這恰是胡適主張的反面。這點基本態度的不同是胡適日後反共的哲學基礎。

一九三〇年三月十日，胡適寫〈漫游的感想〉，他說：「美國是不會有社會革命的，

---

❷ 參看胡適，〈問題與主義〉，《胡適文存》，冊一（臺北：遠東，一九六八，共四冊），頁三四二－七九。以下所引《胡適文存》如未特別注明版本，即指遠東版。

❸ Quoted from Hu Shih, "The Conflict of Ideologies," in *The Annals of the American Academy of Political and Social Science* (November, 1941), Vol. 218, p. 32. 收入周質平編，《胡適英文文存》，冊二（臺北：遠流，一九九五，共三冊），頁八八五－九六。

因為美國天天在社會革命之中。這種革命是漸進的，天天有進步，故天天是革命。」❹同年四月十三日，寫〈我們走那條路〉，進一步的表示了他反對暴力的革命：

中國今日需要的，不是那用暴力專制而製造革命的革命，也不是那用暴力推翻暴力的革命，也不是那懸空捏造革命對象因而用來鼓吹革命的革命。在這一點上，我們寧可不避「反革命」之名，而不能主張這種種革命。❺

胡適早在康乃爾大學留學時期，就反對急於求成的革命，在他看來，任何急進和暴力的革命，都不免是表面的、短暫的，是只有破壞而沒有建設的，因此也就成了一種浪費。他畢生所鼓吹的是：社會改革是沒有捷徑的，是必須從基礎做起的❻。

一九四一年七月八日，胡適在美國密西根大學講〈意識形態的衝突〉（The Conflict of

---

❹ 胡適，〈漫游的感想〉，《胡適文存》，冊三，頁二九。

❺ 胡適，〈我們走那條路〉，《胡適文存》，冊四，頁一四。

❻ 胡適，一九一六年一月三十一日日記，《胡適留學日記》，冊三（臺北：商務，一九七三，共四冊），頁八四二—四三。

Ideologies)，他明確的指出「激進的革命與點滴的改良」(radical revolution versus piecemeal reform) 是獨裁與民主的根本不同之所在：「獨裁政權的首要特徵是他們都支持激進並帶有災難性的革命，而他們對特定的改革則譏之為膚淺而無用。」(The first basic characteristic of totalitarian regimes is that they all stand for radical catastrophic revolution and that they all scorn and spurn specific reforms as superficial and useless.)❼ 一九五四年三月五日，胡適在《自由中國》社歡迎茶會上講〈從《到奴役之路》說起〉，又提到了他在十三年前所寫的這篇文章，並引了其中的一句話：「一切的所謂社會徹底改革的主張，必然的要領導到政治的獨裁。」(All social radicalism must inevitably lead to political dictatorship.) 並引了一句列寧的話「革命毫無疑問地是最獨裁的東西」(Revolution is undoubtedly the most authoritarian thing in the world)❽。可見直到晚年，胡適沒有改變過他在〈問題與主義〉中的基本信念。

胡適思想中反共的另一個基本成分是他的個人主義。在個體與群體的關係中，他一

❼ 同❸，頁三一。

❽ 胡適，〈從《到奴役之路》說起〉，《自由中國》，卷十，六期（一九五四・三・十六），頁五。

方面強調個體需為群體服務，個體的生命必須透過群體才能達到不朽[9]；但另一方面，他絕不抹煞個體的獨立性和特殊性[10]。換言之，群體絕不允許假任何名義，對個體的獨立性和特殊性進行壓迫。「多樣並存，各自發展」是胡適思想中的一個重要信念。任何違背這一信念的主義和教條都在他反對之列。他在〈意識形態的衝突〉一文中，指出獨裁集權與自由民主的另一個思想上的衝突是「一致與多樣」(uniformity versus diversity) 的不同。他說：「民主方式的生活基本上是個人主義的。」(The democratic way of life is essentially individualistic.) 他認為：

> 嚴格的要求一致必然導致對個人自發性的壓迫，阻礙個性的發展和創造性的努力，導致不容忍，迫害，和奴役，而最糟的是導致知識上的不誠實和道德上的偽善。
>
> The desire for uniformity leads to suppression of individual initiative, to the dwarfing of personality and creative effort, to intolerance, oppression, and slavery, and, worst of all, to intel-

---

[9] 參看胡適，〈不朽〉，《胡適文存》，冊一，頁六九三—七〇二。

[10] 參看胡適，〈易卜生主義〉，同上，頁六二九—四七。

lectual dishonesty and moral hypocrisy. ⓫

一九四九年以後的中國正是極端的要求一致而不允許任何人有獨立的思考和自由的意志，胡適在這段話中所指出的種種問題，在中共的獨裁政權之下顯得特別真實。

一九五五年，胡適寫〈四十年來中國文藝復興運動留下的抗暴消毒力量——中國共產黨清算胡適思想的歷史意義——〉，對民主的精義有極其獨到的解釋，最可以看出胡適思想中個體與群體的關係：「民主的生活方式，在政治制度上的表現，好像是少數服從多數，其實他的最精彩的一點是多數不抹煞少數，不敢不尊重少數，更不敢壓迫少數，毀滅少數。」⓬

胡適一生除了鼓吹自由民主之外，同時提倡懷疑的態度，要人們不輕信任何沒有證據的東西。他在《三論問題與主義》中的名句是：

⓫ 同❸，p. 34.

⓬ 胡適，〈四十年來中國文藝復興運動留下的抗暴消毒力量——中國共產黨清算胡適思想的歷史意義——〉，收入《胡適手稿》，集九（臺北：胡適紀念館，一九七〇），頁五四八。

一切主義、一切學理，都該研究，但是只可認作一些假設的見解，不可認作天經地義的信條；只可認作參考印證的材料，不可奉為金科玉律的宗教；只可用作啟發心思的工具，切不可用作蒙蔽聰明、停止思想的絕對真理。⑬

在二、三十年代，胡適對馬克思主義和社會主義的批評主要並不是在內容上，而是在提倡者的武斷，和追隨者的盲從上。一九二二年，他在〈我的歧路〉中指出：

我對於現今的思想文藝，是很不滿意的。孔丘、朱熹的奴隸減少了，卻添了一班馬克思、克洛泡特金的奴隸；陳腐的古典主義打倒了，卻換上了種種淺薄的新典主義。⑭

一九三〇年，胡適寫〈介紹我自己的思想〉，類似的話又重說了一次：「被孔丘、朱熹牽著鼻子走，固然不算高明；被馬克思、列寧、斯大林牽著鼻子走，也算不得好漢。」⑮

---

⑬ 胡適，〈三論問題與主義〉，《胡適文存》，冊一，頁三七三。

⑭ 胡適，〈我的歧路〉，《胡適文存》，冊二，卷三（合肥：黃山書社，一九九六），頁三三三。

⑮ 胡適，〈介紹我自己的思想〉，《胡適文存》，冊四，頁六二四。

這些話雖然說得很嚴厲，但都不是針對馬列思想的本身，而是針對信仰者的態度而言。一九五三年，胡適把這種不輕信權威的懷疑態度視為共產黨批判胡適思想的主要原因之一[16]。

胡適一生沒有接受過馬克思的經濟理論，所謂生產方式是決定歷史發展最後和最主要的原因，在胡適看來，這至多不過是一個未經「小心求證」的「大膽假設」。胡適對歷史發展的解釋，始終強調偶然、多元，而不認為有最後和唯一的解釋。這種偶然說的形成早在他幼時讀《資治通鑑》，讀到范縝《神滅論》時，即已種下因子[17]。這一點思想的種子影響了他一生的「思想行事」[18]，使他不能輕易的接受對歷史發展所作一元的解釋。胡適並沒有寫過專論歷史發展的文字，但從他零星的論述中是可以理出一個頭緒來的。

---

[16] 胡適，〈同情淪陷鐵幕的知識分子——對大陸文化教育界人士廣播〉，《胡適作品集》，冊二六（臺北：遠流，一九八六，共三十七冊），頁二〇九—一〇。

[17] 參看《資治通鑑》，卷一三六，冊九（北京：中華，一九五六，共二十冊），頁四二五九；胡適，《四十自述》（臺北：遠東，一九八二），頁四二—四三。

[18] 同上，胡適，《四十自述》。

一九二七年一月二十五日，胡適和著名的美國史學家比爾德（Charles A. Beard, 1874–1948）談到歷史發展的問題，在日記中，有比較詳細的記錄，很可以看出胡適對這一問題所持的觀點：

> 歷史上有許多事是起於偶然的，個人的嗜好，一時的錯誤，無意的碰巧，皆足以開一新局面。當其初起時，誰也不注意。以後越走越遠，回視作始之時，幾同隔世。⓳

胡適向比爾德提出歷史的偶然說卻絕不偶然，比爾德以寫《美國憲法的經濟闡釋》（*An Economic Interpretation of the Constitution of the United States*）一書而著名一時，他是偏向於從經濟的觀點來解釋歷史發展的學者⓴。因此胡適的偶然說是針對馬克思的唯物史觀而提出的。

⓳ 《胡適的日記》手稿本，冊六（臺北：遠流，一九九〇，共十八冊），無頁碼。

⓴ Charles A. Beard, *An Economic Interpretation of the Constitution of the United States* (New York: The Macmillan Company, 1939). Max Lerner, "Charles Beard's Political Theory," in Howard K. Beale ed., *Charles A. Beard: An Appraisal* (University of Kentucky Press, 1954), pp. 25–45.

一九三五年，胡適寫《中國新文學大系》的〈導言〉，對歷史發展一元的解釋，提出了批評：

> 治歷史的人，應該向傳記材料裡去尋求那多元的、個別的因素，而不應該走偷懶的路，妄想用一個「最後之因」來解釋一切歷史事實。無論你抬出來的「最後之因」是「神」，是「性」，是「心靈」，或是「生產方式」，都可以解釋一切歷史。但是，正因為個個「最後之因」都可以解釋一切歷史，所以都不能解釋任何歷史了！……所以凡可以解釋一切歷史的「最後之因」，都是歷史學者認為最無用的玩意兒，因為他們其實都不能解釋什麼具體的歷史事實。[21]

馬克思的經濟史觀，在一九二〇年代，被許多中國知識分子認為是歷史發展的科學解釋，也是唯一解釋。接受這個理論，往往是信仰共產主義的先決條件。胡適根本不承認歷史發展的一元解釋，就更不必說接受馬克思的經濟史觀了。

---

21 胡適，〈導言〉，趙家璧主編《中國新文學大系》，冊一（上海：良友，一九三五，共十冊），《建設理論集》，頁一七。

胡適實驗主義的態度一方面使他不能相信有包醫百病的萬應靈丹；但另一方面，也因為這種「有幾分證據說幾分話」的科學態度，使他不能在社會主義還沒有確切實驗結果之前就妄下判斷。一九二六年，胡適發表〈我們對於近代西洋文明的態度〉，對社會主義有過極高的評價，他說：

十八世紀的新宗教信條是自由、平等、博愛。十九世紀中葉以後的新宗教信條是社會主義。這是西洋近代的精神文明，這是東方民族不曾有過的精神文明。[22]

這個態度和他一九一七年在美國留學時初聞俄國革命時的歡快心情是類似的。他當時認為「新俄之未來」是「未可限量的」，並曾有「拍手高歌，新俄萬歲」的詩句[23]。

一九五四年，胡適對自己二十七年前對社會主義的高度評價有過「公開的懺悔」[24]。當然，這個「公開懺悔」也是胡適對社會主義的「晚年定論」。

[22] 胡適，〈我們對於近代西洋文明的態度〉，《胡適文存》，冊三，頁一〇。
[23] 參看胡適，《胡適留學日記》，冊四（臺北：商務，一九六三，共四冊），頁一一三一。
[24] 胡適，〈從《到奴役之路》說起〉，《自由中國》，卷十，六期，頁四—五。

胡適一點一滴溫和的改良主義，主張多樣並存，發展自我的個人主義，不輕信任何權威的懷疑精神，對歷史發展多元偶然的解釋，這種種都使胡適思想與共產主義格格不入。這些哲學上的基本信念是胡適反共思想的基礎。

三、對共產勢力的錯估與低估

胡適對共產黨在中國的發展，有過一段時間的低估和錯估。在一九二八年五月十八日的日記裡，記了他和吳稚暉的一段談話，吳稚暉認為：「共產黨要大得志一番，中國還免不了殺人放火之劫。」胡適「卻不這麼想」[25]。一九五三年十一月二十四日，胡適寫〈追念吳稚暉先生〉又重提了這件二十五年前的舊事，承認自己的錯誤，佩服吳稚暉的遠見[26]。

直到抗戰勝利，胡適還懷著一種天真的想法，希望毛澤東能放棄武力，與國民黨合作，在中國成立一個兩黨政治。一九四五年八月二十四日，胡適從紐約發了一個電報給

[25]《胡適的日記》手稿本，冊七。

[26] 胡適，〈追念吳稚暉先生〉，《自由中國》，卷十，一期（一九五四．一．一），頁六。

當時在重慶的毛澤東，力陳此意：

潤之先生：頃見報載，傅孟真轉述兄問候胡適之語，感念舊好，不勝馳念。二十二日晚與董必武兄長談，適陳鄙見，以為中共領袖諸公，今日宜審察世界形勢，愛惜中國前途，努力忘卻過去，瞻望將來，痛下決心，放棄武力，為中國建立一個不靠武力的第二政黨。公等若能有此決心，則國內十八年之糾紛一朝解決；而公等二十餘年之努力，皆可不致因內戰而完全消滅。美國開國之初，吉佛生十餘年和平奮鬥，其所創之民主黨遂於第四屆大選獲得政權。英國工黨五十年前僅得四萬四千票，而和平奮鬥之結果，今年得一千二百萬票，成為絕大多數黨。若能持之耐心毅力，將來和平發展，前途未可限量。萬萬不可以小不忍而自致毀滅！[27]

從這通電報最可以看出胡適在政治上的天真，和他「不可救藥的樂觀主義者」的個性。一九五四年，他為司徒雷登(John Leighton Stuart, 1876–1962) 的回憶錄《旅華五十年》

[27] 這一電稿收入胡頌平，《胡適之先生年譜長編初稿》，冊五（臺北：聯經，一九八四，共十冊），頁一八九四—一八九五。

(*Fifty–Years in China*) 寫〈前言〉(Introduction) 時對馬歇爾 (Marshall) 和曾任美國駐中國大使的司徒雷登有所批評，認為馬歇爾所主張的國共和談是個實現不了的空想，(The Marshall Mission failed because of its inherently impossible objectives.) 但胡適同時指出當時他自己和司徒雷登是同樣的幼稚：

> 其實，在那理想主義橫溢的年代裡，我也是一個國內事務和國際政治上的生手。我竟然如此天真，在日本投降後不久，發了一通長電到重慶轉交給我從前的學生毛澤東，嚴肅而又誠懇的向他說明，現在日本既已投降，共產黨已沒有任何理由繼續維持一個龐大的私人部隊……當然，我至今沒有收到回音。
>
> In fact I, too, was just as naive a tyro in national and international politics in those days of expansive idealism. So naive, indeed, was I that shortly after V-J Day I sent a lengthy radiogram to Chungking to be forwarded to my former student Mao Tse-tung, solemnly and earnestly pleading with him that, now that Japan had surrendered, there was no more justification for the Chinese Communists to continue to maintain a huge private army...Of course,

to this day I have never received a reply. ㉘

直到一九四七年胡適才真正感到共產黨在世界上對自由民主所造成的威脅，在〈兩種根本不同的政黨〉一文中，把「俄國的共產黨」、「意大利的法西斯黨」和「德國的納粹黨」歸為同一類的政黨。並指出：這類政黨「有嚴密的組織」，「黨員沒有自由」；「有特務偵察機關」，監視人民的言論、思想和行動。「他們不惜用任何方式取得政權；既得政權之後不惜用任何方法鞏固政權，霸住政權」。這類政黨「絕對不承認，也不容許反對黨的存在。一切反對力量，都是反動，都必須徹底肅清鏟除」。雖然，胡適在這篇文章中所描述的並不是中國共產黨，而是俄國共產黨，但是在這篇文章發表兩年以後，取得政權的中國共產黨，其獨裁與集權卻更遠甚於胡適所說㉙。我相信胡適在寫這篇文章時，已清楚的感到共產黨在中國已是「山雨欲來，風滿樓」的形勢了。

㉘ Hu Shih, “Introduction,” to John Leighton Stuart’s *Fifty Years in China*. New York: Random House, 1954, p. xix. 收入《胡適英文文存》，冊三，頁一四四六。胡適這通電報是一九四五年八月二十四日發的，日本正式投降的日子是一九四五年九月二日。胡適在寫〈前言〉時，在時間上也許誤記了。

㉙ 胡適，〈兩種根本不同的政黨〉，《我們必須選擇我們的方向》（香港：自由中國，一九五〇），頁三。

一九四七年八月一日，也就是在〈兩種根本不同的政黨〉發表之後十二天，胡適在北平中央廣播電臺，廣播〈眼前世界文化的趨向〉，他明白的指出：

> 我是學歷史的人，從歷史上來看世界文化上的趨向，那是民主自由的趨向，是三四百年來的一個最大目標，一個明白的方向。最近三十年的反自由、反民主的集體專制的潮流，在我個人看來，不過是一個小小的波折，一個小小的逆流。我們可以不必因為中間起了這一個三十年的逆流，抹煞那三百年的民主大潮流、大方向。[30]

這個時候，胡適已清楚的感覺到這股「反自由、反民主」的逆流逼人而來了。胡適發表這篇文章，也無非是在逼人的逆流之下，希望大家對民主自由維持住信心，但他似乎還沒估計到這股逆流竟能在兩年之後席捲中國。

在〈眼前世界文化的趨向〉發表之後二十三天，胡適又寫了〈我們必須選擇我們的方向〉一文。在文末，他語重心長的呼籲：

---

30 胡適，〈眼前世界文化的趨向〉，《我們必須選擇我們的方向》，頁一一。

> 我們中國人在今日必須認清世界文化的大趨勢，我們必須選定我們自己應該走的方向。只有自由可以解放我們民族的精神，只有民主政治可以團結全民的力量來解決全民族的困難，只有自由民主可以給我們培養一個有人味的文明社會。[31]

這是胡適在反自由、反民主的逆流席捲中國的前夕，所作再一次的努力。但終究是言者諄諄而聽者藐藐，兩年以後中國人作出的選擇恰是胡適誘導的反面。

一九四八年三月二十一日，胡適在給周鯁生的長信中，表示了他對蘇聯徹底的失望，並指出：「戰後的蘇聯可能是一個很可怕的侵略勢力。……可能比德國日本還更可怕。」雅爾達密約簽訂之後，使胡適「不能不承認有一大堆冷酷的事實，不能不拋棄我二十多年對新俄的夢想」[32]。

從上引胡適一九四七和一九四八年發表的四篇文字來看，他的心情真是一篇緊似一篇。雖然他已經清楚的指出共產黨所代表的是集權專制和侵略，但他的批評卻始終是圍

---

[31] 胡適，〈我們必須選擇我們的方向〉，同上，頁一七。

[32] 胡適，〈國際形勢裡的兩個問題——給周鯁生先生的一封信〉，同上，頁一九—二三。

繞著國際共產黨或蘇聯共產黨，而未及中國共產黨一字。這絕不是他還沒看出中國共產黨有奪取政權的野心和企圖，而是他仍然想在國共兩黨的鬥爭中，保持一定的超然。作為一個無黨派自由主義者，他仍然對兩黨政治懷著一定的夢想。胡適對中國共產黨的直接批評是在一九四九年以後。

四、從思想史上反共

「反共」是胡適晚年思想中極重要的一部分，也是他的一個新使命。在一篇大約是一九五五年手寫的中文殘稿中，胡適把原來擬好的題目〈胡適是應該被清算的〉改成〈我是根本反共的〉㉝。雖然這只是一篇殘稿的題目，但卻很有意義。顯然胡適認為「反共」

㉝ 這篇不到一頁的殘稿藏臺北中央研究院胡適紀念館（以下稱「紀念館」），編號為「七—四　一三，美國一」，寫了下面這段話：「自從去年十一月以來，大陸上的共產黨報紙發表了許多篇批判胡適思想的文字。有幾篇是我的老朋友或老學生寫的。我早就說過，在共產黨的統治之下，人民沒有說話的自由，也沒有不說話的自由。所以我的老朋友被逼迫寫的罵我或批評我的文字，我看了只感覺同情的惋嘆，誠心的諒解，決沒有絲毫的責怪。」

是他「根本」的態度。他對這個態度不但不迴避，而且以此自任。

一九五五年，也正是批判胡適思想進入最高潮的時候。胡適寫了〈四十年來中國文藝復興運動留下的抗暴消毒力量——中國共產黨清算胡適思想的歷史意義——〉長文。在這篇文章中，他指出：「我在這三十多年之中，從沒有發表過一篇批評或批判馬克思主義的文字。」然而，在批胡運動中，胡適卻被認定是「馬克思主義的死敵」，「馬克思主義戰線上最主要、最狡猾的敵人」，「企圖從根本上拆毀馬克思主義的基礎」，周揚則宣稱胡適是「中國馬克思主義和社會主義思想的最早的、最堅決的、不可調和的敵人」[34]。這些「罪名」，或許也曾聳動一時，但現在看來卻成了胡適在中國近現代思想史上偉大的業績了。胡適不但是反共的，而且是共產黨思想上的頭號敵人！

胡適的反共是從兩個層面來進行的。其一是從他終身研究的中國哲學史中，來闡發自老子以來的自然主義與以孔子為代表的理性人文主義，是幾千年來中國思想的正宗和基底。這個崇尚自然和理性的思想基本上是反獨裁、反暴力的，任何帶著宗教狂熱的迷

---

34 參看胡適，〈四十年來中國文藝復興運動留下的抗暴消毒力量——中國共產黨清算胡適思想的歷史意義——〉，收入《胡適手稿》，集九（臺北：胡適紀念館，一九七〇），頁四九三—五。

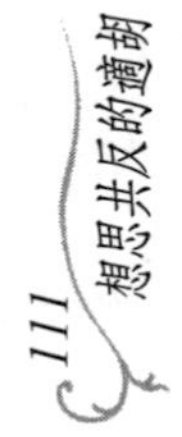

信和暴力都不能輕易征服中國知識分子的心。這個理性的人文主義不但是佛教和基督教在中國遇到的最大阻力，也是共產黨獨裁和思想控制所遇到的「抗暴防腐」力量。

在一篇五十年代所寫冠題為〈共產主義，民主與文化形態〉(Communism, Democracy, and Culture Pattern) 的英文打字稿中，胡適提出了一個問題：在共產黨的統治之下，中國思想和文化之中有沒有什麼成分是集權和暴力所不能摧毀的，而這個成分終將成為推翻暴政的最後力量。作為一個終身從事中國思想史和文化史的研究者，他認為至少有以下三點能有效而且長期的抵抗共產主義：

1. 一種近乎無政府主義對所有政府干預的極度厭惡。
2. 一種愛好自由與為自由而戰的悠久傳統——尤其是對知識、宗教和政治批評的自由。
3. 傳統對個人權利和對懷疑態度的推崇——即使是對最神聖的事物的懷疑。

1. An almost anarchistic aversion for all government interference.
2. A long tradition of love for freedom and fight for freedom, —especially for intellectual freedom and religious freedom, but also for the freedom of political criticism.

3. A traditional exaltation of the individual's right to doubt and question things—even the most sacred things.

胡適用《老子》的自由放任與漢初的「無為」政治來說明第一點。共產黨的集權統治是中國兩千年來「天高皇帝遠」無為傳統的反面。五十年代的共產黨幹部深入到村莊裡的每一戶人家，從食物上的控制進而干預到言談舉止，甚至於生活上的每一個細節。胡適寫道：

我不相信，由有意識的哲學與兩千年來無意識的生活方式，所培養灌輸而成的根深蒂固的個人主義與無政府主義的心態，可以在幾個月，甚至於幾年之內，就被無所不在的集權統治所肅清。

I cannot believe this inveterate individualistic and anarchistic mentality inculcated by conscious philosophy and especially by 20 centuries of unconscious living could be liquidated by a few months or even a few years of all-pervading totalitarian rule.

說到第二點「愛好自由的傳統」，胡適用先秦諸子、百家爭鳴的歷史來作為例子，並引了《論語》、「士不可以不弘毅，任重而道遠。仁以為己任，不亦重乎？死而後已，不亦遠乎？」和《孟子》：「自任以天下之重」來說明中國知識分子兩千多年來所形成的使命感。一種「天下興亡，匹夫有責」的責任感，使知識分子不能坐視一個政權過分偏離道德和理性。

至於第三點，胡適用歷代敢於直言的忠臣義士來說明在「理」與「勢」的鬥爭中，政治權勢或可有一時之披靡，但「理」終將得到最後的勝利㉟。

我們今天重讀這篇胡適寫在五十年代的英文舊作，或許覺得他未免高估了中國傳統思想中無為放任和追求自由的力量，把古代的哲學思想看作了抵抗強權和暴政的武器，而同時又低估了共產政權藉著現代的科技，在控制人民思想上，有前人意想不到的效率。試看一九五七年反右之後和文化大革命十年之中，中國知識分子所受到的磨難真是空前悲慘。至少到目前為止，我們還看不到這個自先秦以來即深植人心的自由傳統，在反抗強權和暴力上，可曾起過多少作用。

㉟ Hu Shih, "Communism, Democracy and Culture Pattern," 原稿藏紀念館，編號為「六—一 八，美國一」。

然而從這個角度來批評胡適的看法，也許是過分短視的。共產黨統治中國不過五十年，以五十年與三千年相比，則五十年只是一瞬。一個史學家和哲學家所能看到的往往是一般人所不及見的。胡適爭的是「千秋」，不是「朝夕」。我們不能因為共產黨對知識分子摧殘迫害之一時得勢，就輕易懷疑幾千年傳統的失去作用。

在中國受到強權侵凌，和中國知識分子受到暴力摧殘的時候，胡適常以英文發表文章闡述中國歷代思想中自由民主和科學的傳統。一九四一年正當中國抗日進入最困難的時期，時任駐美大使的胡適，發表英文論文〈民主中國的歷史基礎〉(Historical Foundations for a Democratic China)，他從社會學和史學的觀點來說明民主這個概念對中國人並不是全然陌生的，它有一定本土的根，他特別提出三點作為民主的歷史基礎：

1. 徹底平民化的社會結構；
2. 兩千年來客觀的考試任官制度；
3. 歷代的政府創立了一種來自本身的批評和監察的制度。

First, a thoroughly democratized social structure; secondly, 2000 years of an objective and competitive system of examinations for civil service; and thirdly, the historic institution of the government creating its own "opposition" and censorial control.㊱

胡適提出的三點是否能視為中國民主的基礎，容或有可以商榷的地方㊲，但胡適希望為民主找到一個中國思想的根，這個用心是顯而易見的。從思想的根源上來說明暴力和獨裁之不適用於中國，是胡適從學術研究上來進行反共。

一九五四年，胡適在第六屆遠東學會年會發表英文論文〈中國古代思想中懷疑的權利〉(The Right to Doubt in Ancient Chinese Thought)。他把自老子以來的自然主義和孔子「未能事人，焉能事鬼」的人本懷疑精神，以至於漢朝王充在《論衡》中所提倡「疾虛妄」的求真態度，都視為中國民主思想的根源，他把一九四九年以後共產黨在中國大陸

㊱ Hu Shih, "Historical Foundations for a Democratic China," in *Edmund J. James Lectures on Government: Second Series.* Urbana: University of Illinois Press, 1941, pp. 1–12. 收入《胡適英文文存》，冊二，頁八六七—七八。

㊲ 有關對這三點的討論，參看周質平，〈胡適對民主的闡釋〉，收入《胡適叢論》（臺北：三民，一九九二），頁三三五—六二。

的集權統治叫做「由軍事上的征服所帶來暫時的野蠻」(temporary barbarization brought by military conquest)，他在文末充滿信心的說：

> 中國這種懷疑的精神，這種智識上與生俱來的懷疑與批評的權利，最後終能把中國從目前暫時的野蠻境況中解救出來。
>
> I may also add that it will be this Chinese spirit of doubt—this Chinese intellectual birthright to doubt and criticize—that may yet ultimately save China from her present state of temporary barbarization. [38]

從上引的這幾段話中，我們可以看出：胡適把自先秦以來的自然主義和人本主義看作抵禦強暴最後的，也是最有效的辦法。胡適在死前不到兩年所寫的一篇重要的英文論文〈中國的傳統與未來〉(The Chinese Tradition and the Future) 中，充滿信心的說：「這個『人本主義與理性主義的中國』的傳統並不曾遭到摧毀，也是在任何情況下都毀滅不了的。」

[38] Hu Shih, "The Right to Doubt in Ancient Chinese Thought," in *Philosophy East and West* (January 1963), Vol. 12, No. 4, pp. 295–99. 收入《胡適英文文存》，冊三，頁一四四九—五六。

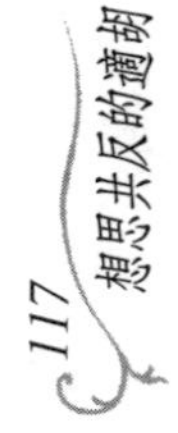

(I believe the tradition of the "humanistic and rationalistic China" has not been destroyed and in all probability cannot be destroyed.)[39]

這種從思想史上追根溯源的反共作法，可以解釋為胡適在文化上的民族主義。論者談到民族主義往往只注意到它的政治意義而忽略了它的文化內涵。在我看來，文化認同才是民族主義的最後歸宿。胡適在前引〈共產主義，民主與文化形態〉一文中，把共產黨的獨裁稱作「非中國的非理性與暴力的獨裁」("un-Chinese" dictatorship of unreason and violence)。在這句話裡，「非中國的」這個詞是特別值得注意的。換句話說，一九四九年以後的共產黨暴力集權統治，是不符合中國傳統，而且沒有「中國特色」的。而胡適自五四時期以來所倡導的自由民主和科學，從歷史上追溯，反倒是符合中國國情的。

無論胡適曾經如何激烈的批判過中國文化，指出中國文化中不人道的禮教桎梏，但這種種都絲毫不影響他對這個文化的依戀和愛護，他一生的工作和努力是和中國前途分

---

[39] Hu Shih, "The Chinese Tradition and the Future," in *Sino-American Conference on Intellectual Cooperation: Reports and Proceedings.* University of Washington, Department of Publications and Printing, 1962, p. 22。《胡適英文文存》，冊三，頁一五七八。

不開的。如果我們將「中國」這個成分從「胡適」這個名詞中抽離，「胡適」立即成了一個虛幻。胡適的功也好，過也好，唯有在「中國」這個大前提之下，才有意義。胡適始終不是一個鮮明或典型的民族主義者，但他畢生為中國前途和中國人民的民主與自由所作出的貢獻卻又遠在一般典型的民族主義者之上。

胡適在他晚年所寫文章中所再三致意的是，以自然主義與人本思想為基底的中國傳統是反對一切狂熱和一切暴力的，而一九四九年以後，共產黨的統治，卻又是在狂熱和暴力這兩點上表現得特別突出。因此，共產集權統治的最後敵人正是這個悠久的傳統。

五、對中共政權的直接批評

除了從思想史上指出獨裁暴力不適合於中國國情之外，胡適反共的另一個方式是對中共政權直接的批評。一九四九年以後，胡適對中共政權從未有過任何幻想，他自始就清楚的知道共產黨當權之後，絕無民主自由之可言。在一篇一九五〇年十一月所寫題為〈自由世界需要一個自由的中國〉(The Free World Needs A Free China) 的英文講稿中，胡適指出一九四九年的政權轉移不但使全體中國老百姓失去了自由，就是中共政權的本身也失去了自由。他在文中指出：

> 不只是中國人不自由，更重要的是自由世界要了解中國政權本身也是不自由的。毛澤東、中國共產黨，還有整個中國共產政府都是不自由的：他們都在蘇聯所加於它衛星國的枷鎖之下。他們一向是聽命於克里姆林宮的，因為他們深知共產中國會繼續依賴蘇聯軍事和工業的力量，所以他們必須繼續聽命於克里姆林宮。
>
> But it is not the Chinese people alone who are not free. It is more important for the free world to understand that the Chinese regime itself is not free. Mao Tse-tung, the Chinese Communist Party, and the entire Chinese Communist Government are not free: they are all under the bondage, which the USSR imposes on the satellite countries. They have always taken orders from the Kremlin, and they must continue to take such orders because they are fully conscious that Communist China has been and will long continue to be dependent on the military and industrial power of the Soviet Union. ㊵

㊵ 這篇英文稿藏紀念館，編號為「六一一　一〇，美國一」。有胡適手改的筆跡。

在這篇文章中，胡適對「自由的中國」一詞特別有所說明，他所說「自由的中國」並非僅指當時的臺灣，而是相對「受制於蘇聯的中國」而言。他對這一詞的界定是：

> 我所說的「自由的中國」是指極大多數的中國人雖然生活在鐵幕之中，受難於鐵索之下，但是他們在心智上和感情上都是反共的。
>
> By "Free China", I mean the vast majority of the Chinese people who are mentally and emotionally anti-Communist even though they are physically living and suffering under the iron yoke and behind the Iron Curtain.

在文末，胡適堅定的指出：

> 自由的中國的存在是個事實，目前在所有被世界共產主義征服的民族中，中國人是文明最高的，他們生活在一個以個人主義知名，千百年來為知識、宗教和政治自由而戰的文明裡。我的同胞不能長期的受制〔於共產集權〕。
>
> 這不是一個被稱之為中國不可救藥的樂觀主義的哲學家一廂情願的想法。這個結論是

一個終生研究中國思想和歷史的學者經過仔細研究所作頭腦清楚的判斷。要是歷史和文明不完全是荒謬的，那麼，自由的中國就將永存。

Free China exists as a reality because, of all the peoples conquered by World Communism so far, my people are the most civilized and have lived under a civilization noted for its individualism and its century-long fights for intellectual, religious and political freedom. My people cannot long remain captive.

This is no wishful thinking on the part of a Chinese philosopher who has been called the incurable optimist of China. No, this conclusion is the studied sober judgement of a life-long student of Chinese thought and history. If history and civilization means anything at all, there shall always be a free China. [41]

胡適在這篇文章中所說的「自由的中國」並不是一個政治實體，而是中國人長久以來所養成的為自由而戰的傳統精神。歷史和文明終究不會是完全荒謬的，任何暴政和集權都

41 同上。

不能永遠的壓制住人民爭取自由的意願。胡適對這個歷史的通則是絲毫沒有任何懷疑的。

一九四九年十月一日之後，多少海外中國知識分子對毛澤東「中國人民站起來了」這句話充滿了浪漫的幻想，為建設社會主義的新中國而紛紛回國，這些熱情熱血的愛國青年，在往後幾年的清算鬥爭之中，幾乎無一倖免。他們的愛國熱誠是可敬的，但是對共產黨天真浪漫的想法，卻是可憫的。

當時對共產黨的革命抱持天真浪漫想法的也不只是中國知識分子而已，試看日後成為美國近代中國研究領袖人物的費正清 (John King Fairbank, 1907–1991) 在一九八二年出版的回憶錄《中國行：五十年的回憶》(*Chinabound—A Fifty-Year Memoir*)，在〈發現左翼〉(Discovering the Left) 一章中把延安說成是「閃耀在遠方的一顆星」(Yenan glowed in the distance)[42]，其態度與斯諾 (Edgar Snow, 1905–1972) 在《紅星照耀中國》(*Red Star Over China*) 中對共產黨的嚮往並無二致。費正清在一九四四年從中國回到華盛頓，當時他「深信共產黨的革命已深植在中國人的生活之中，此一革命已非 CC 系或戴笠的警察所能壓制。而革命的理想則體現了對農民的解放與自五四以來科學與民主的傳統」(The

[42] John King Fairbank, *Chinabound—A Fifty-Year Memoir* (New York: Harper & Row Publishers, 1982), p. 266.

primary conviction that I took back to Washington in 1944 was that the revolutionary movement in China was inherent in the conditions of life there and that it could not be suppressed by the provocative coercion of the CC clique and Tai Li police. The ideals of liberation for the peasantry and of science and democracy inherited from the May Fourth era twenty years before were patriotic and kinetic.)[43]。這些西方的學者不但沒有看出，這樣的政權一旦當政，有走上集權和獨裁的危險，反而還說這個革命體現了科學民主的傳統。一個著名的史學家竟犯這樣的錯誤，真是令人費解！

也正是因為許多中外學者都在為共產黨革命而歡呼之際，胡適能在一九四七年多次指出：共產黨代表的是集權獨裁，並認定一九四九年是中國和中國人失去自由，而不是獲得解放的一年，這不能不說是他的特識[44]。

一九四九年以後的中國知識分子不但沒有「站起來」，而且還倒下了、摧毀了，並且

---

[43] 同上，p. 286.

[44] 一九五〇年初，胡適曾勸阻當時正打算回中國的史學家王毓銓。見胡適一九五〇年一月四日，八日日記，《胡適的日記》手稿本，冊十六，無頁碼。

受到了亙古所未曾有過的侮辱和迫害。這段歷史至今是中國大陸學者所諱言的，而研究胡適的大陸學者竟無人提到胡適當年在海外曾為這批苦難的中國知識分子有過呼號和聲援。一九五二年四月二十九日，胡適在「中國知識分子救援會」(Aid Refugee Chinese Intellectuals, Inc.) 上作了演說，題目是〈鐵幕裡苦難的中國知識分子〉(The Suffering Chinese Intellectuals Behind the Iron Curtain)，其中對中國知識分子在共產政權之下所受到的磨難，有極為動人的描述。演講之前，胡適首先向救援會的主席伍爾特・杰德博士 (Dr. Walter Judd) 及其同事為救援逃離共產集權統治的中國知識分子致謝，接著他沉痛的指出：

> 這是一個不容否認的事實——也是一個過分低估的說法——在我們悠久的歷史上，沒有任何時代像今天的知識分子在共產中國之下受到如此道德和精神上的荼毒。即使在長達幾世紀的統一大帝國之下，帝王有無限制的權力，也不及紅色中國每天對知識分子無所遁形而又無所不在的迫害。
>
> It is an undeniable fact, —and an understatement—that in the long history of my people, there has never been a period in which the intellectuals are subjected to so great moral and

spiritual torture as they are today in Communist China.

Not even in the long centuries of the unified empire under the unlimited powers of the absolute monarchy, was there such universal and inescapable oppression of intellectuals as is daily and everywhere practiced in the Red-controlled mainland today.

胡適在講演中接著說道，古代中國既沒有如現在龐大的軍隊，也沒有無所不在的秘密警察和密探，人們至少還有沉默的自由，而今連沉默的自由都沒有了。父子夫婦互相告發是政府所鼓勵的，在這樣嚴密統治之下，還有什麼個人自由和尊嚴之可言。他用胡思杜在報上公開批判胡適是「人民的公敵」為例，說明「沒有沉默的自由」是如何的可怕㊺！最後他指出中共取得政權之後的兩年半之內是要把知識分子轉化成一種「自動的口號傳

㊺ 胡適次子胡思杜，一九五〇年九月二十二日，在香港《大公報》發表〈對我父親——胡適的批判〉，文中有「他（胡適）是反動階級的忠臣、人民的敵人」的句子。這篇文章頗引起海外輿論的注意，《時代》雜誌（*Time*）曾訪問時在紐約的胡適，並以〈沒有沉默的自由〉（No Freedom of Silence）為題在一九五〇年十月二日刊出這篇訪問。參看一九五〇年九月二十三、二十四、二十六日《胡適的日記》手稿本，冊十六。

聲筒」(slogan-mouthing automation)[46]。

胡適所提出的「沉默的自由」是遠比「言論自由」更基本的一種人權。「沉默的自由」也就是一個人有不表態的權利，等到連這個權利都被剝奪的時候，那麼，一個人也就沒有不說假話的自由了。當時美國人對中共政權的了解是非常有限的，胡適大量的演說和文章揭露了五十年代共產黨對知識分子的兇殘嘴臉。直到今天，在大陸上指出中共血腥鎮壓殘害知識分子的這段歷史，依舊只能輕描淡寫。胡適許多英文的文章為這段悲慘的歷史作了海外的見證。

胡適在一九五〇年九月二十四日的日記裡，貼了一份英文剪報報導胡思杜撰文批判胡適的事，這篇文章對胡適表示了深切的同情，並嚴厲指責共產黨這種下流而又荒誕的作法。胡適在剪報旁邊寫了幾個字：「兒子思杜留在北平，昨天忽然變成了新聞人物！此當是共產黨已得我發表長文的消息的反應」[47]。如果胡適的猜測不錯，讓共產黨如此不安的「長文」是發表在一九五〇年十月號《外交事務》(*Foreign Affairs*)季刊上的〈史

---

[46] 講稿藏紀念館，編號為「四一二　六，美國一」，Aid Refugee Chinese Intellectuals, Inc. 發了新聞稿。

[47] 《胡適的日記》手稿本，冊十六。

大林策略下的中國〉(China in Stalin's Grand Strategy)。這篇文章的主旨在指出共產黨在中國的成功並非如一般所說是因為共產黨的政策深得人心，其主要原因還是紅軍在蘇聯國際共產的支助下，在抗戰八年期間武力上有了迅速而驚人的擴大，加上西安事變和雅爾達密約等種種的歷史事件造成了國民黨的失敗[48]。胡適在一九五〇年九月六日寫給傅斯年的一封信中提到這篇文章：「主旨要人知道中國的崩潰不是像 Acheson 等人說的毛澤東從山洞裡出來，蔣介石的軍隊就不戰而潰了，我要人知道這是經過二十五年苦鬥的失敗。」[49]從歷史上來更正一部分史實，是胡適學術反共的另一手段。

胡適反共正如他當年領導新文化運動，是從思想和文化的層面著手，而不是泛泛的從政治上立論。他一方面說明共產集權為什麼應該反，但另一方面他也從歷史和思想的角度來解釋為什麼社會主義在近代中國能吸引如此眾多的優良知識分子。在一篇一九五

---

[48] Hu Shih, "China in Stalin's Grand Strategy," in *Foreign Affairs* (Oct. 1950), Vol. 29, No. 1. pp. 11–40. 有聶華苓翻的中譯本，〈史大林策略下的中國〉（臺北：胡適紀念館，一九六七），頁一—四八。

[49] 〈胡適致傅斯年夫婦〉，在耿雲志、歐陽哲生編，《胡適書信集》，冊三（北京：北京大學，一九九六，共三冊），頁一一九七。

○年代所寫，題為〈中國為了自由所學到的教訓〉(China's Lesson for Freedom) 的講稿中，他對這個問題有所闡釋。他認為以馬克思列寧為標籤的共產主義之所以能在中國風靡一時，主要是基於以下三點原因：

1. 至今未曾實現過的烏托邦理想的吸引；
2. 對激烈革命過度的憧憬，以為革命可以改正一切的錯誤和不公正；
3. 最後，但絕不意味著最不重要的一點是：一些抽象的、未經清楚界定的名詞發揮了魔幻而神奇的效力。〔如「無產階級專政」、「人民民主專政」、「人民共和國」、「人民政府」等等，都屬於這一類的名詞。〕

1. the idealistic appeal of a hitherto unrealized Utopia,
2. the emotional appeal of the power of a radical revolution to right all wrongs and redress all injustices, and
3. last, but not least, the magic power of big and undefined words.

從過去幾十年和國際共產主義鬥爭的過程之中，中國所學到的教訓也有三點：

1. 對未經考驗的目標和理想盲目的崇拜，並缺乏對達到這一目標和理想的過程進行必要的思考，結果不可避免的導向一種不道德的哲學，那就是目的可以使手段變得合理。
2. 對社會和政治思考缺乏耐心，結果總是導向對暴力革命給以理論上和意識形態上的辯護，這種暴力革命必然導向獨裁、集權和對自由的破壞。
3. 別小看一些大字眼的魔幻力量。這些大字眼到了現代獨裁者的手中，就成了他們最有力的工具。唯一的解毒丹是少許的懷疑，幾盎司的不輕信，和少量把思想搞清楚的嚴格訓練。

1. That blind worship of an untried or unchallenged “end” or “ideal” without due consideration or the necessary means of achieving it inevitably leads to the immoral philosophy of the end justifying the means.
2. Impatience in social and political thinking invariably leads to theoretical or ideological justification of violence and violent revolution, which tends necessarily towards dictatorship, despotism, and destruction of freedom.

3. Do not belittle the magic power of big words which are the most important stock of trade in the hands of modern tyrants and despots. The only antitoxin is a little measure of doubt, a few ounces of incredulity, and a little rigid merited discipline to make ideas clear. [50]

在這篇文章的結論中，胡適沉痛的指出：「成千上萬的人已遭到謀害，上億的人民受到奴役，而一個『人間地獄』已在我至愛的中國造成——這種種都只是為了一個不可知的上帝——對烏托邦社會的盲目崇拜。」(So millions and tens of millions have been murdered, and hundreds of millions have been enslaved, and a "living hell" has been created in my beloved China—all in the name of an unknown god—the blindly worshipped ideal of a utopia society!) [51]

一九五三年四月一日，胡適在遠東學會第五屆年會上發表英文論文〈共產中國思想改造的三個階段〉(The Three Stages of the Campaign for Thought Reform in Communist Chi-

---

[50] Hu Shih, "China's Lesson for Freedom." 英文打字稿，後半為手稿。藏紀念館，無編號。

[51] 同上。

na)[52]，在這篇文章中，胡適對所謂「洗腦」和「思想改造」作了最嚴厲的指控，這種在「暴力和威嚇」(force and intimidation) 之下所進行的「坦白」、「自我批評」和「自我批評的批評」都是對人格尊嚴和獨立思考所作最徹底的侮蔑和摧毀。胡適以馮友蘭、周培源、金岳霖、梁思成等北大和清華的著名教授為例，說明他們當時所作的自我批評是如何的不可思議又慘不忍睹。

一九五二年十二月七日，胡適在北大同學歡迎會上，講到當時正在進行的胡適思想批判，他對那些辱罵他的老朋友、老學生，非但沒有半點責備，而且還寄予最深切的同情：

> 所有這些公開否認胡適思想，檢討蔡元培思想的朋友，都是在非人環境中，被壓迫而這樣做的。我們應該基於深刻的同情，知道他們沒有說話的自由，也沒有不說話的自由，我們應該體諒，他們所坦白的，絕不是他們心中要說的。

胡適同時指出「清算胡適思想，等於溫習胡適的書」，因此「這正是替我作無代價的宣傳，我很感到高興」[53]。

---

[52] 原稿藏紀念館，編號為「六－一 七，美國一」。

這種悲憫哀矜的態度也正是胡適在一九五〇年一月九日寫〈共產黨統治下絕沒有自由〉的心情，這篇文章的副題是「跋所謂陳垣給胡適的一封公開信」。陳垣給胡適的公開信是一九四九年四月二十九日寫的，發表在同年五月十一日的《人民日報》上，在信裡，陳垣赤裸裸的吹捧共產黨的思想改造是如何的成功，而自己在改造的過程中獲益是如何的深切，並向胡適進行統戰。胡適對陳垣不但不以氣節相責，而且還從語法用字多方面來證明這封信絕非陳垣手筆[54]。他深知在這樣暴力集權的統治之下，對任何知識分子相責以氣節，都不免是為那個殘暴的政權在作開脫。

胡適在文末指出：陳垣「在共產黨軍隊進入北平之後三個月就得向天下人公告，他的舊治學方法雖然是『科學的』，究竟『是有著基本錯誤的』！他得向天下人公告，他已初步研究了辯證法唯物論和歷史唯物論，確定了今後的治學方法！」還有什麼能比這個

---

[53] 胡適，〈北大同學會歡迎會上講話〉，《胡適言論集》，（乙編）（香港：自由中國，一九五〇），頁六一—二。

[54] 陳垣致胡適的信收入陳智超編注《陳垣來往書信集》（上海：古籍，一九九〇），頁一九一—九五。胡適的答書題為〈共產黨統治下絕沒有自由——跋所謂陳垣給胡適的一封公開信〉，原刊《自由中國》，卷二，三期，收入胡適《我們必須選擇我們的方向》（臺北：自由中國，一九五〇），頁五七—六一。

更能說明「共產黨統治之下絕沒有學術思想的自由」[55]。

六、結語：燎原的星火

過去二十年來，中國的學術界熱中於整理研究胡適的著作和思想，每年都重版胡適舊作並出版為數可觀的有關研究。在北京幾個重要的書店裡，還有「胡適專櫃」的設立。這不但說明胡適的思想受到學術界的重視，並且也為廣大讀者所歡迎。換句話說，在已是二十一世紀的今天，胡適在中國大陸不但沒有為人所忘記，並大有捲土重來之勢。當年人人喊打的「胡適幽靈」、「帝國主義的走狗」、「馬克思主義的死敵」，而今竟成了一個「暢銷書作家」，在學術殿堂中，高踞首席。這個轉變絕不只是意味著胡適思想在中國的消長，更重要的是：胡適所一再強調的，自先秦以來即已深植人心為自由而戰的悠久傳統，畢竟不能長久的受到壓制。

一九五三年一月十四日，胡適對大陸文化教育界人士廣播，在廣播中曾虛白問胡適：「共產黨清算您的思想可以成功嗎？」胡適的回答是：「我相信他們清算我的思想是要

55 同上。

大失敗的，古人說得好『野火燒不盡，春風吹又生』。共產黨是不會明白這一點點的常識的。」[56]三四十年的烈火終究燒不盡胡適思想中那點追求自由和民主的根，二十一世紀的春風終將使那個久經摧殘的種籽發芽茁壯。

一九九八年，北京社會科學院文學所的胡明編輯出版了十六卷本的《胡適精品集》，包裝的紙盒上印著「現代中國的文化宗師，『當今孔子』的巨著」。雖然這只是書商的廣告用語，但多少還是反映了胡適思想在中國過去五十年裡「九地之下」與「九天之上」的轉變。我把這十六冊書和一九五五年出版的八冊《胡適思想批判》[57]並排的放在書架上，我感到有些困惑也有些傷感。讓我感到傷感的倒不是胡適個人身後名的浮沉，而是這些浮沉所反映的整個中國所經歷的錯亂、迷失和瘋狂。在打倒胡適的那個血腥殘暴的歲月裡，被打倒的又何止是胡適一人，所有的中國知識分子都受到了最不堪的侮蔑和凌辱。然而，讓人感到欣慰的是胡適崇尚自由、民主與科學的思想終究沒有被暴力和集權所摧毀。近半世紀的批判和誣蔑只使得胡適思想在九十年代重現時，顯得更光彩奪目。

[56] 胡適，〈同情淪陷鐵幕的知識分子——對大陸文化教育界人士廣播〉，《胡適作品集》，冊二六，頁二一〇。

[57] 《胡適思想批判》（北京：三聯，一九五五，共八冊。）

胡適研究在當今中國成為顯學，所顯示的另一層意義是中國在自由民主的尺度上至今還沒有趕上五四。胡適的許多「卑之無甚高論」的意見，在二十世紀九十年代的中國依然是「駭人聽聞」。胡適思想的精義，對當今中國人而言，不但是在「容忍」上，更是在「抗爭」上。

多年來，許多中國大陸的學者把胡適的反共歪曲成是為了討好國民黨來打擊共產黨。這是對胡適最大的誣蔑。在胡適的思想中，「黨」之上是有「國」的；「國」是「千秋」，而「黨」只是「朝夕」。胡適的反共和他畢生為民主自由而奮鬥的精神是完全一致的。他的反共不只是政治上的，更是文化上的，他是為了人性的尊嚴、人格的獨立和學術的自由而反共的。

胡適從五十年前「帝國主義的走狗」到如今成了「現代中國的文化宗師」、「當今孔子」，這個轉變已經遠遠超出了「政治平反」的意義，而是顯示著中國大陸的學術研究在經過近半世紀的「黨化」之後，終於露出了一點新生的曙光，雖然這點曙光是如此的微弱，但在久經沉暗的中國大陸天際，這一線光明很可能正是燎原的星火。

國界與是非

——胡適早期思想中的「愛國」

一、前言

在中國近代思想史上，胡適（一八九一—一九六二）和他並時的許多知識分子相比，是個思想比較一致的人。從他早年經過中年到晚年，許多基本觀念和信仰是始終如一的。他不像梁啟超「不惜以今日之我，難昔日之我」❶，不同的時期有不同的面貌；他也不像陳獨秀，有他「最後的見解」❷。

胡適對科學、民主、自由這些基本信念的「最後見解」，我們都可以從他早年的文字

---

❶ 梁啟超，《清代學術概論》（上海：商務，一九二一），頁一四三。

❷ 見胡適，〈陳獨秀的最後見解序言〉，《我們必須選擇我們的方向》（臺北：自由中國，一九五〇），頁三一—四一。

或日記中，尋出線索。我們甚至可以說：胡適四十五歲以後，在學術上和社會改革方面，沒有再提出過新方向、新議題，他基本上是重複和加深早年創始的口號和工作。

說胡適思想比較一致，並不是說他前後一成不變。年歲成長，人事更替，加之在表達時由於對象有華洋之別，在內容上也就有些出入，這是難免的。然而，也正是因為有這些歧異，才能看出一個人思想的發展和成熟。

本文擬就胡適早年對愛國這一概念的理解，進行分析，指出他在不同時期的演變。

二、《競業旬報》時期（一九〇六—一九一〇）

胡適一生主辦過的報紙雜誌不在少數，《競業旬報》是他積極參與的第一個報紙。這是一份晚清的白話小報，創刊在丙午年（一九〇六）九月十一日，這時胡適還不滿十五歲。據胡適在《四十自述》中說：這份報表面上的宗旨是「一、振興教育，二、提倡民氣，三、改良社會，四、主張自治」，而真正的目的則是「鼓吹革命」❸。

在不到四年的時間裡，胡適在《競業旬報》上發表了大約十五萬字的文章和詩詞。

❸ 胡適，《四十自述》（臺北：遠東，一九八二），頁六七。

這也正是胡適受梁啟超影響最深的一段時期，細讀胡適《旬報》上的文字，不難找到梁啟超〈新民說〉❹的影子。胡適在《四十自述》中就很清楚的說過這個影響：

> 梁先生的文章，明白曉暢之中，帶著濃摯的熱情，使讀的人不能不跟著他走，不能不跟著他想……我個人受了梁先生無窮的恩惠。現在追想起來，有兩點最分明。第一是他的〈新民說〉，第二是他的〈中國學術思想變遷之大勢〉。❺

胡適在這段文字中，總結〈新民說〉的宗旨是：

> 「新民」的意義是要改造中國的民族，要把這老大的病夫民族改造成一個新鮮活潑的民族。❻

❹ 見梁啟超，〈新民說〉，《飲冰室專集》之四，頁一——一六二，收入《飲冰室合集》，冊六（上海：中華，一九八九）。

❺ 同❸，頁五七。

❻ 同上。

其實，這也正是胡適在《競業旬報》投稿的用心。

胡適在《旬報》出刊兩週年紀念的那一天，以「希彊」的筆名，寫了一篇〈本報之大紀念〉，說到他們是本著「一片醒世的婆心，開通民智的妄想」來辦報的，接著他說到辦報的目的：

> 我們這個報，本來是想對於我們四萬萬同胞，幹些有益的事業，把那從前種種無益的舉動，什麼拜佛哪，求神哪，纏足哪，還有種種的迷信，都一概改去，重新做一個完完全全的人，做一個完完全全的國民。大家齊來，造一個完完全全的祖國，這便是兄弟們的心思。

在文末，胡適再次呼籲：「看官呵！我們這個報的目的是要使全國的人，個個盡明白事理，個個盡痛改從前惡俗，個個都曉得愛我們的祖國。」（《競業旬報》，第二十九期，戊申年〔一九〇八〕九月十一日）在這裡，我們看到了一個充滿理想、熱情而又愛國的少年胡適。此時，他多少是以「新民子」第二自我期許的。在胡適心目中的「新民」必須是一個有強烈的國家觀念和愛國情操的國民。

胡適在《競業旬報》第三十七期的〈社說〉中，說到他們辦報的宗旨和所遭遇的種種困難，最可以看出一群少年人救國愛國的熱忱：

同胞，我們為什麼要辦這個報呢？難道我們想賺錢嗎？難道我們想得名譽嗎？你想我們離了父母兄弟，來到這裡，辛辛苦苦，口敝舌焦，弄一個報館，出了幾十期的報，也不知折了多多少少的資本（看官，這是良心話），賠錢的賠錢，勞力的勞力，勞心的勞心，利在哪裡呢？你再想，我們弄這個報，話說激烈了，要砍頭，要平墓，要坐監牢；說腐敗了，又要受天下人的罵，名在何處呢？我們的心，都只為，眼見那時勢的危險，國民的愚闇，心中又怕，又急，又可恨，又可憐，萬不得已，才來辦這個報，寧可賠錢，寧可勞心勞力。所為何來？唉，我們的宗旨，是要望我們同胞：

第一，革除以前種種惡習慣；

第二，革除以前種種野蠻思想；

第三，要愛我們的祖國；

第四，要講道德；

第五，要有獨立的精神。

這是一段相當情緒化的文字，也是很口語的白話文，在成年以後胡適的著作中是少見的。這種犧牲奉獻的精神和他辦《獨立評論》時所說：「不為吃飯，不為名譽，只是完全做公家的事」⑦是前後一致的。

我們現在重看胡適當年所寫的一些常識性的短文如〈地理學〉，如〈說雨〉，如〈飲食上的衛生〉等，大概不免覺得這是寫給小學生看的小玩意兒，但在小玩意兒的背後卻隱藏著一個大抱負，少年胡適不但要藉著這些淺顯通俗的文字來啟迪民智，而且還要改變整個中國的民族性。他的短文如〈苟且〉、〈名譽〉等篇都是朝著這個方向在努力。

在〈苟且〉一文中，胡適將中國人「苟且」的習性比喻為一場中國的大瘟疫，而中國的文明就在這場瘟疫中漸漸衰落。從下面這段引文中，可以看出胡適如何痛心於中國人「苟且」的習性：

⑦ 胡適，〈胡適致周作人〉，《胡適往來書信選》，中冊（香港：中華，一九八三，共三冊），頁二九六—九七。

你看我們中國的民族，今年你來做皇帝，他也服服貼貼的；明年他來做皇帝，他也服服貼貼的。不管是人是狗，他都肯服事的，到了如今，哪一個不是安安穩穩的伺候著做順民呢！唉！國民苟且到這地步。科學上是苟且極了，思想精神哪一件不苟且？行一步路，做一件事，說一句話，哪一件不苟且？國亡了，還要隨便些兒罷。噯喲，那可真亡了，祖國可真是沒有救了。唉！可恨啊！苟且。（《競業旬報》第三十六期）

少年胡適在《競業旬報》上所發表的文字，往往都帶著居高臨下的教訓口吻。他自視為一個肩負著使命的社會教育者，在告誡芸芸的無知眾生，何者當為，何者不當為。這從他所寫的白話文中，看得尤其清楚。胡適這個時期的白話，遠比他一九一七年發表〈文學改良芻議〉以後的白話更接近口語，這樣刻意的寫淺顯的文字，正是反映此時他心中尚未擺脫「我們」知識分子，「你們」無知小民的二分法。白話文越接近口語，所體現教訓的意味也就越強，「我們」和「你們」的距離也就越大❽。正因為如此，這種所謂「開

❽ 有關「我們」、「你們」的這個說法，參看胡適，〈導言〉，趙家璧主編，《中國新文學大系》（上海：良友，一九三五，共十冊），第一冊《建設理論集》，頁一三—一四。

通民智」的文字往往只有「說教」的氣味，而沒有說服的力量。

胡適漸漸的從這種充滿教訓意味的「語體」，轉變為相當書面的「白話」，這個轉變雖然拉遠了「口語」與「書面」的距離，卻減少了他和讀者之間的差距。一種過度的口語，不但引不起讀者的好感，反而使讀者感到一種被看低看小了的侮辱。

〈名譽〉是另一篇充滿教訓意味的短文。胡適用班超「死無所名，非壯士也」及《論語》中「君子疾沒世而名不稱焉」兩句話開篇，講到人人應該愛惜名譽，並且要創造「名」、「實」相副的「名譽」。在結尾時他說：

> 列位務必要把那好名的心腸鼓勵起來。在家的時候，便要做一個大孝子；在一村，便要做一鄉的表率；在一國，便要做一個大愛國者；生的時候，便要做一個人人欽敬的大偉人；死的時候，便要做一個人人崇拜、永永紀念的大英雄。列位，同胞，那才算不愧這堂堂七尺之軀呢，那才不愧做了一輩子的人呢。（《競業旬報》第二十八期）

這簡直是道貌岸然的說教了。當然，這只是一個十幾歲孩子的文章，與他成年以後，在文字上的凝練老到是不能同日而語的。天才、偉人也一樣有他們的幼稚期。

胡適從小就提倡「傳記文學」，講究「英雄崇拜」。他在《競業旬報》上所發表的傳記，大多是為國家、為團體而犧牲個人生命或幸福的烈士。如〈姚烈士傳〉，如〈世界第一女傑貞德傳〉，如〈中國愛國女傑王昭君傳〉等都是為了發揚傳主的愛國精神而寫的。〈姚烈士傳〉講的是姚洪業（《四十自述》作「弘業」）為創立中國公學，蹈黃埔江而死的事跡，在這篇傳記中，胡適一再強調姚洪業是個「極愛國，極保種，極有血性」的男兒，並褒揚他的愛國情操。在十五歲的胡適看來，國家與個人的關係是這樣的：

> 列位要曉得：大凡做了人，務必要靠國家保護，才能自立於世界，才能揚眉吐氣，不受人欺侮。列位不看見那些英國、法國的人，在街上行走，有哪個敢去碰他一碰麼？他們都有「國家」二字，大書特書於腦蓋上，所以才擺得出這樣大架子。像我們這些無國之民，哪裡敢則一聲呢？別說不敢得罪人家，即使人家得罪了我，羞辱了我，我又怎樣奈何他呢？唉！這無國之苦，真可憐呀！（第十八期）

這個時期胡適所提倡的愛國帶著很濃的民族主義色彩和道德教訓的意味，這和他去美留學以後，轉向理性批判的愛國有著相當的距離。《競業旬報》時期胡適的愛國思想，基本上是「啟蒙」與「救亡」兩種意識激盪而成——他是要透過「啟蒙」來「救亡」的。

在戊申年（一九〇六）十一月一日出版的《競業旬報》第三十四期上，胡適以「鐵兒」的筆名，發表了一篇〈愛國〉。他把「愛國」說成和愛父母，愛家有相同的感情基礎和利害關係。而愛國的實踐需從「保存祖國的光榮歷史」開始，並進而「加添祖國的名譽」。在「保存祖國的光榮歷史」項下，有如下一段話：

> 忘記了自己祖國的歷史，便要卑鄙齷齪，甘心作人家的牛馬奴隸了。你看現在的人，把我們祖國的光榮歷史忘記了，便甘心媚外，處處說外國人好，說中國人不好。哪裡曉得他們祖宗原是狠光榮的，不過到了如今，生生地給這班不爭氣的子孫蹧蹋了。唉！可慘呀！

在「加添祖國名譽」項下，則有如下的一段：

> 我們中國最有名的是那些道學家所講的倫理，我們斷不可唾棄了去，務必要力行那種修身的學問，成一種道德的國民，給世界上的人欽敬。又如我們中國最擅長的是文學，文

哪，詩哪，詞哪，歌曲哪，沒有一國比得上的。我們應該研求研求，使祖國文學一天光明一天。不要卑鄙下賤去學幾句愛皮細低，便希奇得了不得。那還算是人麼？

這兩段話簡直有點像五十年代共產黨批胡文人筆下的語調了。這樣的態度，跟他二十八年以後（一九三四），在《獨立評論》上發表〈信心與反省〉❾，對中國傳統的倫理道德、藝術、文學各方面作全面的批評，是兩個完全不同的態度了。少年胡適在「愛國」這一點上，也不免犯了他自己日後所說「誇大狂」的毛病了❿。

少年胡適用突出祖國的偉大來激發同胞的愛國心，與他往後指出中國「百事不如人」⓫，我們必須知恥努力，才能立足於今日世界，其用心是一致的，但手法卻是不同的。下面這段話是另一個例子，說明他如何珍惜中國光榮的歷史，並以此為榮：

從前我們中國，講起各種科學來，哪一門不發達得早，神農皇帝的時候，便能嘗藥性，

❾ 參看胡適，〈信心與反省〉共三篇，《胡適文存》，冊四（臺北：遠東，一九六八），頁四五八—七九。

❿ 同上，頁四六一。

⓫ 參看，胡適，〈介紹我自己的思想〉，《胡適文存》，冊四，頁六一八。

發明醫學。黃帝的時候，已有人會算天文，會造曆日。到了唐堯的時候，那天文學更發達了，黃帝的時候，便會作指南車，那指南車便是現在的羅盤。現今各國人航海行軍，哪一個不用這個東西，可見我們中國的磁學發達得非常之早了。至於那些蠶桑哪，文學哪，印刷術哪，哪一樣不是我們祖國所發明的呢！唉，講到我們中國上古時代的文化，那真正是我們的光榮了。（《競業旬報》第三十六期）

這樣的態度與他中年以後所說：「我們祖宗的罪孽深重，我們自己的罪孽深重」，「中國不亡是無天理」⑫，形成了有趣的對比。

要想了解胡適在態度上這樣的轉變，我們還得從他的《留學日記》中去找答案，去找過渡的橋梁。在美國七年給了胡適許多觀察、比較和思考的機會，尤其在「愛國」這一點上，他開始從一個新的角度來探討這個問題。

⑫ 同⑨，頁四六二。

三、留學時期（一九一〇—一九一七）

胡適在一九一〇年赴美留學，在美七年，是他思想漸漸定型的一段時期。從他的《留學日記》中，我們可以清楚的看出：他對「國界與是非」這個問題，曾經有過嚴肅的思考。「國界」是一個人對自己國家的偏愛；「是非」則是要求超越這種偏愛來論斷曲直。

在理性的判斷上，胡適是比較傾向於「是非」的，但當這個「是非」與自己國家緊密相關時，要完全客觀的來論是非，就不這麼容易了。胡適在日記中，相當忠實的記錄了他的矛盾和衝突。

「國界與是非」的問題起自一九一四年五月十五日世界學生會各國學生之間的一場討論。論題是綺色佳（Ithaca，康乃爾大學所在地）當地的一家報紙 *Ithaca Journal* 論到當時美國、墨西哥為邊境問題，時起釁端，而這家報紙提出這樣一句話：

> 我的國家，但願他永遠是對的；然而，無論對錯，他都是我的國家。
>
> My country—may it ever be right, but right or wrong, my country. ⓭

這句話基本上是說「但論國界，不論是非」，在各國學生激烈辯論這種態度是否正確之後，胡適投書這家報紙表示了他的意見，收錄在《日記》中的投書，未經翻譯，我將它摘譯如下：

> 在我看來，「無論對錯，都是我的國家」這一說法的謬誤在雙重的道德標準。至少在文明的人群裡，沒有人能否認，公理和正義是有一個標準的。假定「我的國家」不合憲法的抽我的稅，或不合理的沒收我的財產，或者不經審判就將我監禁起來，即使這些事是假借「我的國家」之名而行的，毫無疑問的，我會抗議。
>
> 然而，當我們面對國際事務時，我們卻立即捨棄了公理和正義的標準，而且還相當自豪的宣稱：「無論對錯，都是我的國家」，我說我們有雙重標準，難道不對嗎？一個標準用於同胞，而另一個標準則用於外國人。在我看來，除非我們在國內或國外都能用一致的標準，我們缺少一個共同的基準來辯論這個問題。

"It appears to me that the fallacy of the saying 'Right or wrong, my country' lies in the fact

⓭ 胡適，《胡適留學日記》，冊一（上海：商務，一九四七，共四冊），頁二三一—二三二。

that there is a double standard of morality. No one will deny that there is a standard of justice and righteousness—among the civilized people at least. Suppose 'my country' should tax me unconstitutionally, confiscate my property unjustly, or have me imprisoned without a trial, I would undoubtedly protest, even if it were done in the name of the law of 'my country.'

"But when we come to international affairs, we immediately discard that standard of justice and righteousness, and we declare with no little pride, 'Right or wrong, my country'. Am I not right in saying that we are applying a double standard of morality—one to our fellow countrymen and another to foreign or 'outlandish' people? It seems to me that unless we adopt one standard of righteousness both within and without our country, we have no common ground on which we can argue." ⓮

從這篇投書看來，胡適是反對所謂「但論國界，不論是非」的，他希望能找出一個超越國界的公是公非。

⓮ 同上，頁二三四。

但兩個多月以後，在他七月二十六日的日記中，又提到此事，對「但論國界，不論是非」這一點有了更進一步的理解，所謂 "My country, right or wrong, my country"，胡適已能了解為「吾國無論是耶非耶，吾終不忍不愛之耳」或「父母之邦，雖有不義，不忍終棄」⓯。

在同一天的日記中，他還舉了《論語》中「父為子隱，子為父隱，直在其中矣」，認為這是「仁人之言」。同時也坦白的承認：他自己所常說的「執筆報國」，「何嘗不時時為宗國諱也」⓰。

⓯ 同上，冊二，頁三一四—一五。

⓰ 同上，頁三一五。

胡適當時的「執筆報國」在留學生之間已小有名氣。如在一九一四年一月出版之《留美學生年報》，胡適發表了〈藏暉室友朋論學書〉，收了一封梅光迪寫給他的信，並冠了標題「論執筆報國」：「來書所言，與弟意正合。今日外人真知吾國情形者，弟敢謂實無一人。彼輩即居吾國數十年，號稱 Authority（作者案：權威），其所著之書，亦生吞活剝，附會穿鑿，不值吾人一笑。而吾人又不能執筆與之辯；彼輩遂以為吾人默許，自認為如此如此。詎非最可憐之事耶。間有執筆之徒，又實不諳其本國情形，強作其本國之代表人。其影響所及，較之彼中所稱為 Authority 者更危，以其言出於吾國人之口也。足下試觀胡適到美國的第二年，曾想著一部英文書，書名擬為《中國社會風俗真詮》，但這個書名的英文卻是：In Defense of the Chinese Social Institutions，直譯應為：「為中國社會制度辯護」，其子目包括「祖先崇拜」、「家族制度」、「婚姻」、「守舊主義」、「婦女之地位」等十條⑰。細看這些子目，大多是胡適回國後，指為「迷信」、「無知」、「落後」、「不人道」種種的惡俗，何嘗有過任何「辯護」，但當他身在異國，卻情不自禁的想為他日後所口誅筆伐的惡俗作「辯護」的工作，這豈不就是他所說「不忍不愛」最好的例子嗎？

這種「為宗國諱」的例子，在胡適的英文著作中是頗不少見的⑱。但我們絕不能因此說胡適沒有是非觀念。但「是非」與「國界」確是在胡適心中有過激烈衝突的兩個理

吾人自家執筆之徒，有幾人能熟悉本國情形能代表吾人者乎？足下獨有慨於此，發憤執筆，又能言之有文，此其功高出執戈以衛社稷者多矣。足下勉之哉！」（頁五四）從這段文字可以看出：胡適已儼然是當時海外中國留學生為中國辯護的代言人了。梅光迪的這封信也充分的反映了當時中國留學生是相當鄙視歐美研究中國問題的所謂「漢學家」的。

⑰ 同上，冊一，頁一〇三—〇四。

⑱ 如一九一四年發表在 *The Cornell Era* 上的〈中國之婚俗〉(Marriage Customs in China) (pp. 610–11)。在這篇短文中，胡適力辯早訂婚與父母之命的種種好處，這些都是他在《競業旬報》上所一再批評的惡俗。

念，這個衝突終其一生，都沒有尋到一個完全的解決。其實，正因為他有過這種衝突，正因為他有「為宗國諱」的用心，我們才覺得胡適是個「近情」的人，也正因為如此，他始終不曾脫出過國家主義或民族主義。

胡適在康乃爾大學參加了世界學生會，並任會長，經常演說世界和平等題目，很容易使人覺得他是一個提倡世界主義的人，或者說他是一個自認為「世界公民」的人。他在一九一三年四月的日記裡，很清楚的說明：他所說的「世界觀念」是建立在國家觀念之上的。古希臘哲學家所持只知有世界，而不知有國家的觀念，和期望作為一個「世界之人」的想法，是與胡適所說的世界主義有出入的。他說：

> 今日稍有知識之人莫不知愛其國。故吾之世界觀念之界說曰：「世界主義者，愛國主義而柔之以人道主義者也。」⑲

換句話說，一個不愛其祖國的人，是不足以言世界主義的。胡適將這個意思歸結為「彼愛其祖國最摯者，乃真世界公民也」⑳。

⑲《胡適留學日記》，冊一，頁一四〇。

在美國當時的政治人物之中，胡適最景仰的是威爾遜，他曾說威爾遜「不獨為政治家，實今日一大文豪，亦一大理想家」[21]。他最信服威爾遜在一九一四年七月四日在費城演說中論到愛國的部分，在日記中，他作了摘錄，認為「可作格言讀」：「愛國不在得眾人之歡心，真愛國者認清是非，但向是的一面做去，不顧人言，雖犧牲一生而不悔。」又說：「人能自省其嘗效忠祖國而又未嘗賣其良心者，死有餘樂矣。」[22]

從這些胡適作為「格言讀」的威氏言論中，我們可以得出兩個結論：一，兼顧「是非」與「國界」並非完全不可能；二，「國界」的存在是一個客觀的事實。

對胡適來說，沒有國籍的世界公民只是虛幻。然而，這種對客觀的認知並不妨礙他傾心於墨子的兼愛哲學，也並不妨礙他努力於國際間的溝通和了解。

「國界」的存在雖是事實，但我們不能因為這個事實而自安於狹隘的國家主義或種族主義。正因為國界是不能否認的現實存在，我們更應當努力使這些國際和人際的界限

---

⑳ 同上。

㉑ 同上，冊二，頁三〇一。

㉒ 同上，頁三〇一—〇二。

減到最低和最少的程度。

一九一四年八月九日的日記，胡適又記了「客來爾之愛國說」，再次體現了他在「國界與是非」這個問題上的思考。這段日記只摘錄了英文的原文，其大意是：

> 我們希望有種超越偏見的愛國主義。祖國對我們來說，固然是親切的，但我們不能因此不顧信仰和原則。[23]

對胡適來說，理想的愛國主義是超越偏見 (prejudice)，而又能顧全原則 (without injury to our philosophy)，同時又能體現對祖國特有的一種親切 (dear)。

在理論上，這樣的愛國或許是可能的，但實際上，一種特有的親切，往往也就是一種偏見，而為了體現這種特有的親切，原則就不知不覺的受到了妥協。在這句話裡，「不知不覺」這四個字是應該受到注意的，換句話說，這種妥協並不是有意的歪曲，而是「不忍不愛」。

[23] 同上，頁三三二一。

四、結語

“My country, right or wrong”的原文及出處，胡適收錄在一九一四年十一月二十五日的日記中。我試譯如下：

> 我們的國家！當她在和其他國家交往時，但願她總是對的；可是無論對錯，她總是我們的國家。
>
> “Our country! In her intercourse with foreign nations may she always be in the right; but our country, right or wrong.”—Toast given at Norfolk, Apr. 1816. ㉔

從這句話的原意來看，所謂對錯，主要是指國與國的交往而言，著眼在外交和軍事上。在這個層面，愛國與是非並不曾在胡適心中引起太多衝突。因為這類是非比較容易找到客觀的標準。如他在一九一四年七月二十六日日記中所說：

㉔ 同上，頁四七三。

> 吾國與外國開釁以來，大小若干戰矣，吾每讀史至鴉片之役、英法之役之類，恆謂中國直也；至庚子之役，則吾終不謂拳匪直也。㉕

在這段話中，毫無疑問的，胡適的「是非之心能勝愛國之心」㉖。可是，在這個外交和軍事的層面上論是非，實際上多少混淆了「政府」與「國家」這兩個概念。此處所謂是非，大多是就政府的行為而言。而「是非之心勝過愛國之心」，無非是指批評政府所為，但仍愛其祖國。其實，這種態度是中國歷代知識分子所共有的，從東漢、北宋的太學生干政，到明代的東林黨，晚清的公車上書，五四的學生運動，以至於一九八九年，天安門前的學生民主運動，都是以批評政府、反對政府來表現愛國情緒。換言之，批評政府絕不是不愛國；我們甚至可以說：中國歷代知識分子對國事的關切往往都是體現在對政府的批評上。

然而，所謂「是非」還有其較深與較抽象的層面，這也就是文化的層面。說義和團

㉕ 同上，頁三二五。

㉖ 同上。

濫殺外僑是錯的，這並不難；但在洋人面前承認中國婦女歷代都受到了不人道的待遇，中國的婚制限制了男女兩性的自由而沒有任何積極的社會意義，這就不是那麼容易了。文化上的對錯，沒有很清楚的政府與國家之別。承認文化上的錯幾乎就是承認中國人的錯。胡適在中文著作中，能毫不留情的批評中國的小腳、八股、駢文、姨太太……說中國「百事不如人」，中國人要懺悔，要認錯。但看看他的英文著作，他對這個受到他深深責難的祖國文化，多了許多回護和曲為解釋的痕跡，尤其是對中國傳統的婚制和婦女的地位，他不止一次的表示了他「不忍不愛」的一種親切和偏見。

胡適這點「為宗國諱」的用心，我們與其在文字上玩定義的把戲，爭論這是「愛國主義」還是「民族主義」，不如說胡適始終有著很深的「中國情懷」。他從不曾忘記過他是中國人，而他的「宗國」就是「中國」。然而，他的「中國情懷」絕不是狹隘的義和團似的排外、仇外、懼外。他的這點情懷是沒有地緣上排他性的，不但不排他，而且熱切的希望接納新事物；可是，無論他接納了多少新事物，他的這點情懷卻又始終是中國的。從他少年時代在《競業旬報》上發表的文字到《留學日記》，這個情懷是一致而強烈的。談胡適而不能抓住這點「中國情懷」，談的都不免只是他的影子、他的軀殼，而不是他的內涵和精神。這點「中國情懷」是胡適一生安身立命處。

他在洋人面前回護宗國之短，固然是出於這點中國情懷；他在國人面前痛批中國文化，說「中國不亡是無天理」，又何嘗不緣於他的「中國情懷」？前面這一點是胡適的「人情」；後面這一點卻是他的「理性」。把這點「人情」和「理性」合在一起，我們才能對胡適在「國界」與「是非」這個問題上找到一個調和點。

超越不了「國界」的「是非」

——胡適對中國婚俗的態度

胡適在《留學日記》中，不止一次的提到他「執筆報國」、「為宗國諱」，為中國的一些風俗制度辯護。在此，我想以胡適對中國婚制的看法來做個「個案研究」。這不但可以看出胡適對這一問題，在面對華洋不同的聽眾和讀者時，有他不同的說詞和不同的處理方式；而且也多少可以看出他在自己婚姻上，所經歷的一段掙扎與妥協。有時我覺得：與其說他為中國婚制辯護，不如說他為自己在辯護，為他自己極不合理的婚姻找出一個理由。

胡適在《競業旬報》所發表的文字中，中國傳統婚制是他主要批評的對象之一。而他的批評則集中在早婚、近親結婚及相信陰陽八字等迷信這幾點上。這些批評散見於〈真如島〉章回小說及〈婚姻篇〉等早期的文字中。

就「早婚」這一點，胡適在〈真如島〉第三回「闢愚頑閒論薄俗，占時日幾諫高堂」

中，有頗痛切的指陳。他用故事主角孫紹武的口吻說道：

> 我的志向，本想將來學些本事，能夠在我們中國做些事務。從小看見人家少年子弟，年紀輕輕的便娶了妻子，自此以後，便終日纏綿床蓐之間，什麼事都不肯去做，後來生下兒女，那時一家之中吃飯的人一日一日的多起來，便不得不去尋些吃飯的行業來做，哪還有工夫來讀什麼書？求什麼學問？（《競業旬報》，第六期）

這何嘗只是孫紹武的看法？其實這也就是胡適自己所面臨的難題。十四歲（一九〇四）就和江冬秀（一八九〇—一九七五）訂了婚，從此，中國傳統的婚制就牢牢的套住了這位為個人自由和尊嚴而奮鬥一生的哲人。「早婚」的威脅成了一個揮之不去的陰影。他批評「早婚」，是他的一種抗議，為他的拒婚在找「理論基礎」。在這回小說的結尾，他更臚列了「早婚」種種的壞處：

> 年少早婚，血統成婚，都是弱種的禍根……早婚則男女皆不能自主，多有配合不宜，夫妻因而反目，壞處一。早婚生子亦早，為父母的尚在年幼，不能教育小兒，壞處二。兒

女的強弱，由父母的身體強弱所傳，早婚生子，父母的身體尚未成熟，生子必弱無疑，以弱傳弱，弱極必亡，壞處三。求學全在年少，早婚則萬念紛生，用心不專，壞處四。……。

在《婚姻篇》中，胡適更是「筆禿口枯」的痛罵中國婚制，指出許多父母為了早日抱孫，不顧子女前途，糊糊塗塗就急著叫兒子娶妻生子。他說：「中國男女的終身，一誤於父母之初心，二誤於媒妁，三誤於算命先生，四誤於土偶木頭，隨隨便便，便把中國四萬萬人，合成了許許多多的怨耦，造成了無數不和睦的家族。」他甚至於把「我中國幾千年來，人種一日賤一日，道德一日墮落一日，體格一日弱似一日」，（《競業旬報》，第二十五期）都歸罪於這個不合理的婚姻制度。

這樣一個受到胡適如此嚴厲批評的婚姻制度，而且自己又是這個制度下的犧牲者，然而，他在康乃爾大學求學的時候，卻為這個制度做過頗熱烈的辯護。在他的《留學日記》中也曾提到過這個觀點❶，但最全面的為中國婚制辯護是他在一九一四年六月出版

❶ 參見胡適，《胡適留學日記》，冊一，「吾國女子所處地位高於西方女子」（頁一五四）；「演說吾國婚制」

的 *Cornell Era* 上所發表的英文文章“Marriage Customs in China”。這篇文章是新近「出土」的新材料，第一次譯成中文，其中如「早婚」等胡適認為「罪大惡極」的中國風俗，到了他的英文文章中，竟成了良風美俗了，倒是西洋人的自由戀愛、自主結婚成了頗不堪的社會習俗了。從這一轉變中，我們可以確切的體會到，什麼是胡適所說的「不忍不愛」和「為宗國諱」了。

中國之婚俗

胡適／撰・周質平／譯

最近去日本的交換講師漢彌爾頓・梅比博士，曾對有意解釋外國人心態或報導外國事務的人提出過一句格言，應該牢記於心。這句格言是：「既不譏笑，也不痛哭，而是了解。」一個不了解外國風俗的人，連讚揚那個風俗都是不夠資格的，更不必說取笑或嗤之以鼻了。我是本著這句格言的精神來談中國的婚俗的。我並不想為這個制度辯護或洗刷它的罪名。我只想指出這個制度合理的地方，藉此能讓讀者對這個制度有更進一步的

(頁一六八)。

了解。一個中國女孩在十三歲到十五歲之間，她的父母和他們的朋友會四處打聽，找個女婿，在經過適當徵詢之後，訂婚在媒人的仲介下舉行。媒人一般來說，是雙方共同的朋友。訂婚通常是由父母安排的，並不一定徵詢男女雙方當事人的意見。即使真的徵求了當事人的意見，當事人，一般來說，都是報以羞赧的同意。

在座諸位會很自然的提出下列問題：為什麼這麼早訂婚？為什麼讓父母來做選擇？在這樣的婚姻裡，可能有真的愛情嗎？

早訂婚有兩大好處：這可以保證青年男女的終身伴侶，因此，他們就不必為了找尋配偶這樣重大的問題而焦慮，而這也正是西方年輕人所經常面對的難題。「早訂婚」也可以給年輕人以一種責任感，要他們經常保持忠實而且純潔。

接著我要指出父母在婚姻中代作選擇的理由。第一，一男一女很年輕就訂了婚，如果我們讓一個十三歲的女孩和十五歲的男孩做自由的選擇，那一定是很糟糕的。我們相信父母的生活經驗比「當事人」多，所以也更有資格來做這個選擇。再說，我們相信所有的父母都愛他們的孩子並希望他們幸福。在這樣一件攸關孩子終身幸福的重大問題上，他們一定會運用最好的判斷「來做出選擇」。

第二，這個制度可以使年輕人免於求婚時一種尷尬的折磨。在我想像中，這一定是一件令人極為難堪的事。

第三，父母之命保全一個女人的尊嚴、節操和謙遜，一個年輕的〔中國〕女子不必暴身於婚姻市場，可以不受她的西方姐妹所需經受男子的粗暴，並在這樣〔粗暴的男子〕之中，選擇她們將來的丈夫。中國女子不必用取悅，或打情罵俏來獵取她的丈夫。

第四，新婚的夫婦並不另組新家庭，而是兒子將媳婦帶回家與父母同住。媳婦不只是她丈夫的終身伴侶，也是公婆的幫手和慰安者。所以，媳婦不應該只是一個丈夫所愛的人，同時也應該能與公婆和睦相處，這是符合整個家庭利益的。

今日在西方已經開始認識到：婚姻不再只是個人的事，而是有著社會意義的這個事實，因此發起了優生學的大運動，主張由國家干涉婚姻，並立法要求雙方〔出示〕健康證明和家庭記錄。這遠比父母之命要獨裁得多，然而，在社會功能的基礎上，竟被視為合理。這正如同你們有感於婚姻有其社會意義，而把優生法也合理化了。中國婚姻制度的合理性也正是建立在婚姻不只是小倆口兒的事，也是整個家庭的事。

現在讓我來回答：「在這樣的婚姻裡，可能有真的愛情嗎？」我們的回答是：「毫無疑問是可能的。」我見過許多相互扶持極為愛敬的夫婦，所以我對愛情只能來自浪漫的說法，是持批評的態度。我的結論是：西方婚姻中的愛情是自發的；而我們婚制中的愛情則是來自名分。

一九一四年二月十六日《獨立報》上有柯拉·海瑞斯的一段話，我將它引在此處：

「婚姻是一個奇蹟，是愛情的一種最高的展現。使一男一女合為一體，這是透過神聖的信念，而達成的終身關係。婚姻是男女雙方生命中的聖殿，必不容外在世界的干擾。」

這也許代表了我所說「自發的愛情」詩意的看法。然而，對我來說，還有另外一種愛情——一種來自名分的愛情。

一個中國女子訂婚的時候，她知道他是她將來的丈夫，而夫婦之間是應該互相扶持對方的，她很自然的就待他以情愛。這種愛情，最初是想像的，漸漸的發展成了一種真實的關切與愛情。

真正的性關係從婚後才開始。男女雙方都知道他們現在是夫婦了，也正因為如此，愛對方不但是責任，也是對雙方都有好處的。他們的性情、品味和人生哲學也許不同，但他們認識到他們若不磨掉一些各自的稜角是無法生活在一起的，他們必須妥協。引用一個在此地受過教育的中國女子的一句話：「大家都相當將就對方。」就在這樣的情況下，一種絕非不健康的真實愛情就漸漸的成長了。(*Cornell Era*, June 1914, pp. 610–611) ❷

看了胡適這篇英文文章，我們或許會誤以為，他已欣然接受了「父母之命」，而且大受其惠。然而，我們看看他婚後不到半年寫給胡近仁的信，就能體會到傳統婚制所帶給他的悲哀和痛苦：

> 吾之就此婚事，全為吾母起見，故從不曾挑剔為難（若不為此，吾決不就此婚，此意但可為足下道，不足為外人言也）。今既婚矣，吾力求遷就，以博吾母歡心。吾所以表示閨房之愛者，亦正欲令吾母歡喜耳。❸

看了這封信，再看看他婚後不久所寫〈一個問題〉和〈終身大事〉等批判中國婚制和家

❷ 這篇文章收入 The Hu Shih Papers at Cornell: 1910–1963. Collected and Microfilmed in 1990. Photo Services B-27 Day Hall, Cornell University, Ithaca, New York.

❸ 胡適，《胡適家書手稿》（安徽美術出版社，一九八九），頁五九。

庭的小說和短劇❹。我們不得不說他在康乃爾大學所寫〈中國之婚俗〉這類文章，只是在「宣揚中華文化」，所謂「執筆報國」、「為宗國諱」，說穿了也無非就是為中國遮醜。要找胡適對中國婚制的由衷之言，還得在中文著作中找。

胡適這種在英文著作中對中國婚制模稜的態度，就他「為宗國諱」的用心而言，我們是可以理解的。但這樣袒護舊制度，卻也不免使他立場失之曖昧。錢玄同在一封一九一八年的信中，就曾提到過這一點：

> 老兄的思想，我原是很佩服的。然而卻有一點不以為然之處：即對於千年積腐的舊社會，未免太同他周旋了。平日對外的言論，很該旗幟鮮明……。❺

胡適對中國婚制的態度，在錢玄同看來，就太不「旗幟鮮明」了。

胡適留學時代的一位女朋友陳衡哲，對胡適這種回護舊婚制的態度，雖沒有直接的批評過，但從她一九三五年在《獨立評論》一四二號上所發表的〈父母之命與自由結婚〉

❹〈一個問題〉、〈終身大事〉收入《胡適文存》，冊一（臺北：遠東，一九六八），頁八〇五—二七。

❺《胡適來往書信選》，上冊（香港：中華，一九八三），頁一三。

的一篇文章中，可以看出：她基本上是不支持胡適看法的。

陳衡哲是明白主張自由婚姻的，並且也曾謠傳她和胡適有過一段戀情❻，我們細看她的這篇文字，不能不懷疑，她寫這篇文章時，心中是不是浮現著胡適和他的婚姻。胡適的〈中國之婚俗〉發表在一九一四年，而陳衡哲的文章則寫於一九三五年，雖事隔二十一年，但陳的文章卻似乎隱然是胡文的回應。

陳衡哲以一個曾受西化教育的當代「新女性」，對舊婚制提出了不妥協的抗議。她說，對一個「新女子」而言，「是不以離婚為奇恥大辱的」。她接著說：

> 她和她的丈夫所引以為恥的，是一個沒有愛情的同居，而不是離婚，雖然離婚也是一件不幸的事。他們寧願坦白的承認婚姻的失敗，而不願「屎蜣螂戴花」似的把失敗掩藏起來，自己叫美。

至於胡適所說「來自名分的愛情」，我們可以與陳衡哲下面的這段話對看：

❻ 第一次提到胡適與陳衡哲可能有過戀情的報導見一九三四年四月二十日第二十六期的《十日談》，象恭所寫〈陳衡哲與胡適〉。此文收入李敖，《胡適與我》（臺北：李敖出版社，一九九〇），頁三六—七。

說一個男的或是女的，和一個陌生的異性同居一晚之後，便算終身的感情有了歸宿，這未免有點把一個人的靈魂看得太不值錢了吧。

胡適在〈中國之婚俗〉一文中，曾指出找尋終身伴侶是「西方年輕人所經常面對的難題」，他們為此而感到「焦慮」。在陳文中，有如下一段：

有些人或者以為自由結婚乃是現代青年種種苦悶的淵源，這也是一種似是而非的論調……

接著她說，即使青年真因為自由婚姻而感到苦悶，我們也不能因此「回去提倡『父母之命，媒妁之言』」。當然，胡適絕不是「回去提倡『父母之命，媒妁之言』」，而只是在洋人面前為中國的婚俗作些辯護。但陳衡哲在她文章結尾指出，一個負社會重望的人，他的言論要特別謹慎。頗有可取的意見：

社會上領袖們對於某一件事，某一個制度的提倡，是都有嚴重的影響的；尤其是對於某一種舊勢力的提倡，更是含有絕大的危險……我們只須睜開眼睛向社會看一看，看一看

> 青年們的逃婚與拒婚，以及因此而自殺或變為瘋狂的新聞與事實，便知道這是怎樣嚴重的一個問題了。到了這個地步，那隻「父母之命」的紙老虎也就喪失了他的尊嚴，只剩得一口血牙，四隻毒爪，在那裡恐嚇著膽小的人！

胡適絕不是陳衡哲所說「膽小的人」，然而，他為舊婚制辯護的這些言論，在當時若落入了舊派人物的手中，是很能為這個不合理的制度助長許多威風的。換句話說，胡適「為宗國諱」的用心，固然有他可敬可愛的地方，但若諱其所不該諱，就很可能混淆了是非，成了愛之適足以害之的局面了。

胡適的婚姻，一般說來，是受到社會極度讚揚和肯定的。他是一個為別人爭取光明自由，而自己卻將終身幸福埋葬在舊制度的黑暗和殘酷中的人。但他對中國婚制曖昧的態度，也確實有他可商議的地方。陳衡哲的文章為我們提供了一個新的觀點，是值得深思的。

胡適英文筆下的中國文化

一、前言

最近二十年來，海峽兩岸整理出版了大量胡適的著作和有關的材料，使胡適研究有了相當的提高和普及。但是胡適的英文著作卻始終沒有受到應有的重視。

胡適從一九一二年起，即以英文發表，在往後五十年間，他的英文著作包括專書、論文、演講及書評等。這批為數可觀的材料除少數已譯成中文以外，絕大部分仍未經學者分析研究❶。

❶ 現有的胡適研究，有兩本英文專著，使用了較多的胡適英文著作：Jerome B. Grieder, *Hu Shih and the Chinese Renaissance* (Cambridge: Harvard University Press, 1970); Min-chih Chou, *Hu Shih and Intellectual Choice in Modern China* (Ann Arbor: The University of Michigan Press, 1984).

胡適在中英文兩種著作中，對中國文化的態度有著一些微妙的不同。一般說來，胡適在英文著作中對中國文化少了一些批評，多了一些同情和回護。這點同情和回護正反映了胡適在《留學日記》上所說的「國界與是非」的矛盾❷。他希望自己能超越國界來論斷是非，這種超越國界的是非，在論斷外交事務和軍事衝突時，是比較容易做到的。但在評論祖國文化時，這個超然而且客觀的態度，就很不容易維持了。

早在一九一二年十月的《留學日記》中，胡適打算著一部名為《中國社會風俗真詮》的書。此書的英文書名則為 *In Defense of the Chinese Social Institutions*，直譯是「為中國社會制度辯護」。其子目可細分為「祖先崇拜」、「家族制度」、「婚姻」、「守舊主義」、「婦女之地位」、「社會倫理」、「孔子之倫理哲學」、「中國之語言文字」及「新中國」等。❸細看這些子目，大多是胡適回國後，指為「迷信」、「無知」、「落後」、「不人道」種種的

❷ 見胡適，《胡適留學日記》，冊一（上海：商務，一九四七，共四冊），頁一一三一─一一三三。有關「國界與是非」的討論，參看本書，〈國界與是非──胡適早期思想中的「愛國」〉；〈超越不了「國界」的「是非」──胡適對中國婚俗的態度〉，頁一三六─七一。

❸ 胡適，《胡適留學日記》，冊一，頁一〇三─一〇四。

惡俗，何嘗有過任何辯護？但當他身在異國，卻情不自禁的想為他日後所口誅筆伐的惡俗作辯護的工作。這也正是胡適在「執筆報國」時，「為宗國諱」最好的寫照❹。往後胡適在英文著作中談到中國文化時所體現的同情和回護，也正是這種為祖國文化辯護心理的折射和繼續。

胡適在中文著作中對中國文化的態度是批判多於辯護的。他在一九三〇年所寫〈介紹我自己的思想〉一文中，直截了當的指出，中國唯一的「一條生路」，是「我們自己要認錯」。他很沉痛的說：

> 我們必須承認我們自己百事不如人，不但物質機械上不如人，不但政治制度不如人，並且道德不如人，知識不如人，文學不如人，音樂不如人，藝術不如人，身體不如人。❺

他甚至說過「中國不亡是無天理」的痛語❻。這種對中國文化通盤否定的態度在胡

❹ 同上，冊二，頁三二五。
❺ 胡適，〈介紹我自己的思想〉，《胡適文存》，冊四（臺北：遠東，一九六八，共四冊），頁六一七—一八。
❻ 胡適，〈信心與反省〉，《胡適文存》，冊四，頁四六三。

適的英文著作中是沒有的。

在中文著作中，胡適筆下的中國文化多少是和現代的西方文明脫節的。一些習用的二分法，諸如中國文化是消極的、退縮的、懶惰的、靜的，而西方文明則是積極的、進取的、勤奮的、動的，也都一定程度反映在胡適論中西文化的著作中。他在一九二六年所寫的名篇，〈我們對於近代西洋文明的態度〉就是顯例。在一九三〇年所寫〈漫游的雜感〉中，胡適乾脆把東西洋文明的界線，簡化成了只是「人力車文明」與「摩托車文明」的不同。換言之，在中文著作中，胡適往往是側重中西文化的不同，而中國人則必須努力縮小兩者之間的差距，這個努力的過程，可以稱之為「西化」、「現代化」，或「世界化」。

細讀胡適英文著作中論及中西文化的篇章，我們不難看出，胡適的側重由中西文化之異，轉向兩者之同。他有意的為科學、民主、自由這些自晚清以來即為中國進步的知識分子所追求的西方價值觀念找尋中國的根。胡適反覆論證，這些看似外來的觀念，在固有的中國文化中，並非完全「無跡可求」，而固有的中國文化也並不排斥這些來自西方的概念。

胡適從先秦哲學懷疑的精神中，找到了中國民主思想的根源，從清代學者的考證學上，看到了近代科學的治學方法，從科舉制度中，尋獲了中國平民化的渠道，在監察和諫官的制度裡，看到了容忍和言論自由的歷史基礎❼。這在在都說明，胡適在向西方人介紹中國這個古老的文明時，有意的為這個古文明的一些哲學概念和政治制度與近代的價值系統作些調和與聯繫。這樣的調和，在一定的程度上，是把中國文化「比附」在西方的價值觀念上。這種「比附」可以視之為兩種文化的比較研究，但胡適的方法終不免是用西方的標準來衡量中國的文化。胡適這種作法，一方面是向西洋人說法時的權宜之計——如此，可使西洋人易於了解中國文化；另一方面，則多少是出於為中國文化「裝點門面」的心理。

二、從邏輯到科學

從一九一五年九月到一九一七年四月，胡適在紐約哥倫比亞大學寫了他的博士論文《古代中國邏輯方法的發展》（*The Development of the Logical Method in Ancient China*，即《先秦名學史》）❽，這是他第一次有系統的用英文來整理中國的哲學史。在〈前言〉

❼ 詳細資料出處，見以下本文。

中，他清楚的表明他之所以寫這篇論文是要為古代的中國哲學建構出一套方法的演進史，因為他相信：

> 哲學是受它的方法制約的，而哲學的發展則有賴於邏輯方法的發展，這在東西方的哲學史上，都能找到充分的例證。歐陸和英國的近代哲學都是從《方法論》和《新工具》開始的。
>
> That philosophy is conditioned by its method, and that the development of philosophy is dependent upon the development of the logical method, are facts which find abundant illustrations in the history of philosophy both of the West and of the East. Modern philosophy in Continental Europe and in England began with a *Discourse on Method* and a *Novum Organum.*[9]

---

[8] 胡適，《先秦名學史》（安徽教育出版社翻譯本，一九九〇），無譯者名。

[9] Hu Shih (Suh Hu), *The Development of the Logical Method in Ancient China* (Shanghai: The Oriental Book Company, 1928), p. 1.

胡適寫這篇論文多少是為了證明「中國哲學也是由方法論發端的」這一假設，因此，中國哲學並不屏除於世界哲學之外。

在這篇〈前言〉中，胡適一方面說他絕不是一個以中國固有文化中某些概念的形成早於西方而自豪的人，但他卻又忍不住的指出在許多被視為是當今西方哲學中的重要貢獻，如反教條主義和反唯理性主義，以及科學方法的發展等，在先秦諸子哲學中這些概念的形成都遠早於西方❿。在此，可以看出胡適一個有趣的心理轉折：即一方面以西方哲學史的架構（哲學的發展都從方法論開始）來寫中國古代哲學史，另一方面，則又不甘將中國哲學淪為西方哲學的附庸。這樣曲折的心理在他的英文著作中是不難察覺的。一九一九年二月胡適出版《中國哲學史大綱》卷上，基本上是他博士論文的改寫，但這篇〈前言〉卻未收入。顯然，同樣的著作，由於中英文的不同，胡適在內容的處理上，是有出入的。

用近代西方的學理來解釋中國古代的哲學是胡適在他的博士論文中常用的一個方法，最明顯的例子是第四章〈進化與邏輯〉(Evolution and Logic)，第一節〈自然進化的

❿ Ibid., p. 9.

理論〉(Theories of Natural Evolution)。在這一節裡，胡適試著用達爾文生物進化的理論來解釋《列子》和《莊子》中的一些片段。在引了《列子・天瑞》中的一段話之後，胡適極肯定的說：

> 如此解釋這段話，應該不算錯誤，即所有的動植物都是由極細微的「機」，或可稱之為細菌，發展而來。經過不同形式的演化，低級的生物終於演進為人類。
>
> It seems safe to say that this passage contains a theory which conceives of all species of plants and animals as forming one continuous order beginning with *ki* or germ, passing through the various forms of lower organism and culminating in man.⑪

這一說法幾乎原封不動的改寫成了《中國哲學史大綱》卷上的第九篇第一節〈莊子時代的生物進化論〉，並總結道《莊子・寓言》中「『萬物皆種也，以不同形相禪』，這十一個字竟是一篇《物種由來》」。一九五八年，胡適寫〈中國古代哲學史臺北版自記〉，對青年時代自己如此輕率的引用西洋學理解釋《莊子》和《列子》的作法有很嚴厲的自責，他

⑪ Ibid., p. 137.

說：「這真是一個年輕人的謬妄議論，真是侮辱了《物種由來》那部不朽的大著作了。」[12]

胡適能在晚年誠懇的指出自己少作的「謬妄」，這是他的胸襟。但是，我認為，他的「謬妄」與其說是侮辱了《物種由來》，不如說是誇大了《莊子》和《列子》的科學內容。這種企圖將先秦子書比附於近代學術的心理，在《墨子》這一章也有比較明白的呈現[13]。

一九三三年，胡適在芝加哥大學講〈孔教與現代科學思想〉，他指出：中國的儒學傳統不但不阻礙現代科學的發展，而且還為現代科學的發展提供良好的條件：

> 說到現代科學思想與孔教的關係，我要指出：孔教，如果能得到正確的闡釋，絕無任何與現代科學思想相衝突的地方。我不但認為孔教能為現代科學思想提供一片沃壤，而且相信，孔教的許多傳統對現代科學的精神與態度是有利的。
>
> ...Concerning the relationship between modern scientific thinking and Confucianism, I wish to point out that Confucianism, if correctly interpreted, will be in no sense adverse to modern

---

[12] 胡適，〈中國古代哲學史臺北版自記〉，《中國古代哲學史》（臺北：商務，一九六八），頁三。

[13] 見 Hu Shih, *The Development of the Logical Method in Ancient China,* pp. 53–108.

> scientific thinking. Not only is it my opinion that Confucianism will furnish very fertile soil on which to cultivate modern scientific thinking but Confucianism has many traditions which are quite favorable to the spirit and attitude of modern science.⓮

接著胡適指出宋代理學家用《大學》格物致知來作為治學的方法，其精神與現代科學是完全一致的。所以，在十九世紀科學傳入中國時，最初 science 的翻譯是「格致」，也就是「格物致知」的縮寫。他認為「格致」這個詞遠比「科學」更能體現 “science” 這個字的本義⓯。

一九五九年，胡適在夏威夷大學舉辦的第三屆東西哲學研討會上，發表〈中國哲學中的科學精神與方法〉(The Scientific Spirit and Method in Chinese Philosophy)。⓰這篇論

⓮ Hu Shih, “Confucianism and Modern Scientific Thinking,” in A. Eustace Haydon ed., *Modern Trends in World-Religions* (Chicago: The University of Chicago Press, 1934), p. 46.

⓯ Ibid., p. 48.

⓰ Hu Shih, “The Scientific Spirit and Method in Chinese Philosophy,” in Charles A. Moore ed., *The Chinese Mind: Essentials of Chinese Philosophy and Culture* (Honolulu: University of Hawaii Press, 1962), pp. 104–

文主要是為了回答現代科學是不是西方文明所特有的產物，並反駁諾斯羅普教授（Prof. Northrop）的論點：「一個僅僅包容來自直覺概念的文化，自然會阻止西方式的科學發展，這一發展很難超越最初級的、歸納法的、自然史的階段。」(A culture which admits only concepts by intuition is automatically prevented from developing science of the Western type beyoung the most elementary, inductive, natural history stage.)⓱胡適對諾斯羅普所說：「東方文化中的學理是由直覺造成的，而西方文化中的學理則是由假設得來的概念造成的。」(...the East used doctrine built out of concepts by intuition, whereas Western doctrine has tended to be constructed out of concepts by postulation.)⓲這一說法尤其不能同意。胡適認為這樣的二分法，就東方的思想史而言，是不符合歷史事實的。在此所謂東方，實際上就是中國。

胡適從先秦諸子到乾嘉諸老，反覆論證指出：懷疑的精神和實證的考據方法，是中

31.

⓱ Ibid., p. 104.

⓲ Ibid., p. 105.

國三千年學術史上所固有的。這樣的精神和方法與近代西洋的科學基本上是相通的。胡適有意的不談科學的內容，因為他認為科學的精神和方法遠比內容重要得多[19]。在結論中他指出，自朱熹提出治學需從懷疑入手以來，後來的學者敢於對神聖的經典表示懷疑，這一傳統使現代中國人在面對科學時，有賓至如歸之感。他說：

> 正是因為這些人都是畢生研究神聖經典的大學者，他們必須站在堅實的基礎上說話：他們必須有證據才能懷疑，他們也必須有證據才能解決懷疑。這，在我看來，可以為一個了不起的事實，作出歷史的解釋。那就是，這些偉大的學者，雖然他們研究的材料不出書本、文字和文獻，但卻能成功的留給後人一個冷靜而有嚴格訓練的科學傳統，嚴格

---

[19] Ibid., p. 107.

I have deliberately left out the scientific content of Chinese philosophy, not merely for the obvious reason that that content seems so insignificant compared with the achievement of Western science in the last four centuries, but also because I am of the opinion that, in the historical development of science, the scientific spirit or attitude of mind and the scientific method are of far more importance than any practical or empirical results of the astronomer, the calendar-reformer, the alchemist, the physician, or the horticulturist.

的依靠證據思想和探索的傳統，一個大膽假設、小心求證的傳統——這個科學精神和方法的偉大傳統使今日的中華兒女，在當今的科學時代裡，不但不致茫然無所措，反而有賓至如歸之感。

Precisely because they were all their lives dealing with the great books of the Sacred Canon, they were forced always to stand on solid ground: they had to learn to doubt with evidence and to resolve doubt with evidence. That, I think, is the historical explanation of the remarkable fact that those great men working with only "books, words, and documents" have actually succeeded in leaving to posterity a scientific tradition of dispassionate and disciplined inquiry, of rigorous evidential thinking and investigation, of boldness in doubt and hypotheses coupled with meticulous care in seeking verification—a great heritage of scientific spirit and method which makes us, sons and daughters of present-day China, feel not entirely at sea, but rather at home, in the new age of modern science.[20]

---

[20] Ibid., pp. 130–31.

這樣的結論幾乎讓讀者感到：受過中國文化薰陶的中華兒女也都受過嚴格現代科學的訓練，並在這個科學的時代裡，優游自得。在此，我們可以清楚的看出，胡適有意的把先秦的老子、孔、孟，漢代的王充，宋代的二程，以及朱熹的懷疑精神和清代樸學大師的實證方法「比附」在現代的「科學」定義之下。

將胡適晚年所寫的這篇英文論文與一九二八年所寫〈治學的方法與材料〉對看，可以看出胡適在中文著作中，少了許多比附的心理。在〈治學的方法與材料〉一文中，胡適指出方法固然重要，但研究的材料才是決定研究內容的最後因素，他指出，從清代的樸學到顧頡剛的《古史辨》、章炳麟的《文始》，「方法雖是科學的，材料卻始終是文字的。科學的方法居然能使故紙堆大放光明，然而故紙的材料終究限死了科學的方法，故這三百年的學術也只不過是文字的學術，三百年的光明也只不過是故紙堆的火焰而已。」他更進一步的指出材料的重要：

> 不但材料規定了學術的範圍，材料並且可以大大地影響方法的本身。文字的材料是死的，故考證學只能跟著材料走，雖然不能不搜求材料，卻不能捏造材料。從文字的校勘

以至歷史的考據，都只能尊重證據，卻不能創造證據。㉑

接著，胡適指出了考證方法的局限和危險：

> 我們的考證學的方法儘管精密，只因為始終不接近實物的材料，只因為始終不曾走上實驗的大路上去，所以我們的三百年最高的成績終不過幾部古書的整理，於人生有何益處？於國家的治亂安危有何裨補？雖然做學問的人不應該用太狹義的實利主義來評判學術的價值，然而學問若完全拋棄了功用的標準，便會走上很荒謬的路上去，變成枉費精力的廢物。㉒

在英文〈中國哲學中的科學精神與方法〉一文中，胡適幾乎完全忽略了材料在研究中的重要地位，而只是一味的強調精神與方法。在此，可以看出胡適的一番苦心，對中國讀者，他說：故紙堆裡，是鑽不出自然科學來的，研究自然科學和技術是條活路，鑽

㉑ 胡適，〈治學的方法與材料〉，《胡適文存》，冊三，頁一一一；一一六。

㉒ 同上，頁一一九。

故紙堆是條死路[23]。但正因為中國的自然科學是如此的貧乏，胡適在對外國人介紹中國文化時，就往往避重就輕，只談科學方法、科學精神，而不及科學內容了。

三、民主與自由

胡適在英文著作中講到中國文化，經常強調的另一特點是民主與自由。早在一九一二年，他就提出民主這個概念是中國所固有的。他在康乃爾大學刊物 *The Cornell Era* 上發表〈給中國一個共和國〉(A Republic for China) 的文章，他首先糾正西洋人對中國的一個錯誤觀念，即民主是不合乎中國國情的。他說：「雖然中國受帝制統治了幾千年，但在帝制和貴族的後面，始終有一個安靜的、平和的、東方式的民主。」(...though China has been under monarchical government for thousands of years, still, behind the monarchs and the aristocrats there has been dominating in China, a quiet, peaceful, oriental form of democracy.)[24]接著，他引了《書經》「民為邦本，本固邦寧」的話，又引了《孟子》「民貴君輕」

---

[23] 同上，頁一二一—二二。

[24] Suh Hu, "A Republic for China," *The Cornell Era* (January 1912), p. 240.

的思想。這些，在胡適看來，都是中國本土民主的根。在這樣論證的基礎上，他說：「中國統治者的權力是受到約束的，這個約束不是來自憲法，而是來自我們聖賢的倫理教訓。」(The power of the Chinese rulers has always been limited, not so much by constitutionalism as by the ethical teachings of our sages.)㉕胡適在文章的結論中很肯定的指出：中國選擇民主是正確而且聰明的，是有歷史基礎的，也是合乎世界潮流的。這個胡適在二十一歲形成的看法，成了他往後五十年終生不渝的信念。

胡適出任駐美大使四年期間（一九三八—一九四二），他多次以中國民主為題發表英文論文或演說。當然，在抗日戰爭進入最艱困的時期，以中國駐美大使的身分，談中國文化中的民主與自由，在當時或許有一定外交和政治上的意義。但在細讀有關的文字之後，我可以肯定的說，胡適絕不只是在作政治宣傳，基本上，還是嚴肅的學術研究。

一九四一年，胡適發表英文論文〈民主中國的歷史基礎〉(Historical Foundations for a Democratic China)，在文首他指出：中國當時是同盟國的一員，研究比較政治學的專家和學生很自然的會問，中國是不是一個民主國家？中國這個共和國或民主制度有沒有歷

㉕ Ibid.

史的基礎?胡適的回答不提當時的中國是不是一個民主國家，他從社會學和史學的角度來說明「民主」這個概念對中國人並不是全然陌生的，它有一定本土的根，他特別提出三點作為民主的歷史基礎：

1. 徹底平民化的社會結構；
2. 兩千年來客觀的考試任官制度；
3. 歷代的政府創立了一種來自本身的批評和監察的制度。

First, a thoroughly democratized social structure; secondly, 2000 years of an objective and competitive system of examinations for civil service; and thirdly, the historic institution of the government creating its own "opposition" and censorial control.[26]

胡適提出的三點是否能視為中國民主的基礎容或有可以商榷的地方[27]，但胡適希望為民

[26] Hu Shih, "Historical Foundations for a Democratic China," in *Edmund J. James Lectures on Government: Second Series*. Urbana: University of Illinois Press, 1941, pp. 1–12. 收入《胡適英文文存》，冊二，頁八六七—七八。

主找到一個中國思想的根，這個用心是顯而易見的。

一九四二年，胡適在《亞洲》(*Asia*) 雜誌上，以〈中國思想〉(Chinese Thought) 為題發表論文。在這篇三頁的文章裡，胡適將三千年的中國思想史劃分為三段，大約各佔一千年。先秦諸子為往後兩千多年的中國思想奠立了三塊基石，即人本主義、理性主義和自由的精神 (humanism, rationalism, and the spirit of freedom)。這個傳統不僅是中國思想的泉源，而且也為任何外來過分迷信和不人道的思想起了防毒和解毒的功效。

胡適稱許儒家剛健弘毅的人生觀，而孟子是人類歷史上最早和最偉大的民主政治哲學家 (the earliest and probably the greatest philosopher of political democracy in human history)。胡適的基調，依舊是一九二二年的老調，亦即現代的民主思想，對中國人而言，絕不陌生㉘。當然，此時的立論，比之當年，更見圓融周到了。

在同年發表題為〈在歷史上中國如何爭取思想自由〉(The Struggle for Intellectual

㉗ 有關對這三點的討論，參看周質平，〈胡適對民主的闡釋〉，收入《胡適叢論》（臺北：三民，一九九二），頁三五一六二。

㉘ Hu Shih, "Chinese Thought," *Asia*, Vol. 42, No. 10 (Oct. 1942), pp. 582–84.

Freedom in Historic China) 的文章中，胡適指出爭取言論自由和信仰自由，是自先秦以來中國固有的傳統。這種精神是敢於說出實情，即使說出實情，對現有的道德、傳統、權威造成傷害，也在所不惜。這種精神和易卜生 (Ibsen) 在他的名劇《人民公敵》(*An Enemy of the People*) 中斯鐸曼醫生 (Dr. Stockmann) 的精神是相同的。他以王充的《論衡》和韓愈反佛的言論作為例子，並引了明代呂坤《呻吟語》中論理與勢的一段話：

> 天地間惟理與勢為最尊，雖然理又尊之尊也。廟堂之上，言理則天子不得以勢相奪。即相奪焉，而理則常伸於天下萬世。[29]

胡適認為這段話充分的表現了中國知識分子爭取言論自由和批評自由的精神。他將清代的樸學解釋為用科學的方法推翻具有權威的經典注釋，這是爭取思想自由的另一種形式。在文章結尾處，胡適以吳稚暉為例，提出「實事求是，莫做調人」這種不妥協、追求真理的態度是中國人爭取思想自由的真精神。胡適這篇文章的主旨是：言論自由是民主最

[29] Hu Shih, "The Struggle for Intellectual Freedom in Historic China," *World Affairs* (Sept. 1942), Vol. 105, No. 3, pp. 170–73. 呂坤，《呻吟語》，卷一，之四，(臺北：正大，一九七五)，頁一二上。

重要的組成部分，而中國固有的思想中是不缺這個要素的。

一九五一年，胡適在自然法學會第五屆年會 (The Fifth Convocation of the Natural Law Institute) 上，發表了一篇題為〈中國傳統中的自然法〉(The Natural Law in the Chinese Tradition) 的英文論文。在文首他明白的指出，他之所以寫這篇論文，是要在中國悠長的歷史中，在道德上和法律上，找出一些與西方自然法類似的概念㉚。在中文著作中，胡適從未用過「自然法」這三個字來解釋中國哲學中的「天志」、「天意」或「天道」。

胡適將漢代《五經》的建立，也解釋成為「自然法」的另一個形式。他說：

> 我建議將儒家經典至高無上的權威，看作是與自然法相當的另一個中國概念……這個至高無上的權威是高於絕對的皇權、法令和政府的。

㉚ Hu Shih, "The Natural Law in the Chinese Tradition," in Edward F. Barrett ed., *Natural Law Institute Proceedings* (Notre Dame: University of Notre Dame Press, 1953) Vol. 5, pp. 119–53. "The subject for our present inquiry is, –Did China in her long history develop any moral or juridical concept or concepts which maybe compared with what has been known as 'Natural Law, or 'the Law of Nature, in the European, and particularly the Anglo-Saxon juristic and constitutional tradition?" (p. 119)

> Another Chinese concept I propose to take up is that of the supreme authority of the Canon (*ching*) or Canonical Scripture of Confucianism ... with supreme authority above the absolute monarch and his laws and government.[31]

胡適接著指出：《五經》的權威相當於基督教國家的聖經[32]，是社會上的基本法，即使最不擇手段的獨裁者也不敢輕易向《五經》的權威挑戰 (even the most unscrupulous despot never quite dared to challenge)[33]。胡適這樣解釋《五經》，不但賦予了《五經》以崇高的宗教地位，也給了《五經》無可比擬的法律地位。在胡適的中文著作中，不曾這樣的推崇過《五經》的社會功能。

胡適不同意 Joseph Needham 將中國「禮」的概念等同於西方的「自然法」的說法，因為古代中國的禮過分繁瑣、糜費，絕非一般人所能執行，如三年喪並非通喪。胡適指

---

[31] Ibid., p. 133–34.

[32] Ibid., p. 138.

[33] Ibid., p. 141.

出另一個和西方自然法相當的中國概念是「理」。胡適在中文著作中提到「理」時，往往是貶多於褒，是「殺人以理」的「理」，代表的是一種不近人情的武斷和不容忍[34]。但在〈自然法〉的這篇論文中，胡適強調的是「天理」和「公理」之「理」這就成了抵禦獨裁和強權的另一個有力的武器了[35]。

從這個例子可以看出，胡適在英文著作中往往突出中國文化中積極的一面。在〈自然法〉這篇論文中，胡適對三代禪讓之說，賦予了一個帶有革命色彩的新解釋：

> 三代禪讓之說並非捏造歷史，而是應用一種烏托邦的思想對皇室世襲的罪惡加以申討，並在暗地裡鼓吹一個選賢與能激進的制度。

> They were not deliberately fabricating history, but were merely using their utopian ideals to voice their own criticism of the evils of the hereditary monarchy and were covertly advocating a new and radical system of the selection of the worthiest men to be the rulers.[36]

---

[34] 參閱胡適，《戴東原的哲學》（臺北：商務，一九六七），頁五〇－八〇。

[35] "Natural Law," pp. 142–53.

不拘泥於史實的真偽，而給予遠古傳說這樣的新意義，這在胡適中文著作中是不多見的。

胡適用西方「自然法」的概念來解釋《老子》的「道」，《墨子》的「天志」，《五經》的權威，他要說明的是：在中國思想史上並不缺乏約束獨裁者無限權力的最高的規範㊲。

四、婦女問題

在胡適對中國文化的批評中，中國婦女所受到不平等、不人道的待遇，是讓他最感痛心的。一九二八年，他在〈祝賀女青年會〉的講稿中指出：

> 中國所以糟到這步田地，都是因為我們的老祖宗太對不住了我們的婦女……「把女人當牛馬」，這句話還不夠形容我們中國人待女人的殘忍與慘酷。我們把女人當牛馬，套了牛軛，上了鞍轡，還不放心，還要砍去一隻牛蹄，剁去兩隻馬腳，然後趕她們去做苦工！

㊱ Ibid., p. 124.

㊲ Ibid., p. 122. "In short, the most significant historical role of the concepts of Natural Law and Natural Rights has been that of a fighting weapon in Man's struggle against the tyranny of unlimited power and authority."

全世界的人類裡，尋不出第二個國家有這樣的野蠻制度！㊳

在胡適的英文著作中，對中國婦女的遭遇卻少有這樣沉痛的呼號。在他兩篇專論中國婦女的英文論文裡，一九二四年發表的〈中國女權的宣言書〉(A Chinese Declaration of the Rights of Women) 和一九三一年的講演〈中國歷史上的婦女地位〉(Woman's Place in Chinese History) 中，胡適是從另一個角度來說明中國婦女問題的。這兩篇文章給讀者的印象是，中國婦女的問題歷來受到知識分子的注意，而中國女子在歷史上的地位，並非悲慘不堪，有許多歷史上出色的女子，她們的歷史地位，即使男人也是望塵莫及的。

英文〈中國女權的宣言書〉一文是根據胡適一九二三年完稿的〈鏡花緣的引論〉中的第四節，〈鏡花緣是一部討論婦女問題的書〉改寫翻譯而成的。在〈引論〉中，胡適固然也很推崇《鏡花緣》的作者李汝珍在婦女問題上的特識，但他畢竟沒有把《鏡花緣》視為「中國女權的宣言書」㊴。胡適這樣抬高《鏡花緣》的地位，多少是要英文的讀者

㊳ 胡適，〈祝賀女青年會〉，《胡適文存》，冊三，頁七三七。

㊴ 胡適，〈鏡花緣的引論〉，《胡適文存》，冊二，頁四〇〇—三三。

知道，中國歷史上，並不缺像李汝珍這樣的明白人。這和他在〈信心與反省〉中所說：「講了七八百年的理學，沒有一個理學聖賢起來指出裹小腳是不人道的野蠻行為。」[40]的態度是截然不同的。尤其值得注意的是胡適在〈宣言書〉一文的末尾，加了如下這段話：

> 我要附加說明，《鏡花緣》是一八二八年出版的，也就是維多利亞女皇登基之前九年，這個事實可以澄清許多人懷疑李汝珍的看法是受了外國的影響才形成的。
>
> I may add that the *Flower in the Mirror* was published in 1828, nine years before Queen Victoria came to the throne—a fact which may help to clear any doubt as to any possible foreign influence in shaping the ideas of Li Ju-chen. [41]

胡適在中文〈鏡花緣的引論〉中並沒有這段話，這是特意為英文讀者加的。這段話多少展露一些胡適民族主義的情緒——別以為男女平等、婦女解放的觀念都是外來的，李汝

[40] 胡適，〈信心與反省〉，《胡適文存》，冊四，頁四六二。

[41] Hu Shih, "A Chinese Declaration of the Rights of Women," *The Chinese Social and Political Science Review* (April 1924), p. 109.

珍的特識卻是徹頭徹尾的本土產物。

一九三一年，胡適發表〈中國歷史上的婦女地位〉，在文首他清楚的表明，他之所以寫這篇文章是要說明中國婦女即使在傳統的壓迫之下，還是享有相當崇高的地位：

> 一般的印象是中國婦女在社會上的地位非常低。這篇文章的目的卻是要述說一個不同的事實，並進而說明，即使在傳統的壓迫之下，中國婦女還是為她們自己建立了，在我們看來，相當崇高的地位。如果這個事實包含著一個道德教訓，這個教訓就是女人是不可能受到壓迫的——即使是在中國。
>
> There is a general impression that the Chinese woman has always occupied a very low place in Chinese society. The object of this paper, however, is to try to tell a different story, to show that, in spite of the traditional oppression, the Chinese woman has been able to establish herself a position which we must regard as a fairly exalted one. If there is a moral to this story, it is that it is simply impossible to suppress women,—even in China. [42]

[42] Hu Shih, "Woman's Place in Chinese History," a pamphlet published by Trans-Pacific News Service, Inc., p.

這段話裡的最後兩句，「女人是不可能受到壓迫的——即使是在中國。」是很值得玩味的。這兩句話體現了一定的揶揄和幽默：即使情況惡劣如中國，女人豈是輕易能受到壓迫的？如果認真推敲，幾乎可以得出胡適否認中國女人受過壓迫的歷史事實。這和胡適在中文著作中，不斷為中國婦女呼號的態度是截然異趣的。

接著胡適在文章中列舉了在政治上發生過重大影響的女子，從亡周的褒姒，到漢朝的呂后、竇太后，唐朝的武則天，對她們的事跡都作了扼要的敘述。並總結道：「中國女子並不曾被排斥在政治舞臺之外，在中國悠長的歷史上，她們扮演了不算太差的角色。」(The Chinese woman was not excluded from political life and that she has played no mean role in the long history of the country.) 43

在第二小節的開端，胡適寫道：「在非政治的領域裡，中國女子也有非凡的成就。」(In the non-political spheres of life, the Chinese woman, too, has achieved positions of honor

---

3. 參見 Chih-ping Chou ed., *A Collection of Hu Shih's English Writings*, 3 Vols., (Taipei: Yuan- liu, 1995), Vol. 1, p. 417.

43 Ibid., p. 8.

and distinction.）他所舉的例子包括西漢救父的淳于緹縈，因為她的努力，文帝在西元前一六七年，廢掉了殘酷的肉刑；完成《漢書》的班昭；宋代的詞人李清照。在說到李清照的生平和事跡之後，胡適引了她在〈金石錄後序〉中敘述婚後與夫婿趙明誠一段安閑甜蜜的家居生活，並加評論道：

> 這是十二世紀初期，一幅美麗的家居生活圖，我們看到了絕對的平等，知識上的伴侶和合作，我們也看到了一個自足快樂的小世界。
>
> Here is this beautiful picture of the domestic life in the early years of the 12th century, we see absolute equality, intellectual companionship and cooperation, and a little world of contented happiness.[44]

雖然胡適同意，像〈金石錄後序〉中所描繪的生活，無論在中外都美好到了不真實，但他同時指出，〈金石錄後序〉至少告訴我們，在中國歷史上，有些女人享受過連現代男人都羨慕不已的生活[45]。

---

[44] Ibid., p. 11. 李清照，〈金石錄後序〉，《李清照集》（上海：中華，一九六二），頁七一—七五。

在文章的第三節中，胡適提出了，在傳統的中國社會裡，多少女子曾接受過教育的問題。他用一九二九年所寫〈三百年中的女作家〉一文的資料來回答這個問題，但在語氣上卻與中文文章大有出入。在英文稿中，他給讀者的印象是：過去三百年來，中國有不少婦女受過良好的教育，她們能寫詩填詞，甚至將作品集印成冊。雖然這些作品大多局限於文學，但在數量上是可觀的。任何人如果只看胡適的英文文章，大概不免覺得女子教育在傳統中國並非罕見。

反觀胡適在〈三百年中的女作家〉一文中，在同樣資料的基礎上，他的態度卻是嚴厲批評的。他認為「這三百年中女作家的人數雖多，但她們的成績都實在可憐得很。她們的作品絕大多數是毫無價值的。」他更進一步的指出：

> 這兩千多女子所以還能做幾句詩、填幾首詞者，只因為這個畸形社會向來把女子當作玩物，玩物而能作詩填詞，豈不更可誇炫於人？豈不更加玩物主人的光寵？所以一般稍通文墨的丈夫都希望有「才女」做他們的玩物，替他們的老婆刻集子送人，要人知道他們

㊺ Hu Shih, "Woman's Place in Chinese History," p. 11.

的黯福。

胡適在中文文章中，不但沒有為過去三百多年來，中國能有兩千多個女作家的歷史事實，說過一句好話，甚至還將此作為歧視女子的另一種特殊形式，他只看到這是一個畸形社會的畸形產物。然而，他在英文文章中卻指出，這樣傳統的文學教育「雖不能領導中國婦女走上解放或革命的道路，但還是讓她們成了比較好的妻子和母親。所謂少量的知識是危險的說法是不確切的。少量的知識比完全沒有知識要好得多。」([Literary education] may not lead to emancipation or revolution, probably made them better wives and better mothers. It is not always true that "a little knowledge is a dangerous thing." A little knowledge is much better than no knowledge at all.)[46]胡適指出這樣的文學教育能使婦女成為孩子更好的老師。這是婦女受教育的意義所在。

在全文的結論中，胡適極肯定的說道：

在種種桎梏的壓制下，中國婦女為她們自己在家庭裡、在社會上、在歷史上贏得了相當

[46] Ibid., p. 14.

的地位。她們掌握了男人，統治了帝國；她們為文學和藝術作出了巨大的貢獻；而最大的貢獻則在教育她們的兒子，並把他們塑造成現在的樣子。要是她們沒能作出更大的貢獻，那也許是因為中國虧待了她們。

Against all shackles and fetters, the Chinese woman has exerted herself and achieved for herself a place in the family, in society, and in history. She has managed men and governed empires; she has contributed abundantly to literature and the fine arts; and above all she has taught and molded her sons to be what they have been. If she has not contributed more, it was probably because China, which certainly has treated her ill, has not deserved more of her. [47]

要是我們只看胡適英文著作中有關中國婦女問題的文章，我們幾乎會誤以為在女權的問題上，中國一向是個開明的社會。當然，胡適在〈中國歷史上的婦女地位〉一文中所提出來的都是歷史事實，在中國三四千年悠長的歷史上，是不乏有傑出成就的女政治家和文學家，但套用一句胡適自己的話：「但那十幾顆星兒終究照不亮那滿天的黑暗。」[48]

[47] Ibid., p.15.

然而，胡適在英文著作中談到中國婦女問題時，卻不免讓人覺得，他似乎正是想用那少數的幾顆星來照亮那滿天的黑暗！

胡適除了為中國的女權有過一番解釋之外，在英文文章中，對中國的婚制也作過熱烈的辯護。胡適從少年時代起就在《競業旬報》上發表文章極力批評早婚及近親結婚等中國惡俗[49]。他自己的婚姻，也正是中國婚制下的一個犧牲。但他出國之後，在康乃爾大學留學期間，竟為這樣一個不合理的制度演講寫文章，曲意迴護。他在一九一四年六月出版的 *The Cornell Era* 上發表〈中國之婚俗〉(Marriage Customs in China)，中國人由父母主持的早婚，在胡適英文文章中，幾乎成了良風美俗了。他說早訂婚有兩大好處：

> 這可以保證青年男女的終身伴侶，因此，他們就不必為了找尋配偶這樣重大的問題而焦慮，而這也正是西方年輕人所經常面對的難題。〔早訂婚〕也可以給年輕人以一種責任感，要他們經常保持忠實而且純潔。

---

[48] 胡適，〈再論信心與反省〉，《胡適文存》，冊四，頁四七一。原文是「但那幾十顆星兒……」。

[49] 參見本書〈超越不了「國界」的「是非」——胡適對中國婚俗的態度〉，頁一六〇—七一。

Early engagement has two great advantages. It assures the young man and young woman of their life companions, hence they need not worry about the all-important task of seeking a helpmate, which constantly confronts the young people of the western world. Moreover, it imposes upon the young people a duty to be constant, faithful and pure. [50]

類似的議論，胡適在《留學日記》中也有記載，如一九一四年一月四日，有〈吾國女子所處地位高於西方女子〉一條，同月二十七日，又有〈演說吾國婚制〉一條，皆可參看。

五、中國在進步

胡適在英文著作中談到中國，多少有些隱惡揚善的心理。中國固有的文化中，不但隱含著近代科學與民主的精神，而且婦女也有相當崇高的歷史地位。至於說到中國的改變，他強調中國是在進步的，而不是停滯不前的。

---

[50] Suh Hu, "Marriage Customs in China," *The Cornell Era* (June 1914), pp. 610–11. Included in Chih-ping Chou ed., *A Collection of Hu Shih's English Writings*, Vol. 1, pp. 24–5.

一九二六年十一月十一日，胡適在英國劍橋大學作了一個演說，題目是「過去一千年來，中國是停滯不前的嗎？」(Has China Remained Stationary During the Last Thousand Years?) 這個演講是為了反駁威爾斯 (H. G. Wells) 在《世界史綱》(*Outline of History*) 中說到中國文化在七世紀已達到巔峰，唐代是中國文化的黃金時代，此後千餘年，中國在文化發展上是停滯不前的。

胡適在演講中指出，唐代只是中國文化高度發展的開始，而非巔峰。宋代活字印刷的發明，使大規模知識的流傳變得可能，這在文化發展上所造成的重大影響是不能估量的。唐代文學的成就，主要只是在詩的創作上，散文的成績並不理想，至於戲劇和小說則更談不上。第一個偉大的劇本出現在十三世紀，而傑出的小說則更遲至十六、十七世紀才完成。至於在哲學上，唐代缺乏第一流的思想家。禪學和理學的興起為中國思想界帶來了空前的繁榮，朱熹和王陽明的成就都邁越前代。清代的學術則更足以壓倒千古[51]。

---

[51] Hu Shih, "Has China Remained Stationary During the Last Thousand Years?" in *The Promotion of Closer Cultural Relations between China and Great Britain* (London: The Universities China Committee, 1926), pp. 6–9.

類似的看法在胡適一九二一年七月三日和一九二二年五月十九日的日記裡有過零星的記錄，但都沒有這篇演講論證的詳實[52]。

唐代以後千餘年的中國固然是進步的，二十世紀以後的中國也並非停滯不前。為了要說明這一點，胡適在英文著作中多次肯定辛亥革命的歷史意義。早在他回國之前，他在哥倫比亞大學刊物 *Columbia Spectator* 上發表文章，力斥袁世凱恢復帝制之非。他說：滿清帝制的最大罪惡，在為中國建立了一個世襲的無能而又腐敗的官僚體系。辛亥革命最大的貢獻就在推翻這個官僚體系，即此一點，其貢獻已無可估量[53]。

一九三九年十月十日，紐約世界博覽會將這一天定為中國日，胡適以駐美大使的身分在博覽會上發表雙十節意義的演說。他指出辛亥革命有兩重意義，第一是推翻異族統治的種族革命，第二是推翻帝制，建立共和的政治革命。辛亥革命在人們心中造成的印象是：「連皇帝都得走」，還有什麼舊制度是可以不變的呢？這樣一個開放而又自由的氣氛，為五四以後社會上和學術上各方面的改革，奠定了基礎[54]。一九四一年十月十日，

---

[52] 胡適，《胡適的日記》（香港：中華，一九八五），頁二二四—二二五；三五六—五七。

[53] Suh Hu, "Analysis of the Monarchical Restoration in China," *Columbia Spectator* (January 14, 1916), p. 7.

胡適再次肯定辛亥革命在社會和文化大解放上，所起的積極作用[55]。肯定辛亥革命的進步意義，也就是肯定現代中國是進步的。

將這兩篇論辛亥革命意義的英文文章，和一九三四年所寫，發表在《獨立評論》上的〈雙十節的感想〉對看，雖然在內容上沒有基本的不同，但在語氣上卻有微妙的出入。〈雙十節的感想〉固然也肯定辛亥革命的雙重意義，但也同時指出，滿清的覆滅與民國的建立幾乎是歷史的必然。滿清的覆滅，與其說是革命黨人的貢獻，不如說是內部的腐化，已經到了不得不滅的時日。在結論中，胡適檢討了辛亥革命以來二十三年的成績，認為中國人太不努力，二十三年來的一點建樹，不足以酬先烈們所流的血。他感慨的說道：「二十三年過去了，我們還只是一個抬不起頭來的三等國家。」[56]這樣的感慨，在胡適的英文著作中是見不到的。

---

[54] Hu Shih, “The Meaning of October Tenth,” *The Chinese Christian Student* (Oct./Nov. 1939), Vol. 30, No. 1–2, p. 4.

[55] Hu Shih, “Soul of the Chinese Revolution,” *Sphere* (Nov. 1941), Vol. 28, No. 5, pp. 9–10; 35.

[56] 胡適，〈雙十節的感想〉，《獨立評論》，一二二號（一九三四・十・十四），頁四。

一九三九年二月，《世界傳教士評論》(*The Missionary Review of the World*) 雜誌上，摘錄了胡適的一篇演講，題目是〈論中國的進步〉(On China's Progress)。胡適指出自一九一七到一九三七，這二十年之間，中國在知識、道德、社會風俗、政治組織，以至於民族的尊榮上，都有長足的進步。他特別提出以下五點作為代表：⑴專制政權的推翻；⑵教育制度的改良；⑶家庭制度、婚姻制度的改變和婦女地位的提高，胡適把這一點譽之為「五千年來最偉大的改良」(the greatest reform of the last five thousand years)；⑷社會風俗的改良；⑸政治組織的新發展，胡適將這一點稱之為無血的革命 (a bloodless revolution)。

在文章的末尾，胡適指出近代的領袖人物在知識和人品上都超越前代。他說：孫中山思想上的勇邁，人格上的偉大，行動上的無懼 (courage of thought, greatness of personality, and fearless action) 都超過曾國藩。在胡適中文著作中，如此熱情肯定近代中國的文字是不多見的。

將這幾篇英文文章與一九一八年發表的〈歸國雜感〉對看，可以清楚的看出，胡適在中英文著作中不同的態度。在〈歸國雜感〉中，他對當時中國的戲劇、文學、出版界、教育事業，以至於人們的生活習慣都有極嚴厲的批評。去國七年，他看不到任何進步。他覺得「真可以放聲大哭」，「幾乎要羞死」57。這和他在英文著作中大談中國的進步，形成了有趣的對比。

一九三三年，胡適在芝加哥大學 (University of Chicago) 作赫斯克爾講座 (Haskell Lectures) 時，對中日現代化的問題，提出過一套獨特的分析58，這套分析胡適在不同的場合曾多次引用，可以視之為胡適談現代化議題時一個重要的理論59。在胡適這個理論基礎上，就現代化而言，中國在深度和廣度上，都超越日本。胡適的用心多少是為中國緩慢停滯的現代化，作出一個合理而又體面的解釋。

---

57 胡適，〈歸國雜感〉，《胡適文存》，冊一，頁六二一—二八。

58 Hu Shih, "Types of Cultural Response," in *The Chinese Renaissance* (Chicago: University of Chicago, 1934; Rpt. Paragon Book Reprint Corp., 1963), pp .1–9.

59 See Hu Shih, "The Westernization of China and Japan," *Amerasia*, Vol. 2, No. 5 (June 1938), pp. 243–47; Hu Shih, "The Modernization of China and Japan," in Ruth Nanda Anshen ed., *Freedom: Its Meaning* (New York: Harcourt, Brace and Co., 1940), pp. 114–22. Also in C. F. Ware ed., *Cultural Approach to History* (New York: Columbia University Press, 1940), pp. 243–51.

胡適提出兩個問題：在現代化的過程中，何以日本能在明治維新之後，在短時期之內，獲大成功，而中國則長時期的停滯不前？但從另一方面來看，日本現代化的成功主要只是在工業和軍事上，至於一般人的日常生活和信仰，改變是極為有限的。然而，中國的情形卻是日本的反面，在工業和軍事上，中國的成績實在乏善可陳，但一般人的生活和信仰，卻因為與西方文化接觸而有了實質的改變。胡適為這個表面上看來矛盾的現象提出了分析。

胡適將文化轉型分為兩類，中央控制式 (centralized control) 和漸進穿透吸收式 (gradual and diffused penetration and assimilation)。日本的現代化屬於第一類，而中國則屬於第二類。第一類文化轉型的優點是快速、有效，而且目標明確；其缺點則是，主其事的統治階級往往眼光短淺，急功近利。以日本來說，統治階級企圖用現代化的船堅炮利來鞏固日本固有的價值系統，其結果是日本在軍事上固然很成功，但在現代化的程度上，毋寧是膚淺而且片面的。如日本人的宗教信仰和婦女地位，在明治維新之後，並沒有基本的改變。

反觀中國，自從二千一百年前，封建制度崩壞之後，中國社會已完全民主化了，社會上缺乏一個有效的統治階級，所有現代化的主張都是由少數個人提出，一般人則自願的跟進。加上一九一一年帝制推翻之後，中國幾乎沒有任何制度和任何價值，可以免於現代化的影響，可以免於知識分子的批評。這種在五四運動前後所建立起來的批評精神和風氣，開拓了中國人的眼界和胸襟。其結果則是：在工業和軍事上的現代化極為有限，但是從口紅到文學革命，從鞋子到推翻帝制無一逃過了現代化的影響。在工業和軍事上缺乏建樹的中國現代化，其深度和廣度是遠遠超過日本的[60]。

胡適之所以多次提到這個問題，他多少是希望在這樣分析的基礎上，能論證出就一般生活和意識形態而言，中國的現代化比日本更為徹底，更為深入。因此，中國是一個比日本更現代，也更民主的國家。

六、結　論

一九六〇年，中美學術合作會議 (Sino-American Conference on Intellectual Cooperation) 在西雅圖華盛頓大學召開，胡適發表了題為〈中國的傳統與將來〉的論文。在文中，

[60] Ibid.

胡適扼要的總結了自己對中國文化發展的看法。他指出，孔子的人文主義和老子的自然主義哲學是中國哲學的基礎，中國文化在受到非理性的迷信和宗教入侵時，都是靠著人文主義和自然主義的力量，將中國文化從非理性的深淵中拯救出來。他把宋代理學的興起，解釋為中國人文主義與自然主義哲學掙脫一千多年印度佛教影響的反抗。理學的興起把中國人從非理性的宗教中，拉回到以儒家倫理為基準的價值系統中來。

在英文著作中胡適對宋代理學的興起所一再強調的是，經過一千年印度化狂瀾的衝擊之後，中國本土哲學中人文主義與自然主義持續的抵抗力與頑強的生命力。他說：

> 理學的興起是個自覺的運動，這個運動是為了恢復佛教〔傳入中國〕之前，中國的本土文化，用這個本土文化來取代中世紀的佛教和道教。它的主要目的是重建，並重新解釋孔子與孟子的倫理和政治哲學，並以之取代自私、反社會和出世的佛教哲學。
>
> Neo-Confucianism was a conscious movement for the revival of the pre-Buddhist culture of indigenous China to take the place of the medieval religions of Buddhism and Taoism. Its main object was to restore and re-interpret the moral and political philosophy of Confucius

and Mencius as a substitute for the selfish, anti-social, and other-worldly philosophy of the Buddhist religion. [61]

這點和他在中文著作中提到理學時，其不同的側重是很顯然的。在中文著作中，胡適常常引用「餓死事極小，失節事極大」，來突顯理學在天理和人欲衝突時，捨人欲而就天理，造成對人欲極大的抑制，終而成為「吃人的禮教」。胡適在《戴東原的哲學》中極沉痛的指出：「八百年來，一個理字遂漸漸成了父母壓兒子，公婆壓媳婦，男子壓女子，君主壓百姓的唯一武器；漸漸造成了一個不人道、不近人情、沒有生氣的中國。」[62]胡適在中文著作中也談理字的積極意義，但他總不忘提醒中國讀者，一種過度嚴苛的理學，則又成了「以理殺人」的劊子手。

胡適這點態度和解釋上的不同，不應被理解為思想上的不一致，或前後矛盾。而是

---

[61] Hu Shih, "The Chinese Tradition and the Future," *Sino-American Conference on Intellectual Cooperation, Report and Preceedings*, University of Washington Department of Publication and Printing, p. 17. Or, see Chih-ping Chou ed., *A Collection of Hu Shih's English Writings*, 3 Vols. (Taipei: Yuan-liu, 1995), Vol. 3, p. 1753.

[62] 胡適，《戴東原的哲學》，頁五五－五六。參看胡適，〈信心與反省〉，《胡適文存》，冊四，頁四六二。

在面對不同聽眾時，他有不同的著重，在表述時，中英文有其不同的取向。

正因為固有的中國文化中並不缺科學、民主、自由這些近代的價值觀念，在胡適英文著作中，「西化」或「現代化」並不是他的主要議題。「西化」或「現代化」只是中西文化接觸之後，一個自然的結果，而不是努力強求之後，外爍於中國固有文化之上的一層外殼。

一九三三年，胡適在《中國的文藝復興》(*The Chinese Renaissance*)書序中提到，他在全書中的理論架構是，即使在缺乏有效領導和中央控制的情況下，大規模的文化變遷正在中國發生。雖然舊體制在受到衝擊之後出現了崩潰的現象，但這正是讓舊文化新生，必不可少的過程。他說：

> 緩慢的，悄悄的，然而毫無可疑的，中國的文藝復興正在變成一個事實。這個再生的文化看似西方的。但只要刮去它的表層，你就能看到基本上是中國的基底，這個基底在飽經風雨的侵蝕之後，卻顯得更清楚了，那是人文主義與理性主義的中國在受到新世界科學與民主觸發之後的一個新生。

Slowly, quietly, but unmistakably, the Chinese Renaissance is becoming a reality. The product of this rebirth looks suspiciously occidental. But, scratch its surface and you will find that the stuff of which it is made is essentially the Chinese bedrock which much weathering and corrosion have only made stand out more clearly—the humanistic and rationalistic China resurrected by the touch of the scientific and democratic civilization of the new world.[63]

這樣情況下的文化再生，與其說是外爍的，不如說是內發的。這一段話最能說明胡適在

---

[63] Hu Shih, "Preface," *The Chinese Renaissance* (Chicago University Press, 1934), rpt. Paragon Book Reprint Corp., 1963.

"If I have any thesis to present, I want my readers to understand that cultural changes of tremendous significance have taken place and are taking place in China, in spite of the absence of effective leadership and centralized control by a ruling class, and in spite of the deplorable necessity of much undermining and erosion before anything could be changed. What pessimistic observers have lamented as the collapse of Chinese civilization, is exactly the necessary undermining and erosion without which there could not have been the rejuvenation of an old civilization."

英文著作中對中國西化的態度。其中最值得注意的是「觸發」(by the touch of) 這兩個字，既是「觸發」，則「西化」只是個「水到渠成」的事。

在中文著作中，讀者和聽眾都是同胞，胡適少了許多「體面」的顧慮，所謂愛之深，責之切。他寫作的目的，往往是為了指出病痛所在，進而激發中國人奮發向上。他強調不宜將文明強分精神與物質，而以一種優越的態度自居於所謂精神文明，而鄙視物質文明。沒有物質基礎的精神文明，怕不免只是落後和貧窮的遮羞布，並終將成為物質的奴隸。這番意思在〈我們對於近代西洋文明的態度〉一文中說得最清楚[64]。將這篇文章和胡適的英文文章〈東西文明〉(The Civilization of the East and the West) 對看，我們不難發現，雖然，後者基本上是前者的翻譯，但在英文文章中，他還是忍不住的把格物致知和十七世紀考證的方法，與近代的科學方法做了一定的聯繫[65]。

[64] 胡適，〈我們對於近代西洋文明的態度〉，《胡適文存》，冊三，頁一—一五。

[65] Hu Shih, "The Civilization of the East and the West," in Charles A. Beard ed., *Whither Mankind: A Panorama of Modern Civilization* (New York: Longmans, Green and Co., 1928), pp. 25–41. For the mentioned paragraph, see p. 32.

在英文著作中，胡適對中國文化是充滿信心的。他所一再要表明的是，中國這個古文明，並不缺與西方文明接軌的「現代性」。這個現代性的主要成分是民主與科學。然而，胡適有生之年，在中國既沒有看到一個真正的民主制度，也沒有看到科學的生根茁壯，所以他只能回到歷史上的中國，到先秦，到兩漢，到唐宋，到明清，去找他的科學精神與民主基礎了。胡適在古代的思想制度中，去尋中國的民主、科學，這一方面維持了他知識上的誠實，一方面又顧全了中華民族與中國文化的體面。讀胡適論中國文化的英文著作，不能不深體他這番不得已的苦衷[66]。

[66] 有關胡適英文著作中對中國文化的態度，參看 Min-chih Chou, "Attitude toward Chinese Culture," in *Hu Shih and Intellectual Choice in Modern China* (Ann Arbor: The University of Michigan Press, 1984), pp. 166–88.

胡適的「不在乎」

一九六二年二月二十四日，胡適在臺北南港逝世，林語堂在四月份紐約出版的《海外論壇》上，發表了〈追悼胡適之先生〉一文，在文中，他比較了胡適與魯迅。他說：「適之先生是七分學者，三分文人；魯迅是七分文人，三分學者。」換言之，胡適應在「儒林」，而魯迅則屬「文苑」。這點「成分」的不同，也多少決定了兩人的人品和風格。接著林語堂說道：

在人格上，適之是淡薄名利的一個人，有孔子最可愛的「溫溫無所試」可以仕可以不仕的風度。魯迅政治氣味甚濃，脫不了領袖慾。適之不在乎青年之崇拜，魯迅卻非做的給青年崇拜不可，故而跳牆（這是我目擊的事），故而靠攏，故而上當，故而後悔無及，與胡風同一條路。胡風、胡適是殊途同歸的。所不同者，一個上當，一個不曾上當而已。

上當而能自覺，就是不上當。上當而猶戀名利，結果必成小丑，專寫歌功頌德的廊廟文章，如郭沫若之流是矣。故胡風人品在郭沫若之上，而胡適眼光氣魄，道德人品，又在魯迅、胡風之上。所以我說胡適之先生在道德文章上，在人品學問上，都足為我輩師表。一時的毀譽，正如元祐黨人碑，適之先生全不在乎。這「不在乎」三字正是適之先生高風亮節的註腳，是胡先生使我們最佩服最望風景仰望塵莫及的地方。

二〇〇二年十二月十七日是胡適誕辰一百一十週年紀念，我們重看林語堂四十年前的舊作，依舊感到是當今中國大陸所聽不到的空谷足音。

林語堂與胡適、魯迅都是舊識，而且有過深交，他的立論是深刻而且公允的，而「不在乎」這三個字也最能狀寫胡適的光明磊落，高風亮節。

一九六二年一月一日臺北出版的《文星》雜誌第五十一期，以胡適作為封面人物，並請李敖執筆寫〈播種者胡適〉一文。李敖對胡適在中國現代化的過程中所作出的貢獻有充分的肯定，並對胡適任駐美大使期間的清廉作風，及善待周作人等多方面有極高的評價。胡適看了這篇文章之後，寫了一封信給李敖，這封信沒寫完，胡適就過世了。在信中有如下的一段話：

> 我知道這一個月以來，有不少人稱讚你做的〈播種者胡適〉那篇文字，所以我要寫這封信，給你澆幾滴冷水。我覺得那篇文字有不少的毛病，應該有人替你指點出來。所以我不能不自己擔任這種不受歡迎的工作了。
>
> 第一，我要指出此文有不少不夠正確的事實。如說我在紐約「以望七之年，親自買菜做飯煮茶葉蛋吃」，——其實我就不會「買菜做飯」。如說我「退回政府送的六萬美金宣傳費」，——其實政府就從來沒有過送我六萬美金宣傳費的事。又如說「他懷念周作人，不止一次到監獄看他」，——我曾幫過他家屬的小忙，但不曾到監獄去看過他。（我至今還想設法搜全他的著作，已搜集到十幾本了；我盼望將來你可以幫助我搜集：我覺得他的著作比魯迅的高明多了。）（原件藏臺北胡適紀念館。）

從時間上推斷，這封信大致寫在一九六二年一月底，也就是胡適逝世前不到一個月，這時他的健康情況已經很差了。他竟還要為一個年輕人所寫的一篇有關他的文章，寫長信去更正一些「不虞之譽」。這封信所表現的一方面是他對歷史事實一絲不苟的態度；但另一方面，卻又是對虛名的全不在乎。而尤其值得注意的是胡適對周作人著作的推崇，認為其價值遠在魯迅作品之上，及至晚年，還在搜集周作人的作品。這是胡適死前對周氏兄弟所作最後的評價。幾十年來，魯迅與周作人始終是以「英雄」與「國賊」的兩極形象出現在中國的現代史上。由於周作人是個定讞的漢奸，在民族大義上有所虧，在以人廢言的老例之下，即使兄弟兩人並列，對魯迅都是一種污辱，更別說將他的作品評價在魯迅之上了。周作人地下有知，焉能不有知遇之感！

一九四六年十月十二日傅斯年寫信給剛就任北大校長的胡適，提醒他不能再說「我與周〔作人〕仍舊是朋友」，以免上海《文匯報》與其他小報以此作為攻擊胡適的口實，《胡適來往書信選》（香港：中華，一九八三），共三冊，冊三，頁一三五。）可見胡適不但沒有在周作人被判漢奸之後落井下石，反而還設法幫助他。胡適善待周作人，絕非魯迅「痛打落水狗」的作風。陳獨秀被捕時，胡適極力營救，陳獨秀死後，胡適為死友的「最後見解」寫序。（《我們必須選擇我們的方向》（香港：自由中國出版社，一九五〇），頁三一—四一）。這倒讓我想起了魯迅慨嘆中國少有的「敢撫哭叛徒的吊客」。（〈這個與那個〉，《魯迅全集》，卷三，頁一四二。）

這些都是胡適「不在乎」的具體表現。

魯迅死後，所享受到的「哀榮」，很可能是古今中國文人之最。官修的全集，官修的博物館，官修的故居，甚至於官定的評價。但也正因為如此，魯迅在不知不覺之間，成了官方的代言人，官方的傀儡。要知道偶像和傀儡的差別是極其微妙的。

和魯迅相比，胡適身後的際遇，就蕭條得多了。既沒有官修的全集，更沒有官定的評價，臺北南港中央研究院裡，由故居改建的紀念館，無論就人力、財力而言都不能和北京的魯迅博物館相提並論。但胡適的這點蕭條和冷落，卻是他獨立自主的最佳說明，也正是魯迅的不可及處。

胡適的暗淡歲月

一、前言

胡適一輩子之中所不缺的是掌聲喝彩，批判撻伐。無論贊成他也好，反對他也好，他的存在卻是不容任何人忽略的事實。套句胡適常引的《象山學案》中的話就是：「天地間有個胡適之，便添得些子，無了後，便減得些子。」❶因此跟胡適一生最扯不上關係的就是「暗淡」這兩個字。

❶《象山學案》中的原文是：「且道天地間有個朱元晦、陸子靜，便添得些子，無了後便減得些子？」原是一句反問，但胡適在趙家璧主編《中國新文學大系》（上海：良友，一九三五，共十冊），《建設理論集》的〈導論〉（頁一七）中引用時，卻作肯定句。參看繆天綬選注《宋元學案》（臺北：商務，一九八八），頁三五四。

然而，他的一生也確曾有過一段暗淡的歲月。在那段日子裡，天地間多了個胡適，少了個胡適，似乎並不曾增減什麼。正因為胡適有過這一段生活，我們才能從一個不同的境遇來觀察胡適，在光華散盡之後，看他如何寂寂度日。當然，我們也可以從胡適的境遇中，來推想五十年代海外中國知識分子，尤其是從事文史研究的學者，所面臨的考驗和困境。

二、葛思德圖書館

胡適是一九四九年四月六日從上海坐船赴美的，到一九五八年四月八日取道東京回到臺北，出任中央研究院院長，其間整整九年。在這段期間，除偶爾回臺開會演講以外，胡適住在紐約東八十一街一〇四號的一個公寓裡。在這九年時間裡，唯一比較正式而有固定收入的工作是一九五〇年七月一日起聘，到一九五二年六月三十日終止的普林斯頓大學葛思德東方圖書館館長一職 (Curator, The Gest Oriental Library, Princeton University)❷。

❷ 胡適職位的正式名稱是：Fellow of the University Library, Curator of the Gest Oriental Library with rank of

目前中、臺兩地所出胡適傳記與年譜已不下數十種，而有關胡適生平的文章更是多不勝數，但有關胡適在葛思德圖書館工作的一段經歷，卻少有人道及。一則因為這個工作在胡適一生之中實在無關緊要；再則因為有關材料大多是英文的，而且未經發表。我若不是在普大教書，也是沒有機會看到這些一手資料的。

這些資料，許多是人事行政上例行的公文，但卻最能反映胡適五十年代初期在美國的境遇：一個管領中國近代學術風騷數十年的宗師碩儒，也一樣要填工作申請表，一樣要接受別人的考核，一樣要面對停職的命運。但另一方面，我們又可以從許多細微末節之中，看胡適如何在顛沛困頓之中不降格、不辱志、不消沉、不喪氣，維持他獨立的人格。

胡適最早跟葛思德圖書館發生關係是在一九四三到一九四六年。這時他大使卸任，住在紐約，正在從事《水經注》研究。據他自己在〈我早期與葛思德東方圖書館的關係〉(My Early Associations with the Gest Oriental Library)的英文文章中說，在這三年期間，他

Professor. 見胡適，《胡適給趙元任的信》（臺北：萌芽，一九七〇），頁三六；及一九五〇—一九五一《普林斯頓大學，教職員姓名錄》。

經常向美國國會圖書館、哥倫比亞大學圖書館、哈佛大學圖書館及葛思德東方圖書館借閱有關《水經注》方面的書。當時，葛思德圖書館的負責人南西・李・史溫(Nancy Lee Swann)曾給胡適許多借書的方便，讓他將館中的一些珍本書借回紐約寓所，作長期的校閱。胡適在一九四四年非常驚訝地發現，葛思德圖書館藏有二十冊趙一清的《水經注釋》手抄本。這套書據胡適判斷是世界上唯一的直接從手稿本抄錄下來的。這套書為胡適解決了不少《水經注》的問題。❸

葛思德圖書館另收有乾隆詩的全集共四五四卷，四萬二千多首。據胡適在一九五四年出版的〈普林斯頓大學葛思德東方圖書館〉一篇介紹性的英文文章中說：由於乾隆詩寫得太差，中國的編目者和美國的圖書館都不屑收藏，唯獨葛思德圖書館收了這部卷帙繁多的詩集，為他審校《水經注》提供了不少資料，因此他特別在這篇文章的結尾，衷心地感謝(hearty thanks)了葛思德藏書的實際收集者吉理士(Gillis，一九四八年去世)❹。

❸ 胡適，〈我早期與葛思德東方圖書館的關係〉一文發表在第六期的 *The Green Pyne Leafs*, 頁一—三。這並不是一本正式的刊物，僅流通於普大校園中，胡適的手稿收入《近代名人手跡》（臺北：文星，一九六四），頁七七—九一。

從以上這一簡單的敘述，可以看出：胡適最早與葛思德圖書館發生關係，主要是為了他的《水經注》研究，在一九五〇年胡適接任館長這一職務時，他對這一批藏書的內容已經相當熟悉了。在一封給趙元任的信裡，胡適說葛思德圖書館是一個「古董書庫，於我應該有用」❺。胡適接受這個工作，除了經濟上的考慮以外，多少也想利用這些圖書來繼續他的研究。

在普林斯頓教職員的檔案中，我找到了胡適當年在葛思德圖書館工作時的個人資料(Faculty Biographical Records)（見附件一）。這份表格是胡適親筆填寫的，填寫的日期是一九五〇年十月十一日。在「學位」欄內，胡適填的是：

學士，康乃爾大學，一九一四。

博士，哥倫比亞大學，一九一七。

---

❹ Hu Shih, "The Gest Oriental Library at Princeton University," *The princeton University Library Chronicle*, Vol XV (Spring 1954), p. 141.

❺《胡適給趙元任的信》，頁四一。

附　件　一

Date Oct. 11, 1950

Princeton University
FACULTY BIOGRAPHICAL RECORDS
Office of the Secretary

Name in Full: HU, SHIH
Date of Birth: Dec. 17 1891 (MONTH DAY YEAR) Place of Birth: Shanghai, China
Father's Name in Full: Hu-Chuan
Mother's Maiden Name in Full: Feng

Married? Yes Wife's Maiden Name: Kiang Tung-hsiu Year of Marriage: 1917
Full Names of Children and Dates of Birth:
Hu Tsu-wang 1919
Hu Ssu-Tu 1921

Degrees:

DEGREE	INSTITUTION	YEAR
A.B.	Cornell U.	1914
Ph.D.	Columbia U.	1917
Honorary degrees from 32 universities including Princeton U.		

Professional Record: (Please give chronologically all academic appointments, including graduate or post-doctoral fellowships; also professional appointments in industry, business, government, etc.)

INSTITUTION	POSITION	YEARS
Professor of Chinese Philosophy,	Peking Univ.	1917-37
Dean of College of Letters	" "	1932-37
President	" "	1946-49

War Record:
Wartime Ambassador from China to the United States (1938-1942)

Membership in Professional Associations, Learned and Technical Societies, etc.: (Please indicate offices held.)
American Philosophical Society (Phila.), American Institute of Arts and Letters (N.Y.C.), Prussian Academy of Science (1932), Academia Sinica, etc.

Principal Publications:
History of Chinese Philosophy (Chinese)
Collected Essays (4 series, 14 volumes)

Fields of Special Research Interest: History of Chinese Thought.

Honors and Awards (including Phi Beta Kappa and Sigma Xi):
Phi Beta Kappa

Residence Address: 104 E. 81 Street (New York) Office Address: Gest Library

包括普林斯頓大學在內的三十二個榮譽學位。

在「經歷」(Professional Record) 欄內，填的是：

中國哲學教授，北京大學，一九一七—三七。

文學院長，北京大學，一九三二—三七。

校長，北京大學，一九四六—四九。

另有「戰時紀錄」(War Record) 一欄，從筆跡和墨色來看，似是別人代填的，填的是：

中國駐美戰時（一九三八—四二）大使。

這張表所引起我注意的倒不是胡適赫赫的學歷和經歷，而是填寫的日期。胡適是一九五〇年七月一日正式起聘的，這份資料是十月十一日才填好的，從時間上來看，這可以解釋為一定的禮遇，因一般人都是在申請工作時即需填個人資料表，胡適卻晚填了三個多月。

但在另一批有關胡適工作的來往公函中，我又發現當時普大總圖書館副館長(Lawrence Heyl, Associate Librarian) 在七月二十四日與八月十五日兩次寫信給館長 (Julian P. Boyd, University Librarian)，告以胡適薪水支票發不出，因為胡適沒將「表格」(form)交進來。我們無從知道這份表格是否就是「教員生平資料」，不過，這是很有可能的。

我們從館長秘書一九五〇年八月十五日發給胡適的一封信中，還能看出胡適當時大概極需錢用，而又收不到支票，秘書寫信去解釋。我將此函譯成中文，備作胡適傳記的一份史料：

一九五〇年八月十五日

胡適博士

一〇四號東八十一街

紐約

親愛的胡博士：

Boyd 和 Heyl 先生都不在圖書館，我擅自寫信給您，請您盡快將附上的表格填好寄還給我。據我的了解，這些表格必須填好，存入大學檔案以後，才能把支票寄給您。要是您能填好這些表格，不要摺疊，放入回郵的信封，在下星期一以前讓我收到，您的支票就差不多可以立即發出。只要這些表格都入檔了，您的薪水支票會在每個月底定期寄給您。

Boyd 先生的秘書謹啟

從這幾封來往的函件中，我們又看到胡適絲毫沒有受到任何特殊的待遇。

一九五一年十二月十三日，普大總圖書館代理館長 Maurice Kelly 寫了一份備忘錄給 Heyl 先生，記的是十二月十一日下午三時半在 Delong 廳舉行的一次討論葛思德圖書館的會議。其中第四點提到胡適館長一職去留的問題，當時學校為了節省開支，有意擢升胡適的助手童世綱為館長，並在一九五二年終止胡適聘約。

與此同時，社會學系研究中國問題的一位年輕副教授李馬援 (Marion Levy) 還寫了一份兩頁的報告，對胡適的貢獻與葛思德圖書館藏書的價值作了讚揚和說明。報告的首段是這麼說的：

自從胡教授答應用他一部分的時間來為葛思德圖書館做些督導（supervision）的工作以來，他對這個圖書館所做的貢獻是無法估量的。

李馬援接著敘述了胡適的貢獻，其中包括：

1. 找到了童世綱來做胡的助手，童是一位能幹的圖書館員。
2. 胡與童檢視了全館藏書，胡為此寫了一個詳細的報告，說明藏書之價值及功用。
3. 胡與童為本館建立了一個新的分類系統，這個系統遠勝於原來的分類。
4. 在胡適的督導下，童世綱對全館近十萬冊的書重新整理和安排，使一般人都能使用這批藏書。
5. 在胡教授的督導下，全館進行了清理和重新安排的工作。
6. 胡適與童世綱用葛思德圖書館的材料，舉辦了一次小型展覽❻。
7. 胡教授總是極樂意協助他的同事，並花了許多精力來教導那些不如他那麼博學的同

---

❻ 這次展覽為期兩個月，從一九五二年二月二十日到四月二十日，題目是「一千一百年的中國印刷」(Eleven Centuries of Chinese Printing)。

事。

在結論中，李馬援指出：「以葛思德圖書館委員會委員的身分，我覺得普林斯頓大學深深地受惠於胡教授。」

這樣一篇極力讚揚的報告，並沒有改變終止胡適兩年聘約的計畫。一九五二年二月一日，代理總圖書館館長（Maurice Kelley, Acting Librarian）又寫了一份備忘錄給校長 Harold Dodds，建議胡適年薪五二〇〇元的聘約在一九五二年終止，由年薪三四八〇元的童世剛接任。

校長在看了這份備忘錄之後，顯然同意了代理總館長的建議。但同時對如何向胡適措詞這一點，覺得大費周章。最後決定由代理總館長為校長代擬一封給胡適的信說明：學校由於經濟困難，無法續聘胡為館長。在一封一九五二年二月二十一日 Kelley 寫給 Dodds 校長的信中，有如下一段：

> 附上你要我草擬給胡博士的信……在信中，我用了相當華麗的詞藻（來描述他的成績），這是我和 Ralph Powell ❼ 商量的結果，Powell 深通東方禮節的微妙。中國的禮節必須做

> 到在這封信的措詞上，不能有任何蛛絲馬跡能被解釋為「解聘」(Chi- nese courtesy demands that there should be nothing in the letter that would allow it to be even remotely interpreted as a dismissal)。

由校長具名寫給胡適的信，措詞極為客氣。在信中又重述了李馬援在報告中所提到的幾點成績。但同時指出：「我深感遺憾，學校的財政情形使我無法再請你擔任館長一職。」

到了一九五二年四月，校長和總圖書館的幾位行政人員終於想出了一個讓雙方都能保住面子的辦法：請胡適做終身的榮譽館長。

但這個辦法也並非十全十美，在一封一九五二年四月二十二日的信中，代理總館長專為了請胡適做榮譽館長的事，寫了一封信給當時的校長助理(Assistant to the President) Arthur Fox 表示了他的顧慮：

> 附上 Dodds 校長已批准請胡博士擔任葛思德東方圖書館榮譽館長一職的邀請函的草稿。

---

❼ Ralph Powell 是當時歷史系的一個講師。

Ralph Powell 與我並未提到榮譽館長是不支薪的。我們覺得不宜在邀請函中提到此事。

我們估計，胡博士，一個對西方學術慣例深有所知的人，了解榮譽職位是不支薪的。然而，我們還是要 Dodds 校長考慮，到底要不要把「不支薪」這一點加上去。

從這些公文往返中，我們可以看出：普林斯頓在處理胡適去留問題時是頗費了一番心思的。一方面要終止他的聘約；一方面又要顧全他的情緒和面子。榮譽館長只不過是兼顧這兩項考慮的權宜之計。

看完這些五十多年前的公文，我真忍不住掩卷嘆息：中國白話文運動之父，新文化運動的領袖，三十二個榮譽博士學位的獲得者，在六十一歲的晚年，居然還要讓幾個大學圖書館的職員和官僚擔心他到底知不知道榮譽職位是不支薪的慣例！

胡適在接到這封邀請函之後，在一九五二年五月一日給 Dodds 校長回了一封信（見附件二）。這封信從未發表過，我將它譯為中文，附錄於此：

親愛的 Dodds 校長：

我非常感謝你四月二十八日寫那封情詞懇切的信給我，在信中你代為表達了 Kelley、

Heyl 和 Rice 諸位先生的問候之意。此外，你也希望我能接受葛思德東方圖書館榮譽館長之職位。

我為葛思德圖書館所做微不足道的一些工作真是太少了，你們卻用這樣熱情的方式來表示感謝，這讓我非常感動。

我已經打了電話給 Kelley 先生，告訴他我對他、Heyl 先生和 Rice 先生的謝意。

我以誠懇感激的心情來接受你的邀請。誠如我在最近一封信中告訴你，我將繼續為葛思德圖書館及普林斯頓大學略盡綿力。

胡適

一九五二年五月一日

胡適這個榮譽館長的職位一直維持到一九六二年逝世為止。在葛思德圖書館的善本室裡還掛著胡適的照片，書架上還擺著幾本胡適手贈的著作，除了這些，我們已經看不到胡適曾經在此工作兩年的痕跡了。

要看胡適和葛思德圖書館的關係，還得到他的英文著作、日記和書信中去找。一九

附件二

May 1, 1952

Dear President Dodds:

I am most grateful to you for your very kind letter of April 28, conveying the good wishes of Messrs. Kelley, Heyl, and Rice and adding those of your own, that I might be persuaded to accept the Honorary Curatorship of the Gest Oriental Library.

I am greatly touched by this warm expression of appreciation for the little--indeed much too little--I have done for the Gest Library. I have called on Mr. Kelley and told him of my sincere thanks to him and to Mr. Heyl and Mr. Rice for their kind thoughtfulness.

I have thought over your kind offer and have decided to accept it with sincere appreciation of the honor it confers on me. I shall continue, as I have already told you in a recent letter, to try to be of service to the Gest Library and to the University.

Faithfully yours,

Hu Shih

Hu Shih

五〇年十月十六、十七兩日日記，記葛思德圖書館藏書，其中特別提到《磧砂藏》及有關中國醫學的藏書，他很感慨地說：

> Gest Library 有醫書五百多種，也甚可寶貴。此等書將來都會散失了。也許我們將來還得到海外來做影片回去收藏參考呢！❽

這兩頁日記多少體現了胡適在海外看到中國典籍時的一點「悲喜」。也說明了葛思德圖書館藏書的特色。

一九五一年十一月十九日，胡適在給楊聯陞一封討論范縝《神滅論》的信中，也提到過葛思德圖書館，並可以從中看出胡適對館藏圖書之熟悉。信上說：

> 我很盼望你同觀勝兄能到 Princeton 來玩一天，看看我們的古董。其中佛藏有《磧砂藏》南宋刻本及元刻本，有明《南藏》配本，有明萬曆末期影鈔《磧砂藏》本。另有明《北藏》二千幾百本。另有明清刻經殘本不少。故以刻佛經一門來說，Gest Library（葛思

❽ 胡適，《胡適的日記》手稿本，冊十六（臺北：遠流，一九九〇，共十八冊），無頁碼。

德圖書館）確有「八百年佛經雕刻史」的資料。❾

胡適藉著整理葛思德圖書館藏書的便利，無時無刻不在注意並收集有用的史料，這種不間斷的研究，從他這段時間和朋友們論學的信中最容易看出。

一九五〇年十一月十七日，普大派人帶了一位京都大學的教授也是京都大學圖書館館長泉井久之助來參觀葛思德圖書館的藏書，遇見胡適，大驚訝。胡適在當天的日記上，有如下一段：

> 我陪他約略看了Gest的藏書，後來才對他說我認識京都大學的一些人，他問我的名字，大驚訝，說，他少年時就聽說我的姓名了，不意在此相會。他說起他是吉川幸次郎的朋友，曾讀吉川譯的我的著作兩種（其一為《四十自述》，其一為選錄）。學校的人來催他走，他不肯走，一定要和我長談。我把住址給他，請他到紐約看我，他才走了。

❾ 胡適紀念館編《論學談詩二十年》（臺北：聯經，一九九八），頁一二二。下引給楊聯陞的信可按年月日索閱。

兩天以後（十一月十九日），胡適在日記上有「日本學者泉井久之助來長談，他很高興」一條。⑩

從這兩條日記中，我們可以看出，當時以胡適在學術界之地位而屈就一個小圖書館的館長，連日本人都不免「大驚訝」。而我卻從未看到胡適有過任何憤懣或牢騷的文字。

胡適離開普林斯頓一年半以後，用英文為《普林斯頓大學圖書館年刊》寫了一篇三十頁的長文，介紹葛思德圖書館。這篇文章後來編印成單行本，專門用作介紹該館之用，沿用至今⑪。在一九五四年六月一日給楊聯陞的信中，胡適提到了這篇文章：

> 今年正月百忙中，我為 Princeton Library Chronicle 寫了一篇長文，敘述 Gest Library 的歷史與內容，約有三十頁之多。因為是為外國人寫的，故不能細說明版各書的內容，但我特別指出 Commander Gillis 用他海軍 intelligence officer（情報官）的訓練來鑑別中國版本，其故事頗有趣味。

---

⑩ 同❽。

⑪ 見❹。

何炳棣在一九九三年發表的〈胡適之先生雜憶〉中，有如下一段紀錄，不但可以看出胡適在窮乏之時如何立身處事，也可以看出他如何處理他的藏書，以及他對葛思德圖書館的一分情誼：

> 我唯一的一次在紐約胡府吃飯是一九五二年六月五日。那時我已完成哥大英國史的博士論文，已在加拿大英屬哥倫比亞大學教了四年書，並且已經得到溫古華僑領們的允諾，秋間可以完成五千元籌購中文圖書的捐款。我拜望胡先生主要的目的是洽購他私藏的全部偽滿原本《清實錄》。由於早就知道他老人家經濟狀況並不寬裕，從我的立場總以相當超過當時市價買進為快。不料胡先生卻極堅定地說他已決定把它贈送給普林斯敦大學的遠東圖書館了。⑫

一九五二年六月正是胡適離開葛思德圖書館的時候，而何炳棣則正是新科哥大博士，又受「僑領」之託，外出購書。何之擬購胡適藏書，從上引的那段文字可以看出，也多少帶了一點「救濟」的意味。不料卻受到胡適一口的回絕，並決定將書贈送給葛思德圖書

⑫ 何炳棣，〈讀史閱世六十年——胡適之先生雜憶〉，《歷史月刊》，七〇期（臺北，一九九三），頁六九。

館。我相信何炳棣當時除了驚訝之外，也不免有些受窘。

這套何炳棣想為英屬哥倫比亞大學收購的《清實錄》共一二二〇卷，分裝一二〇盒，胡適在一九五三年五月四日送給了普大，並有信給當時普大圖書館館長威廉・狄克斯 (William S. Dix) 和副館長勞倫斯・海爾 (Lawrence Heyl) ⓭。這封贈書的信是請童世綱轉交的。胡適還為贈書的事特別交代童：

> 贈書的信寫好了，現寄上。請你看了之後，將原本交給館長，副本留存你的 File 裡。……我不願意因此事得著 Publicity，故能避免宣傳最好。⓮

據莊申在〈記普林斯頓大學葛斯特東方圖書館追悼胡適之先生著作展覽會及其相關之史料〉一文中指出：胡適捐贈給葛思德圖書館的書，「前後不下十數種」。胡適給葛思德圖

⓭ 參看莊申，〈記普林斯頓大學葛斯特東方圖書館追悼胡適之先生著作展覽會及其相關之史料〉，《大陸雜誌》，卷二四，十期，收入《大陸雜誌語文叢書》輯一，冊四，頁一七三—七四。莊文、胡頌平，《胡適之先生年譜長編初稿》，冊六，頁二三三八，都將副館長的姓誤拼為 Heyel。

⓮ 此函手稿影印收入《近代學人手跡》，集二（臺北：考正，一九七一），頁五八。

書館最後的一次贈書是一九六一年在臺北重印的《乾隆甲戌脂硯齋重評石頭記》。這已經是胡適離開葛思德圖書館九年以後的事了。為了這部書，胡適還特別對當年九月由臺來普大學習中國藝術史的莊申說：

> 到校以後，問問童先生，我送給他們的一部《脂硯齋》收到了沒有？要沒收到，趕快來信，因為這書印得不多，將來會找不到了。⑮

胡適在去世之前半年，還以葛思德圖書館曾否收到《脂硯齋重評石頭記》為念。這很可以說明這個海外中文圖書館在他心目中的地位了。

當然，與其將這種贈書的情誼解釋為一種個人的感情，不如將此視為胡適對學術資料的保存和流通始終保持著高度的關切，這種關懷絕不因客觀環境之暗淡蕭條而有任何減損。正因為時局之動盪不安，更讓胡適感到保存史料和古籍的緊迫需要，在一九五三年三月八日寫給楊聯陞的一封長信中，可以看到他如何為此事籌劃並奔走募款：

---

⑮ 同⑬，頁一七四。

二月七日的信，匆匆未即答覆，因為信裡提到縮照在臺善本書的事，要等我到華府與國會圖書館商量之後，我才可以答覆你。

我此次在臺，曾向故宮、中央兩個博物院的「共同理事會」（我是一個理事）以書面提議，請將全臺所存善本孤本書及史料都縮照 microfilm，分存國內外，以防危險（火、白蟻、地震、轟炸）。去年十二月二十七日的理事會通過我的提議，指定王雲五、程天放、朱家驊、羅家倫、錢思亮、陳雪屏、董作賓、胡適為「攝印史籍小組委員會」，計畫此事，這個小組委員會於今年一月八日在臺大開會，決議：「選擇故宮、中圖、臺大、史語所、省圖、國史館六機關所藏善本書及史料，預計以一千二百萬為標準，攝製小型影片，以便分地保存。即請胡適理事向美國有關方面接洽籌款，購買機械器材，並派技術人員來臺攝照。一俟籌募款項有著，即在臺灣組織委員會，進行實際工作。」

接著胡適說明了臺灣各圖書館所藏「史料」和「善本書」的大略頁數和經費的估算，以及他和國會圖書館洽談的經過。最後，他希望哈佛燕京學社能獨力負擔起這份工作來。他相信做這件事「功德不可計量」。

從這封長信中，我們可以看出：五十年代初期，胡適在海外為了保存中國的史料和典籍所做出的努力。早在一九四二年，他就請國會圖書館縮照過北平圖書館善本書甲庫的全部，計善本書二八〇〇部，照成了一〇七〇卷。

唐德剛先生在他的《胡適雜憶》中，把五十年代的胡適寫得「灰溜溜」的，體現了一定的「窮愁潦倒」，這固然是事實，但「灰溜溜」的胡適依舊有他的使命。維護中國的史料，保存中國的古籍，成了胡適此時生活中重要的關注。

胡適與普林斯頓大學葛思德圖書館的這段因緣，必須從這個角度來探討，才能顯出它的歷史意義。

自從五四以來，反對胡適的人處心積慮的要把胡適描畫成一個破壞祖國文化遺產的罪魁禍首，上述的這段史實，是對類似誣告最有力的駁正。

胡適在這段時期，除了關注保存古籍以外，也非常注意培養年輕學者。此時，他已清楚地感到，自己已老，而學術的延續和發揚，除了圖書典籍以外，人才的訓練培養也是刻不容緩的事。他在一九五四年六月一日寫給楊聯陞的信中，特別提到培養人才的事：

中國文史界的老一輩人，都太老了，正需要一點新生力量。老輩行將退伍，他們需要兩事：⑴要多訓練好學生為繼起之人，⑵要有中年少年的健者起來批評整理他們已有的成績，使這些成績達到 generally accepted（可以為一般所接受）的境界。

一九五九年十一月五日胡適在給趙元任的信中，勸他退休以後，「回到南港來住，把史語所的語言組光大起來，訓練出幾個後起的人來」。並引了李塨「交友以自大其身，求士以求此身之不朽」兩句話來鼓勵趙元任多收幾個「徒弟」⓰。

一九五〇年代，胡適所刻意協助的一位學者是史學家勞榦，他曾為勞榦來美訪問研究，多次與楊聯陞書信往返，籌措經費。我且引一九五四年五月十九日一函作為例子：

> 勞貞一（勞榦）的再留一年，我很盼望能成功。當初我頗盼望哈燕學社能資助他一年，我好像記得你說過「不是完全無望」的話。
>
> 今天我要問你這幾點：
>
> ⑴是否哈佛方面，或你曾為他想法的方面，都已絕望了？

⓰《胡適給趙元任的信》，頁一六五—一六六。

(2)如已絕望，我們只能請清華基金資助他再留一年或十個月，其條件約與中基會相同，每月一百四十五元，由中基會保留他回國旅費（七百元）。如你贊同此意，可否請你為貞一寫一封切實的信給梅校長，推薦此事？

(3)可否由你與貞一兄相商，擬定他再留一年的研究題，並由你與哈佛的 Far Easten or 中日 Division or Harvard-Yenching Institute 接洽，請他們也出一函件，聲明願意給貞一兄一切便利，使他可以繼續研究？若有這兩件，梅校長大概可以考慮（清華與臺大合作的計畫的一部分是資送臺大教授來美研究）。

我是清華獎學金的委員之一，故頗盼望你能幫助勞君，不必由我出名。我今天已同月涵先生談過此事，故敢寫此信。

從這封設想周到、情詞懇切的信裡，最可以看出胡適培養後進的苦心。

寫到此處，不禁使我想起胡適在一九四七年九月所發表的〈爭取學術獨立的十年計劃〉。他似乎總是在政局最危殆不安的時刻，努力做一些看來最緩不濟急的事，而且讓自己潛心在一個與時局全不相關的學術問題上，他之治《水經注》，保存古籍，培養後進，都是屬於這類工作。

政局之易手，政治人物之更替，在當時也許是一時大事，但也都不免是過眼雲煙。只有學術的傳承卻是名山大業。胡適所爭的是「千秋」，不是「朝夕」。

三、維持學術紀律

歲月是暗淡的，但胡適並不消沉。

儘管客觀的環境是如此艱難蕭條，胡適並沒有停止他的戰鬥。從他一九五一年所寫的兩篇英文書評之中，我們可以看出：他不但不消極喪氣，而且還鬥志昂揚。在一定的程度上，他甚至還以漢學界的警察自命。為了維持漢學界起碼的學術紀律，而不惜撕破當時美國自認為「中國通」的假面。

一九五一年胡適所寫的兩篇書評，一篇是評約翰．德．法蘭西斯 (John De Francis) 的《中國的民族主義與語文改革》(*Nationalism and Language Reform in China*)；另一篇則是評羅伯特．培恩 (Robert Payne) 的《毛澤東——紅色中國的統治者》(*Mao Tse-tung: Ruler of Red China*)，分別發表在當年七月號的《美國歷史評論》(*American Historical Re-*

view）和《自由人》（*Freeman*）雜誌上。在這兩篇書評裡，我們看到了胡適少有的嚴厲的批評，對書中的錯誤，做了毫不留情的指責。他指出《中國的民族主義與語文改革》一書是：

> 一個對政治有偏見，對歷史，尤其是文學史，一無所知的人所寫的有關語言和歷史問題的一些討論。〔作者〕的偏見和無知讓他真的相信：語文改革運動和中國的民族主義運動「緊密的聯繫在一起」。他甚至於認真的指出：中國的共產黨是民族主義運動的一部分。他似乎對一個不容否認的事實完全無知：在中國所有的語文改革，無論是白話文運動也好，提倡拼音也好，毫無例外的都是由國際主義者（包括無政府主義和共產主義的運動）來領導。並一致地受到民族主義者（包括國民黨）的反對。[17]

在這篇書評裡，胡適指出：「在國民黨當政的二十年中，白話文運動，至多不過受到形式上的承認。甚至於革命的領袖，中華民國的創立者孫逸仙博士也說文言文比白話文更

---

[17] Hu Shih, review on "*Nationalism and Language Reform in China*," by John De Francis (Princeton University, 1950), in *American Historical Review* (Vol. LVI, No. 4, July 1951) p. 899.

高明，更優雅。」[18]

胡適提出這一點，一方面是要說明 John De Francis 的無知——竟不知民族主義者在語文改革上總是居於反對的地位；另一方面，也是舊話重提，說明國民黨在新文化運動中的保守本質。

胡適在書評中同時指出：書中有四五處將「胡愈之」誤以為是「胡適之」。在一九五一年一月二十二日和二十七日的日記裡，也分別提到這件事，並說「這樣粗心的人，鬧這樣大的笑話」[19]。

在美國寫學術著作的書評，是一件真正吃力而不討好的事，既沒有稿酬，也沒有廣大的讀者。胡適這樣直言不諱地指出一個美國學者的錯誤，表明他不容許歷史事實受到歪曲，這也就是我所說的使命感。

在胡適所寫的評論中，大概以一九五一年為培恩的《毛澤東——紅色中國的統治者》所寫的書評最為嚴厲，最不假辭色，最不留情面。

---

⑱ 同上。

⑲ 《胡適的日記》，冊十七。

在胡適生命最暗淡的一段時期，他依然不能沉默地讓一些「既無語言訓練，又無研究方法」的所謂「中國通」借學術研究之名，來達到政治上或經濟上的目的。在這篇三頁半長的書評中，胡適沒有說一句客套的話，他首先指出：「任何作者如果試圖寫一本毛澤東的全傳，卻又沒有耐心或訓練來研讀毛大量的演說和文章，這是注定要失敗的。」

接著胡適指出培恩如何在極有限的研究上來襲用斯諾（Edgar Snow）《紅星照耀中國》(*Red Star over China*) 中若干有關毛澤東自傳的材料來堆砌鋪陳出一本書來。胡適毫不客氣地一再用「離奇」(absurd)、「荒唐」(ridiculous)、「怪誕」(craze)、「胡說八道」(nonsense) 這類字眼痛評作者的無知和捏造歷史 (fabrication of history)，有時胡適也會尖刻地說這是「極高明的想像敘述」(a wonderful imaginative account)。

培恩說到毛澤東的書法有如下一段，胡適認為這是「全然胡說中最有滋味的一個片段」(most delicious specimen of sheer nonsense)，我且將它翻譯在下面，可以對五十年代的一些所謂「中國通」有進一步的了解：

即使他〔毛〕的簽字也是龍飛鳳舞，展現了草書狂野的優美和韻律，他簽字的線條暗合於他在第三次大會戰地圖上所畫蛇形的曲線，想來這並不是巧合。他的簽字是以唐代〔書法的〕模式為基底，動如流水；蔣介石的簽字則是學漢代的碑帖，方方正正，蹲踞如癩蝦蟆。一個中國人，只要一比較這兩個人的簽字，就能知道誰會征服誰。

胡適指出上引這種「空洞的填塞」(empty padding) 比起這本傳記中成百的揑造史實的例子來，雖然是無大害的，卻是「對讀者知識高度的污辱」(highly insulting to the intelligence of the reader)。

胡適總結全書的評論是：

> 培恩先生的《毛澤東傳》是一本無知而不負責任的書。培恩先生對中國語言和歷史的無知真是驚人的；可是更糟的是他強不知以為知。

在結論中，胡適說：

> 培恩書中最令人厭惡的是：他完全無視於寫作傳記時，在知識上和歷史上的責任感。傳記必須是真實歷史的一部分。[20]

看了這兩篇書評，使我想起韓愈在〈進學解〉一文中「回狂瀾於既倒」的名句。胡適寫這樣激烈的書評，他的目標絕不只是這兩個特定的作者，他毋寧是「項莊舞劍」，目標是整個的漢學界，他總覺得自己還有維持這一界學術紀律的一些使命和責任，雖然他所能做的是如此有限。「知其不可而為之」，庶幾可以概括胡適當時的心情。

四、結　語

五十年代是中國知識分子所經歷最顛沛流離、最困厄窮乏的一段歲月。大陸、臺、港、北美的學者可以說無一例外。由於國內政局的演變，使許多知名的學者流落海外，精神上的苦悶，加上物資上的貧乏，即使要活下去都不是一件容易的事。

一九五三年六月二十二日，胡適在給楊聯陞的信裡，引了同年六月十五日董作賓給胡適的信，最可以看出當時中國學者流落海外的困難處境：

20 以上這一節，參看 Hu Shih, review on *Mao Tse-tung: Ruler of Red China*, by Robert Pyne (New York: Schuman, 1950) in *Freeman* (July 2, 1951), pp. 636–39.

> 去年元任、世驤極力進行拉我到加大，顧立雅也拉我回芝大。今年都不成。我和先生談過，積蓄快貼完了，靠賣文不能活，賣字無人要，只有靠「美援」，不知先生有無他法？這是個人私事，人快六十歲了，還是棲棲皇皇，為活著而忙碌不休，可發浩嘆！

據胡適說，信中提到的「美援」是指「中基會」和「哈佛燕京學社」的訪問研究經費。董作賓是舉世公認的甲骨文專家，在五十年代還不免有「乞食四方」、「累累如喪家犬」的遭遇，不如董作賓的學者文人，其際遇之慘就更不必說了。

即使當時有正式教職的學人，由於海外研究環境的不同，在精神上也並不愉快。胡適在一九五〇年五月二十四日的日記上，摘錄了一段蕭公權的來信：

> 我承華盛頓大學約來任教，並參加「遠東學院」十九世紀中國史的研究工作。到此方知Wittfogel（即魏復古）被奉為「大師」。因此研究的方法和觀點都大有問題。如長久留此，精神上恐難愉快。……㉑

㉑《胡適的日記》，冊十六。

看了董作賓、蕭公權這些學者在五十年代的遭遇和感嘆以後，再來看一九四九年八月十六日胡適在給趙元任的信中，表明他「不願意久居國外」，「更不願意留在國外做教書生活」的心情㉒，就有了進一步「同情的理解」。

一九五五年到一九五六年，胡適曾兩次在給趙元任的信中說到：他不想向研究漢學的洋人「討飯吃或搶飯吃」，一則因為這些洋學者在政治上往往是「前進」分子，與胡適「氣味」不合；再則這些洋學者多少有些「怕」像胡適這一類的中國學者㉓。

蕭公權在《問學諫往錄》中，曾不止一次地提到中美學者在研究漢學時不同的方法和取向，他借用楊聯陞的話，很含蓄地指出中美學者的不同是：「中國學者長於搜集史料，美國學者長於論斷史實。」然而美國學者有時過分馳騁他們的想像力，就不免「誤認天上的浮雲為天際的樹林」了㉔。從蔣、毛的簽字上，就能看出誰之能得天下，豈不

㉒《胡適給趙元任的信》，頁二九。
㉓同上，頁八九；一〇七。
㉔蕭公權，《問學諫往錄》（臺北：傳記文學，一九七二），頁六四；二二三—二四。參看余英時，〈中國文化的海外媒介〉，收入《錢穆與中國文化》（上海：遠東，一九九四），頁一七三—七四。

正是過分馳騁想像力的最佳說明嗎？

胡適雖然提倡「大膽假設，小心求證」，但他的「歷史癖」與「考據癖」卻是更充分地體現在「小心求證」這一點上。「有幾分證據，說幾分話」的嚴謹態度不允許他有任何超越事實的想像。因此，胡適和當時美國的漢學家又何止是政治上「氣味」不同而已，更不同的是他的治學態度與方法。

一九五七年七月二十六日胡適在給趙元任的信中說，他在美國大學的眼裡是個「白象」(white elephant)，亦即「大而無用」的意思。接著他說：「我的看法是，我有一個責任，可能留在國內比留在國外更重要——可能留在國內或者可以使人“take me more seriously”。」這句英文譯成中文是「他們比較把我當回事」，換言之，他在美國多少覺得“No one takes me seriously”亦即「沒人把我當回事㉕。」

讀這封信，我感到胡適當時的心情又何止是「悲涼」而已。

一九五二年十二月十七日，胡適回到臺北，在北大同學歡迎會上講了一段話，並談到了這幾年他在海外的心情：

㉕《胡適給趙元任的信》，頁一二八。

以我幾十年的經驗，我感到青山就是國家。國家倒楣的時候，等於青山不在；青山不在的時候，就是吃自己的飯，說自己的話，都不是容易的事情。我在國外這幾年，正是國家倒楣的時候；我充滿了悲痛的心情，更體驗到青山真正是我們的國家。[26]

我們細看了胡適在葛思德圖書館工作兩年的情形，再讀上引胡適的這一段話，特別能體會到他所說「就是吃自己的飯，說自己的話，都不是容易的事情」所體現出來的「悲痛」與暗淡。

[26] 胡適，〈北大同學會歡迎會上講話〉，《胡適言論集》（乙編）（臺北：自由中國社，一九五三），頁六〇。

評羅素對中國文化的態度

一、前　言

一九二〇年十月羅素 (Bertrand Russell, 1872–1970) 訪問中國，在當時文化界是件空前盛事。此時正值「五四」之後，新文化運動方興未艾，這位西方哲人的到來，為中西文化之爭加添了一個來自西潮彼岸的新聲❶。一九二二年，羅素發表《中國的問題》(*The Problem of China*) 一書，為許多中國知識分子所關切的議題，提出了他自己的剖析和看法❷。

---

❶ 有關羅素訪華最直接的記錄，參看 Bertrand Russell, “China,” *The Autobiography of Bertrand Russell*, 3 Vols., vol. 2 (1914–1944) (Boston: George Allen& Unwin Ltd.), 1968, pp. 177–216. 馮崇義，《羅素與中國》(北京：三聯，一九九八)，頁九一—一四一。

如果我們把當時參加中西文化論爭的中國知識分子大略的分成「西化」和「守舊」兩大營壘。羅素的主張毋寧是更近於「守舊派」，也是個改頭換面「中體西用」的提倡者。在提倡科學這一議題上，羅素的主張頗近乎梁啟超（一八九一—一九二九）科學破產的論調❸。和「科學與玄學」論戰中，科學派的主將胡適（一八九一—一九六二）、丁文江（一八八七—一九三六）等人的看法是異趣的❹。

羅素向以反戰、反宗教、主張婚姻自由、婦女解放等鮮明激進的言論，而被視為近代自由主義的代表❺。但他在中國文化和西化的議題上，卻又似乎與當時中國較保守的

❷ Bertrand Russell, *The Problem of China* (First published, New York: The Century Co., 1922; Rtp. London: George Allen & Unwin Ltd, 1968.) 本文引用此書（一九六八）之頁碼，直接注於引文之後。

❸ 參看梁啟超，〈科學萬能之夢〉，《飲冰室專集》之二十三，頁一〇—一二，收入《飲冰室合集》，冊七（北京：中華，一九八九，共十二冊）。

❹ 有關胡適和丁文江在「科學與玄學」辯論中的主張，參看《科學與玄學》（山東：人民，一九九七），頁九—三二；四一—六〇；一八一—二一〇；二五六—六二。

❺ 參看 Bertrand Russell, *Why I Am Not a Christian* (New York: George Allen &Unwin Ltd., 1957), and *Marriage and Morals* (New York: Horace Liveright, Inc., 1929).

勢力同調。成了一個來自西方，而又對西化有所保留的代言人。羅素的出現雖然並沒有改變中國西化的方向和進程，但卻為主張西化的中國知識分子帶來了一定的困擾，並為守舊的勢力做了相當的辯護。

對羅素而言，中國的道家哲學和人生態度，正是一次世界大戰後，立於歧路上西方人的當頭棒喝。當時許多中國知識分子要中國人向西方學習；而羅素，這個久慣西方生活方式的英國哲人，卻要歐洲人稍停行腳，虛心的向東方這個古老的文明請益。羅素極端欣賞被不少中國知識分子視為「懶惰不長進」的中國人「安分知命」的個性，而譽之為樂觀、適性、懂得生活情趣。能在落日之絢爛與江水之流逝中體悟人生之真諦❻。

就表面上看來，羅素似乎與當時中國主張改革的知識分子各說各話。但就深一層來推敲，他們又有極其相似的一點。即他們對自己的文化都持一種批判的態度。羅素看出，一次世界大戰後，歐洲人在精神與文化上的迷惘和危機；而主張改革的中國知識分子則指出老病的中國文化已不能適應這個瞬息萬變的新世界。這種在文化上不以民族主義為導向的自我批判，卻又是羅素與當時中國先進知識分子之間異中有同的一點。也是今日

❻ Russell, *The Problem of China*, pp. 185–213.

中國人最值得深思反省的。

二、《中國的問題》

羅素著《中國的問題》，除論列中國當時文化、政治、教育、經濟等各項問題以外，也有相當篇幅論及日本，是研究中日問題極具價值的參考書。此書出版距今已過八十年，當然，許多問題到今天已不再成為問題；而現在的許多問題也非當日所能預見。但是這位西方哲人的睿智遠見與殷憂，仍有許多值得今日中國人參考的地方。然而他對中國文化的一些偏好，和對中國傳統的一些辯護，在今日看來，卻也不免有膚淺，甚至誤導的可能。今天，我們重讀此書，是一件饒富興味的事。

羅素在《中國的問題》的首頁，引了《莊子・應帝王》篇中的一段譯文：

> 南海之帝為儵，北海之帝為忽，中央之帝為渾沌，儵與忽時相與遇於渾沌之地，渾沌待之甚善。儵與忽謀報渾沌之德，曰：「人皆有七竅以視、聽、食、息，此獨無有，嘗試鑿之。」日鑿一竅，七日而渾沌死。

羅素並沒解釋為什麼把這段譯文單獨的引在卷首，但是只要細讀全書，就不難發現這是他深刻的幽默和諷刺。當時中國正是「渾沌」（英譯為chaos，即混亂）一片，而許多篤信科學萬能，並努力於中國全盤西化的苦心人士，正是南海的儵與北海的忽。他們眼見西方文化都有「七竅」，惟獨中國卻「渾沌」一片，於是他們努力為中國鑿畢肖於西方的「七竅」。如果莊子的寓言不假，在「七竅」鑿竣之後，「渾沌」即死。即使幸而不死，「渾沌」也不再成其為「渾沌」了。

《莊子・應帝王》這個寓言基本上是反對改革，而主張維持現狀的。羅素雖然沒有這樣明確的主張，但在「調和折衷」與「全盤西化」之間，羅素無疑的是偏向前者。在第一章〈問題〉(Questions)之中，羅素指出：

> 要是能讓中國人自由的吸收我們（西方）文化中，他們所要的東西，並排拒他們認為不好的成分，我相信，他們能從自己的文化中進行有機的成長，結合彼此文化中的長處，而結出燦爛的果實。

I believe that, if the Chinese are left free to assimilate what they want of our civilization, and to reject what strikes them as bad, they will be able to achieve an organic growth from their own tradition, and to produce a very splendid result, combining our merits with theirs. (p. 13)

這基本上還是「取長補短」的老調，實在並無太多新意。

在第一章〈問題〉之中，羅素開宗明義的說：

我看不出有任何理由可以使我們相信中國人是比我們低劣的。我想大多數的歐洲人，只要他真切的認識中國，都會與我有相同的見解。

I do not see any reason to believe that the Chinese are inferior to ourselves; and I think most Europeans, who have any intimate knowledge of China, would take the same view. (p. 11)

羅素在這段話裡所說中國人不比西方人低劣，主要是指中國的哲學、文學、史學和藝術而言，至於中國人在科技上的不如西方，羅素是並不諱言的。

羅素在〈現代中國〉(Modern China) 一章中，將「西學」大略的分成「理論」與「實際」兩類，他指出中國學生對理論的興趣高於「實際」。中國學生不乏熱中於西方政治學理論的人，但對造林的技術卻乏人問津。殊不知政治學理論只適用於西方，而造林的技術卻是放諸四海而皆準的。他舉出的另一個例子是中國學生偏好理論經濟，而不學工業技術。且不說羅素的論斷是否反映了當時的實際，但他在字裡行間所表露出來的一種「居高臨下」的態度卻是顯而易見的。他認為當時中國應該向西方學習的是「器」而不是「道」。據他觀察所得，「最現代的中國知識分子，在白人的國家，尤其是美國，尋求西方的道德倫理來取代孔教。」這在他看來不但是沒有必要的也是不幸的。他對這個議題的總結是：

> 我們必須教給中國人的不是道德或政府的倫理規範，而是科學與技術。
>
> What we have to teach the Chinese is not morals, or ethical maxims about government, but science and technical skill. (p. 81)

這樣的態度一方面固然可以解釋成羅素對中國文化別具信心，認為中國固有的倫常規範足可以應付這個新世界；但另一方面卻也說明：在羅素看來，「體」「用」是兩撅的。中國人可以在「道」的層面上維持「中國本位」或「中國特色」，而在「器」的層面上吸收西洋的技術。當然，羅素這種態度的另一種解釋則是，以當時中國之落後，學點造林和工業技術足矣，又何需好高騖遠的學什麼政治學理論和理論經濟呢？

看了羅素這段話，不免讓我想起一九三五年由薩孟武、何炳松等十位教授聯合簽署的〈中國本位的文化建設宣言〉。他們所說的「存其所當存，去其所當去」；「吸收其所當吸收，而不應該以全盤承受的態度連渣滓都吸收過來」❼很可以作為羅素對中國西化問題的一個注腳。而中國本位也正是羅素所主張的。

羅素在中國西化問題上的主張雖不出「中體西用」或「中國本位」的範圍，但他在為中國文化辯護的時候，卻常自出新意，從中西比較的角度，看出中國人的生活態度和個性中，有西方人所不及的地方。但是他對中國文化的讚賞，往往是褒中帶貶。中國人看了或許會只見其褒，而不見其貶，以至於洋洋得意的陶醉其間，而助長了牢不可破的「阿Q」心理。

羅素這種對中國文化褒中含貶的評論，最突出的表現在〈中西文化對比〉(Chinese and Western Civilization Contrasted) 和〈中國人的個性〉(The Chinese Character) 兩章之中。在〈中西文化對比〉中，羅素對《老子》「生而不有，為而不恃，長而不宰」的哲學，大致

❼《東方雜誌》，卷三三，四號，頁八一—八三。

其景仰之意，並指出西方人，無論是個人還是國家，所追求的是「有」、「恃」和「宰」，因此，造成了殘酷的競爭。而中國人則愛好和平，是世界上唯一「不屑與人一戰」(too proud to fight) 的民族。這句英文的直譯是「太驕傲了，以致不與人戰」。其實，以當時中國而言，與其說是「不屑與人一戰」不如說是「不能戰」或「不堪一擊」。接著，他又引了白居易（七七二—八四六）〈新樂府〉中的〈新豐折臂翁〉，認為這種「痛不眠，終不悔」的反戰精神是深植在中國人的人生觀之中的。

從白居易的〈新豐折臂翁〉看出中國人的反戰、愛和平的個性，這固然是羅素的特識，但我們也不能忘了，白居易之所以作〈新豐折臂翁〉，正是哀悼那個「天寶大徵兵」的年代。只有在一個戰爭不斷、喪亂連年的社會，才能產生出〈新豐折臂翁〉這樣偉大反戰的詩篇。若從這個角度看，中國人又何嘗真愛好和平呢？

羅素從中國人愛好和平的這點特性上，也看出了中國人安於現狀，而不圖改進的苟且和懶惰，但他的批評卻又能迎合一部分中國人自大的心理。他說，西方人受制於「進步」的觀念，並以此作為一種不斷改變的藉口，而中國人卻沒有這樣的想法，接著他略帶嘲諷的寫道：

當今一個有教養而又保守的中國人，他的談吐與古代聖哲所寫的是完全一致的。要是有人指出，其間絲毫沒有進步，他們會說：「要是我們所享有的已盡善盡美，為什麼還要求進步呢？」一個歐洲人初聽此言，或許會覺得，這未免懶得過分；然而在我們智慧漸長之後，也不免懷疑，我們所謂的進步也無非只是無休止的改變，這種改變並不能把我們帶到一個更完美的境界。

The cultivated conservative Chinese of the present day talk exactly as their earliest sage write. If one points out to them that this shows how little progress there has been, they will say: "Why seek progress when you already enjoy what is excellent?" At first, this point of view seems to a European unduly indolent; but gradually doubts as to one's own wisdom grow up, and one begins to think that much of what we call progress is only restless change, bringing us no nearer to any desirable goal. (p. 196)

羅素把中國人「不求長進」這一點，視為中西文化根本的不同，在〈中國人的個性〉這一章之中，他有進一步的說明：

一個典型的西方人希望對自己所處的環境作最大的改變，而一個典型的中國人則希望盡情的享受環境。這點不同是中國與英語世界許多不同的根本所在。

我們西方崇拜「進步」，「進步」成了追逐改變，帶有道德假象的藉口。比方說要是有人問我們，機器是不是改善了這個世界？我們覺得這個問題很愚蠢：機器帶來了很大的改變，因此也就是很大的「進步」。我們對進步的追求，十有八九是來自對權力的愛好，並對我們所造成的改變感到自得。

The typical Westerner wishes to be the cause of as many changes as possible in his environment; the typical Chinaman wishes to enjoy as much and as delicately as possible. This difference is at the bottom of most of the contrast between China and the English-speaking world.

We in the West make a fetish of "progress," which is the ethical camouflage of the desire to be the cause of changes. If we are asked, for instance, whether machinery has really improved the world, the question strikes us as foolish: it has brought great changes and therefore great "progress." What we believe to be a love of progress is really, in nine cases out of ten, a love of power, an enjoyment of the feeling that by our fiat we can make things different. (p. 202)

這段話與其說是對中國人「不圖改進」的「讚美」，不如說是對西方人過度追逐的一種警告。我們看羅素談中國問題，很容易把他對西方人或西方文化的反思，誤認為是對中國人或中國文化的讚美。我看到他那種帶著譏貶的「讚美」，總多少有點「受辱」的感覺。

羅素對中國人「不求長進」這一點真是印象深刻，並三致其意。一九二二年，在〈中國人的道德〉(Chinese Morals) 一文中是這麼開頭的：

> 一個歐洲人到了紐約和芝加哥，他看到將來……到了亞洲，看到過去。我聽說，他到了印度，看到中世紀；到了中國，他看到十八世紀。要是喬治・華盛頓死而復生，他自己所創建的那個國家會讓他困惑不已。他若是去了英國，則可以稍減不安，到了法國，就覺得比較自在；但他得到了中國才真會有賓至如歸之感。
>
> A European who goes to New York and Chicago sees the future ... when he goes to Asia he sees the past. In India, I am told, he sees the Middle Ages; in China, he can see the eighteenth

> century. If George Washington were to return to earth, the country which he created would puzzle him dreadfully. He would feel a little less strange in England, still less strange in France; but he would not feel really at home until he reached China. [8]

我看到這樣一段話，總覺得揶揄的成分大於真誠的讚美。在同一篇文章中，他接著說道，對視進步為當然的歐洲人來說，看到中國停滯在一百五十年以前，是一件「饒富趣味」(especially interesting) 的事。

羅素在《中國的問題》第十三章〈中國的高等教育〉(Higher Education in China) 中，指出歐洲人來到中國，把中國當作博物館的心理，他理解任何進步和愛國的中國人是不能以做博物館的管理員而自足的。但是通讀全書之後，我不得不指出，羅素自己就往往是他所批評的歐洲人之一。在他論到一九二〇年代中國政府時，他有如下一段妙論：

> 現代政府的作為百分之九十是有害的，因此他們的表現越糟就越好。中國的政府懶惰、

[8] Bertrand Russell, "Chinese Morals," in Al Seckel ed. *Bertrand Russell on Ethics, Sex, and Marriage* (Buffalo: Prometheus Books, 1987), pp. 189–96.

貪污、愚昧，所以在中國還能保有一些世界其他地方都已找不到了的個人自由。

Nine-tenths of the activities of a modern government are harmful; therefore the worse they are performed, the better. In China, where the government is lazy, corrupt, and stupid, there is a degree of individual liberty which has been wholly lost in the rest of the world. (p. 204)

換句話說：中國政府的好，就好在他們的懶惰、貪污和愚昧；而中國文化的妙，則妙在中國人之不求長進、不求改變。一個中國人看了這樣的議論，若真以為中國是個人間少有的自由樂園，而沾沾自喜，那不但是無知也是無恥了。

羅素在《中國的問題》一書中，以「轎夫含笑」一段較為中國人所知，因魯迅在一九二五年〈燈下漫筆〉一文中曾提到此事。所謂「轎夫含笑」一事，出自〈中國人的個性〉一章，羅素說：各個階層的中國人，是他所知各人種之中，最喜歡笑的一種人；中國人可以從每一件事情中找到趣味，而爭執也可以由玩笑化解。(The Chinese, of all classes, are more laughter-loving than any other race with which I am acquainted; they find amusement in everything, and a dispute can always be softened by a joke.) (p. 200)

由這段話引出了「轎夫含笑」的故事：

> 我記得那天很熱，我們一群人坐轎子過山坡，路很難走，坡也很陡，轎夫們非常辛苦。在坡頂我們停下來，讓轎夫休息十分鐘，他們立刻坐成一排，取出煙斗，若無其事的談笑起來。任何一個懂得為將來打算的民族，都會利用這一刻來抱怨天氣的炎熱而希望能加些小費。
>
> I remember one hot day when a party of us were crossing the hills in chairs—the way was rough and very steep, the work for the coolies very severe. At the highest point of our journey, we stopped for ten minutes to let the men rest. Instantly they all sat in a row, brought out their pipes, and began to laugh among themselves as if they had not a care in the world. In any country that had learned the virtue of forethought, they would have devoted the moments to complaining of the heat, in order to increase their tip. (pp. 201–02)

羅素從「轎夫含笑」之中，看出了中國人樂天知命、與世無爭的民族性，而大致其激賞。但是這點樂天知命、與世無爭，也正是許多中國知識分子認為中國人墮落不長進的根源所在。魯迅在〈燈下漫筆〉中，對羅素這段話表示了意見：

羅素在西湖見轎夫含笑，便讚美中國人，則也許別有意思罷。但是，轎夫如果能對坐轎的人不含笑，中國也早不是現在似的中國了❾。

魯迅所要說的是：「轎夫含笑」絕不是中國人值得驕傲的事，恰恰相反的是中國人見此應該竦然一驚——怎麼我們竟然溫馴到了這個程度，任何惡劣的環境都激不起一絲反抗和改革的意願！這兩種解釋都是以小見大，但所見之大卻可以如此不同。在這不同之中，我們不得不指出，羅素是懷著浪漫的想像，美化了轎夫在苦難中的不得已。把中國人的「不得已」，說成「樂在其中」，是許多洋人談中國問題的「一廂情願」與「淺」。這種一廂情願又往往藉著一種懷舊的情緒，對中國的歷史和傳統發出一種「但恨不為古人」或「但恨今人不古」的感慨，這種貴古賤今的態度與守舊是一拍即合的。

魯迅在同一篇文章中指出：「不知道而讚嘆者是可恕的，否則，此輩當得永遠的詛咒！」❿我想，羅素對中國文化的讚嘆是在「知」與「不知」之間。他有天真誠懇的一

❾ 魯迅，〈燈下漫筆〉，《魯迅全集》，冊一（北京：人民，一九八一，共十六冊），頁二一六。

面，但也有他赤裸裸的優越感所造成的居高臨下的態度。由於他在語文上的隔閡與缺乏實際的生活體驗，他對中國人的苦難缺少深刻的了解和同情。

三、結　論

羅素對當時正在激變中的中國，基本上是樂觀的，他認為中西文化的接觸，只應該豐富中國的文化，而不容完全取代中國的文化。他指出在這個接觸中，中國會面臨兩個危險：

> 第一個危險是：他們（中國）可能變成完全的西化，而不保留自己任何珍貴的傳統……第二個危險是：他們為了抵抗外國的侵略，也許會被迫成為極端排外的保守主義，除了西方的軍事，其他則一概不學。
>
> The first danger is that they may become completely Westernized, retaining nothing of what has hitherto distinguished them ... The second danger is that they may be driven, in the

❿ 同上。

course of resistance to foreign aggression, into an intense anti-foreign conservatism as regards everything except armaments. (pp. 13–14)

羅素所說的第二個危險，我們在甲午戰爭前後已經有過一定程度的經驗，義和團則達到了這個危險的巔峰。至於他所說的第一個危險，可以由他自己在下面所說的這段話來回答：

> 與其說中國是一個政治組合，倒不如說是一個文化實體——一個唯一生存下來的古文明。從孔子時代開始，埃及、巴比倫、波斯、馬其頓跟羅馬帝國都先後衰亡了；可是中國卻堅韌而持久的成長著。在這段期間，也有不少外來的影響——第一是佛教，其次是西方現代的科學。可是佛教並沒有把中國人變為印度人，西方的科學將也不會把他們變為歐洲人。

China is much less a political entity than a civilization—the only one that has survived from ancient times. Since the days of Confucius, the Egyptian, Babylonian, Persian, Macedonian, and Roman Empires have perished; but China has persisted through a continuous evolution.

There have been foreign influences—first Buddhism, and now Western science. But Buddhism did not turn Chinese into Indians, and Western science will not turn them into Europeans. (p. 208)

兩千年無所不在的佛教影響並不曾使中國文化喪失了自己的生命和特性，相反的佛教豐富了中國的哲學、文學和藝術。這一論斷如果屬實，則上引羅素的第一個危險不免成了無的放矢。換言之，對悠久博大的中國文化而言，所謂全盤西化是不可能發生的。那麼，也就無須為中國文化是否會喪失它的個性和特點而發愁了。

羅素這種有限度的西化，在中國現代化的過程中也正是晚清洋務派的主張。五四運動以後，以胡適為首的西化派終於打破了體用之分，而視文化為一整體，西化的過程不能再局限在某一範圍之內，從飲食習慣到思維方式無一可以自外於西化的挑戰。所有因兩種文化接觸而恐懼失去中國本位或中國特色的人，都不免昧於文化所特有的保守惰性。中國文化有悠長的歷史，惰性和暮氣之深絕非西洋文化短期的接觸所能盡去。此時我們所應該憂心的不是中國本位之不存，而是中國本位之過深、過重。胡適曾以「取法乎上，僅得其中」來說明兩種文化在接觸過程中所自然產生的調和作用。所以我們不宜，也不可能，在中西文化接觸之時，主觀的先畫定範圍，何者該化，何者不該化。最近一百五十年來的西化歷史已經證明這種畫地自限的作法是不切實際，也是不可行的⑪。

⑪ 胡適發表有關西化問題的中英文字很多，他對全盤西化主張說得最明白的是一九三五年，《獨立評論》一四二號上所寫的一段〈編輯後記〉。他說：我是主張全盤西化的。但我同時指出文化自有一種惰性，全盤西化的結果自然會有一種折衷的傾向（頁二四）。參看胡適，〈試評所謂中國本位的文化建設〉，《獨立評論》，一四五號，頁四—七。

全球化與中國特色

自從鴉片戰爭以後，近一百五十年來，中國知識界有兩股力量互為消長。這兩股力量在不同的時期各有不同的面貌，從洋務運動時期的「中學」、「西學」，到五四前後的「國粹」、「歐化」，到二十世紀三十年代的「中國本位」、「全盤西化」，以至於八十年代改革開放之後，「保持中國特色」、「與世界接軌」。雖然說法各異，但議題的實質內容並沒有基本上的不同。無論是「西學」、「歐化」、「全盤西化」，說的都是不同程度的「與世界接軌」；同樣的，「中學為體」也好，「保存國粹」也好，「中國本位」也好，也無非就是「保持中國特色」。與世界接軌，是要縮短與其他各國的距離，是「異中求同」；而保持中國特色，則是在求同的過程中，維持自己的特點，是「同中求異」。如何在求同和求異兩股互相矛盾的力量中取得平衡和協調，則是近代中國知識分子所關心的議題。

從十九世紀中晚期曾國藩、李鴻章、張之洞的洋務運動到康有為、梁啟超的變法維新，到二十世紀三十年代以胡適、陳序經等人為代表的全盤西化。西化的內容是由船堅炮利、聲光化電，到政經制度，乃至於倫理道德、思維方式。西化的方向是從具體的實業，漸漸走向抽象的思維。

在三十年代中國本位和全盤西化的辯論中，船堅炮利固然無人談及，鐵路工廠也不是雙方參加辯論的大學者所關心的問題。陳序經在一九三五、一九三六兩年出版論全盤西化的兩本主要著作，《中國文化的出路》和《東西文化觀》中，援引了大量歐美人類學家和社會學家的理論，對復古派和折衷派有痛切的批評，然而，對中國如何才能西化一點，反而不是他著墨的重點❶。結果這一場歷時年餘的中西文化論戰，在如何西化這一點上幾乎交了白卷。而所謂全盤西化，也僅止於紙上談兵。

這種由具體走向抽象的西化方向，在馮友蘭看來，毋寧是個錯誤，他說，這使許多主張西化的學者，熱中於談論西方的「精神文明」，在不知不覺之間對機器和工業起了一種鄙視的心理，他指出，就「社會改革之觀點說，用機器、興實業等是體，社會之別方面底改革是用」❷。他對清末主張洋務和民初主張西化的知識分子有極為獨到的批評：

❶ 這兩本書，一九九八年由浙江人民出版社再版，收入邱志華編，《陳序經學術論著》中。

清末人以為，我們只要有機器、實業等，其餘可以「依然故我」。這種見解固然是不對底。而民初人不知只要有了機器、實業等，其餘方面自然會跟著來、跟著變。這亦是他們底無知。❸

馮友蘭指出，清末人的錯誤是「體用兩橛」，而民初人則是「體用倒置」。「體用兩橛」是認識上的問題，而「體用倒置」則成了本末先後的錯誤。像陳序經這樣的學者，談的理論越玄，在社會改革所起的實際作用則越微。

三十年代全盤西化的辯論，雙方的學者大都把中西之異看成是華洋的不同。一九三八年，馮友蘭寫《新事論》，對自晚清以來，困擾中國知識分子近百年的西化問題，給了一個全新的闡釋：許多所謂中西之別，實際上只是古今之異。他說：

所謂西洋文化所以是優越底，並不是因為它是西洋底，而是因為它是近代底或現代底。

❷ 參看馮友蘭，〈辨城鄉〉，《新事論》，收入《三松堂全集》，卷四（河南人民出版社，一九八六），頁二二四八。

❸ 同上。

> 我們近百年來之所以到處吃虧，並不是因為我們的文化是中國底，而是因為我們的文化是中古底。❹

馮友蘭在《新事論》中更進一步的指出古今之異，還可以落實到城鄉之別上。用這樣的看法來說明中西的不同，較之李大釗在〈東西文明根本之異點〉中，說東方文明之根本精神在靜，而西方文明的根本精神在動❺，固然是高明得多，比之梁漱溟在《東西文化及其哲學》中，將世界文明強分為三個類型❻，也是更圓融通脫，更符合歷史的發展。馮友蘭在東西文化的比較中，把空間的距離歸結到時間上的差異，這是他的特識。

將中西之異看成古今之別，這一提法在中國近代思想史上是有創新意義的。在中國現代化的道路上，洋務派所受到最大的阻力是所謂夷夏之防，守舊派據以反對洋務運動最大的口實，是將洋務說成是「以夷變夏」的過程。到了三十年代，雖然以「西」代「夷」，

❹ 馮友蘭，〈別共殊〉，同上，頁二二五。

❺ 此文作於一九一八年，收入高瑞泉編選，《李大釗文選》（上海：遠東，一九九五），頁一五〇—六三。

❻ 參看梁漱溟，《東西文化及其哲學》（臺北：虹橋，一九六八），頁六七—一六〇。

但西化在許多人的眼裡，依舊意味著中國固有文化的淪喪，因此西化成了一種威脅。這樣的心理充分的表現在薩孟武等十位教授所發表的〈中國本位的文化建設宣言〉中：

> 在文化的領域中，我們看不見現在的中國了……中國在文化的領域中是消失了。中國政治的形態，社會的組織和思想的內容與形式已經失去它的特徵。由這沒有特徵的政治社會和思想所化育的人民也漸漸地不能算得中國人了。所以我們可以肯定的說：從文化的領域去展望，現代世界裡面固然已經沒有了中國，中國的領土裡面也幾乎已經沒有了中國人。❼

這段話寫在一九三五年，我們今天重讀，不免有些啞然失笑，甚至覺得不知所云。拿一九三五年的中國和今日海峽兩岸來比，三十年代的那點西化，那真是「小巫」了。

薩孟武等十位教授對中國和中國文化的「杞憂」，全來自他們對中國過去和落後的一種依戀，唯恐在現代化的過程中，喪失了中國的「中古性」。這樣的態度還相當程度的反

❼ 薩孟武、王新命等，〈中國本位的文化建設宣言〉，《東方雜誌》，卷三二，四號（一九三五・二・十六），頁八一。參看吳景超，〈建設問題與東西文化〉，《獨立評論》，一三九號，頁二—五。

映當今海峽兩岸一部分知識分子的看法。中國文化在許多人看來，永遠只是個古代文化，當代的中國反而成了一定程度的虛幻。這種博物館的心理是很能迎合洋人口味的。洋人到中國去，想看當代中國的真是少之又少，學養豐富的要看「秦皇漢武、唐宗宋祖」，退而求其次，則是明末清初，至不濟也得是文革時期的中國。到了中國竟看不到小腳、鴉片、辮子、花轎，這如何能不教人感到惆悵和落空呢！有些同胞有意無意之間為了迎合洋人對中國的博物館情結，也不時表現出懷古、戀古、好古的情緒來。結果，國粹派和崇洋媚外在這一點上有了巧妙的結合。

一九三二年，羅素在〈中國人的道德〉(Chinese Morals) 一文中，對東西之異無非是古今之別這一議題，有和馮友蘭類似的看法，只是他出之以幽默的筆調，他說：

> 一個歐洲人到了紐約和芝加哥，他看到將來……到了亞洲，看到過去。我聽說，他到了印度，看到中世紀；到了中國，他看到十八世紀。要是喬治・華盛頓死而復生，他自己所創建的那個國家會讓他困惑不已。他若是去了英國，則可以稍減不安，到了法國，就覺得比較自在；但他得到了中國才真會有賓至如歸之感。

A European who goes to New York and Chicago sees the future ... when he goes to Asia he sees the past. In India, I am told, he sees the Middle Ages; in China, he can see the eighteenth century. If George Washington were to return to earth, the country which he created would puzzle him dreadfully. He would feel a little less strange in England, still less strange in France; but he would not feel really at home until he reached China. ❽

在同一篇文章中，他接著說道，對視進步為當然的歐洲人來說，看到中國停滯在一百五十年以前，是一件「饒富趣味」(especially interesting) 的事。在羅素看來中西的不同，無非就是一百五十年的差異。羅素是一九二〇年到中國的，而他看到的卻是一七〇年的歐洲或美國。

羅素在《中國的問題》一書中對中國保持落後和原始表示了「激賞」❾，這使我想

❽ Bertrand Russell, "Chinese Morals," in Al Seckel ed., *Bertrand Russell on Ethics, Sex, and Marriage* (Buffalo: Prometheus Books, 1987), p. 189.

❾ 參看 Bertrand Russell, "The Chinese Character," in *The Problem of China* (London: George Allen & Unwin Ltd., 1966. First printed in 1922), pp. 199–213.

起了曾為他作過翻譯的趙元任所說的一段話：許多外國人到了中國，見不得中國有任何改變或進步，他們恨不得中國人至今過的還是明末清初的生活，對這種心態，趙元任總名之曰「博物院的中國」的觀念。他很尖銳的指出：

> 不但對於音樂，對於好多事情，他們願意看著中國人老是那個樣子，還是拖著辮子，還是養著皇帝，還是ㄟ呵ㄤ呵的挑水抬轎，還是吟吟嗡嗡的嘆詩念經，這樣他們的觀光公司才有題目作廣告，這樣他們旅行的看了方才覺得 picturesque（如畫的），quaint（離奇的），等等形容詞。❿

趙元任這段話寫在一九二七年，也就是羅素離華以後五年。這段話雖不是針對羅素而發，但是我相信，羅素在《中國的問題》一書中所發的議論，趙元任是很清楚的。若說這段話中沒有羅素的影子也是不切實情的。

其實，細看這段話不僅是對外國人說的，也是對海外華人說的，許多在海外住久了的同胞，不知不覺也染上了博物館型的懷舊情結，一旦回到中國大陸，見不到自己幼時

❿ 趙元任，〈新詩歌集序〉，《新詩歌集》（臺北：商務，一九六〇，增訂版），頁一五。

的一些景物，竟然也表現出一種若有所失的悵惘，義正辭嚴的發些「保持中國特色」或「復興中華文化」等宏論。似乎自己在海外享受現代文明，而自己的同胞卻必須永世不得翻身的擠在土房茅舍之中，過著五代同堂、雞犬相聞、老死不相往來的日子。從海外回到中國也無非是逛逛人間最大的博物館，舒解一下感情上的懷舊症，從同胞的落後與貧窮之中，感受到自己的優越。

趙元任對這些懷著博物館心理的人，有下面一段說明和分析：

你一年到頭在自來水、電燈、鋼琴的環境裡過舒服了，偶爾到點別致的地方，聽點別致的聲音，當然是有趣。可是我們中國的人得要在中國過人生常態的日子，我們不能全國人一生一世穿了人種學博物館的服裝，專預備著你們來參觀。中國不是舊金山的「中國市」，不是紅印度人的保留園。⓫

今日海峽兩岸的都市文明，不但在硬體的建設上和歐美國家沒有不可跨越的鴻溝，即使人們的生活方式，在衣食住行各方面也沒有基本的差異。尤其近年來網路突飛猛進

⓫ 同上。

的發展，在信息的傳遞上，不但是無遠弗屆，而且是無孔不入。所謂地球村已不是遙遠的將來，而是當前的實際。在這樣的情況下，恐怕只有到陝北和雲貴山區才能看到「中國的特色」了。如果中國特色至今只能突顯在古今和城鄉的差別上，那麼，中國特色之不存，毋寧是件幸事，是用不著哀痛的。

一九四九年之後，隨著政治形勢的改變，至少有三十年的時間，「西化」一詞在中國大陸成了一個忌諱，更不要說「全盤西化」了。在這三十年裡，中國確是發展出了一個具有中國特色的制度和社會。但為了這點特色，中國人所付出的代價是沉重而又慘痛的。三十年的閉關帶來的是經濟的蕭條、法治的落後、自由與民主的渺茫。現在談與世界「接軌」，正是意示著，中國曾與世界「脫」過軌，如果「中國特色」只是「脫軌」之後的一個結果，那麼這樣的特色，是讓人難堪而又傷感的。要是中國人的民族主義情緒必須透過這樣的中國特色才能得到一些滿足，這樣的情緒是病態而且自虐的。

當年，胡適和陳序經等人雖然在全盤西化的理論上說得頭頭是道，但在實際生活上至多只是個不中不西的折衷派，離所謂「全盤」西化是遙不可及的。他們在穿著上大多是長衫、西褲與皮鞋雜配。在飲食上更是毫無疑問的「中餐為體」，西餐至多是偶一為之而已。胡適更是以終生嗜吃家鄉口味而知名。

反觀當今海峽兩岸在都市中成長的青少年，從小吃的是麥當勞的漢堡、薯條，肯德基的炸雞，喝的是可口可樂、百事可樂、七喜汽水，這些道地的美國快餐，已經成了這一代中國孩子的「最愛」了。倒是牛肉麵、水餃和酸辣湯反而帶有一些「異國」風味了。

當年留學生到了美國，即使是出身在洋化很深的「買辦家庭」，對美國的生活習慣都已有了一定的基礎訓練，但對飲食總還不免要有一番適應。而今這些從小進出麥當勞、肯德基的孩子，到了美國真是「賓至如歸」，不但在飲食上沒有任何「水土不服」，甚至連美國的棒球明星、搖滾歌手的名字和出身，也都如數「家」珍。他們對「好萊塢」的了解很可能超過「西安製片廠」。至於穿著，T恤、牛仔褲、運動鞋，已成了海峽兩岸青少年的常服。十五六歲的少年幾乎只知有美國名牌，而不知其他。

今日海峽兩岸西化的深度和廣度，絕非三十年代西化派和守舊派的知識分子所能夢見。然而在經過這樣西化的洗禮之後，中國和中國文化絲毫沒有消失的跡象。薩孟武等十位教授都不免是杞人憂天了。

十九世紀的西潮是坐著軍艦，用大炮送過來的，中國人在接受之餘，還不免有受創和受辱的感覺；九十年代的西潮卻是夾在漢堡包裡，用可口可樂送進了肚子，沒有抗拒，沒有抱怨，只有無窮的回味。

任何人只要去中國大陸旅遊一趟，或住上一段時間，大概都不難發現，西方的商品和文化挾其強大的經濟力量，正以驚人的速度，滲透到中國人生活中的每一個層面。不只是衣、食、住、行各方面有形的改變，更進一步的是電視節目、書報雜誌、音樂、運動等等，無一不是急速的走向西化。

即使是兩性的關係，和中國人所最引以為自豪的人倫道德，也都在急速的做著調整。這個調整決不是梁漱溟在《東西文化及其哲學》中所說：要導可憐的西洋人走上孔子的大道，而是受了二千五百年儒學薰陶的炎黃後裔，正在倒向西方⑫。甚至連中國文化中最後的防線和堡壘——漢字，也逃不過現代科技的影響。

二〇〇一年二月一日《紐約時報》刊載了一篇署名Jennifer Lee發自陽朔的特稿，題目是〈在中國電腦使用侵蝕傳統〔漢字〕書寫，引發文化辯論〉(In China, Computer Use Erodes Traditional Handwriting, Stirring a Cultural Debate)。文章指出，許多中國人由於長

⑫ 參看梁漱溟，〈自序〉，《東西文化及其哲學》，頁四。

期使用電腦打字，疏於練習手寫漢字，以致握著筆卻寫不出字來。有人認為，如此發展下去，終將危及中國文化的核心——漢字。但另有一些人則認為，使用電腦書寫漢字，是一個不可避免的趨勢。電腦所帶來的方便和速度，不是任何保存國粹者的憂心所能擋得住的。正如同當年鋼筆傳進中國時，許多人捨毛筆而就鋼筆，保存國粹的有心人士，也曾大聲疾呼，中國幾千年的書寫方式，受到了空前的威脅，為了漢字，為了書法，我們都應該抗拒鋼筆的使用。但毛筆終究擋不住鋼筆的方便和速度，而漸漸成了書法家和藝術家的專用品了。文房四寶也終於成了案頭擺設和博物館中的陳列了。

鋼筆取代毛筆，原子筆取代鋼筆，電腦又取代原子筆，這是發生在每個人日常生活中的現代化。這樣的現代化正如同自鳴鐘取代滴漏，槍炮取代弓箭，皮鞋取代布鞋，西裝取代長衫，乃至於微波爐取代煤球爐。所有被取代的都曾經是中國固有的「國粹」，然而我們的祖先、我們的父兄、我們自己都欣然接受了現代文明，拋棄了自己的固有。這並不是數典忘祖，這是現代化，是進步！

在每一次送舊迎新的過程中，我們對舊物的失去，情緒上總不免有些依戀，有些追懷。這種依戀和追懷常一變而成了對新事物的排拒，甚至敵意。但我們回顧中國近一百五十年來西化的歷史，不得不說，這些依戀和排拒都不過只是一時情緒上的宣洩，並不曾阻止過舊去新來的滔滔西潮。

我們平心靜氣的想想，有多少我們企圖「保存」、「復興」、「發揚光大」的「固有文化」，如今是繁榮滋長、欣欣向榮的？從綱常名教到京劇國畫，乃至於四合院、歌仔戲，只要是「中華文化復興委員會」費過心的，幾乎無一逃過了「式微」的命運。同樣的，又有多少衛道諸公所口誅筆伐的「奇技淫巧」、「精神污染」，不在中國受到廣大群眾的歡迎？從五四時期的民主科學，到最近的搖滾樂、麥當勞，無一不是披靡眾生。

我們不能始終把中國文化看作只是一個博物館文化，而我們是博物館的陳列品或管理員。中國文化是活生生的，是有它的現代意義的。這個現代意義既不體現在懷舊上，更不體現在拒新上。它是一種細大不捐的包容調和。

在二十一世紀科技高度發達，國際信息瞬間往返的今天，「中國特色」正如同「國情特殊」，往往成了落後、無知、封閉的擋箭牌和遮羞布。生活在「天涯若比鄰」的地球村裡，我們得承認許多觀念和制度是有其普遍（universal）價值的。我們要的是民主，不是「有中國特色的民主」，我們要的是人權，不是「有中國特色的人權」。在有普遍性的價值觀念上，加上「中國特色」，結果就成了打了折扣的贗品。

一九三五年，胡適寫〈試評所謂中國本位的文化建設〉，對薩孟武、何炳松等十位教授所寫的〈中國本位的文化建設宣言〉一文，提出了不同的看法。胡適認為文化是有惰性的，而這個惰性正是維持特色的最好保證，他說：

> 文化本身是保守的。凡一種文化既成為一個民族的文化，自然有它的絕大保守性，對內能抵抗新奇風氣的起來，對外能抵抗新奇方式的侵入。這是一切文化所公有的惰性，是不用人力去培養保護的。[13]

胡適的這番話雖然是六十八年前說的，至今依然有參考的價值。在全球化的軌還沒有接上之前，維持中國特色不但是言之過早，而且是無的放矢。因為在此刻我們所擔心的是中國特色之過深過重，而不是特色之無存。此時中國之軌距與世界其他先進國家依舊有不甚吻合的地方，我們求其吻合尚且不遑，似不宜在此時另提中國規格。

換句話說，中國特色是揮之不去的。既不必擔心它的失去，也無須提倡它的保存。

[13] 胡適，〈試評所謂中國本位的文化建設〉，《獨立評論》，一四五期（一九三五．四．七），頁五。

隨波逐流與中流砥柱

——打破臺灣國語的孤島現象

一、前言

自從一九九六年臺北中央研究院院長李遠哲先生提出以「羅馬拼音」（一般對「羅馬拼音」的理解，也就是中共「漢語拼音方案」的一個同義詞）取代「注音符號」以來，這個議題在海內外引起了熱烈的討論。

雖然，簡化字和漢語拼音方案不是一個新話題，而是自晚清以來，進步的中國知識分子所共同關切的議題。但是，這個議題，在一九四九年以後的臺灣，卻成了一個政治上的禁忌。幾乎有四十年的時間，在臺灣聽不到任何有關語文改革的意見。

李先生以臺灣學界領袖的身分，打破四十年來的沉寂，讓大家理解到這個問題的存在，使我們身在海外，從事語文工作的人感到：臺灣在語文改革的這個問題上，終於有了一個明白人！

二、國語的孤島

過去四十年來，臺灣在經濟和政治上都有飛躍的進步，這是有目共睹的。但在國語的推行上卻始終停滯在一個「南渡」以後的「孤島」。

一九四九年，國民黨遷臺以後，少數北來的「遺民」帶動著島上數百萬的「南人」，學習「北語」。經過二、三十年的努力，成績不可說不豐碩，但時至今日，那些早期「遺民」所帶去的北語，因和「中原文化」隔絕得太久，他們當年地道的國語，經過四十多年的天翻地覆，而今看來，除了饒富「古意」之外，與今日之「京調」已有了一定的距離。譬如將「你和我」的「和」字，讀如「漢」，就是這個「孤島現象」的顯例之一。

這個孤島的絕緣現象，在最近幾年已有了一定的改變。一方面是臺語有漸由方言轉化為「普通話」的趨勢，而成為社會媒體的通用語言。從這個改變看來，似乎是國語的式微，也是「一語獨大」的結束。但就另一方面來看，兩岸互通以後，大陸的書籍、電視節目、流行歌曲大量地進入臺灣，使國語的孤島現象有了緩和。也是四十年來，臺灣的國語首度有機會和它的發源地有了接觸，而注入了來自源頭的活水。從這一方面來看，卻又是臺灣國語新生的開始。

正因為有了這樣的互動和比較，兩岸語文的不同，成了近年來熱門的話題。我們可以預卜的是：兩岸語文的不同會隨著交流的增加而減少。換句話說，所有語文上的互通，其大方向是異中求同，而不是同中求異。

三、是正體還是異體？

語言文字是文化中最保守的一部分。一個人成年以後，宗教信仰的改變是可能的，甚至於是常見的，但一個人成年以後，要改變其母語，幾乎是不可能的。「少小離家老大回，鄉音無改鬢毛衰。」賀知章的千古名句道盡了語言的保守和鄉音的頑強。因此，在兩種語文交會時，一方面是由異趨同；但另一方面，卻又出現一種自覺或不自覺的「堅持」和「頑抗」。「鄉音無改」是不自覺的，也是莫可奈何的，但堅持不用簡體字或漢語拼音則是自覺的。

自覺的堅持和頑抗，有一部分來自情緒上的尊嚴：「何以我必須從你？」也有一部分是來自文化或道德上的「正統感」和正義感：舉世滔滔，唯有我島上兩千萬人，為中華文化之繼絕，做艱苦卓絕的聖戰。這種心理充分反映在把「繁體字」叫做「正體字」的這一事實上。別小看了這一字之別，它的微言大義卻是顯而易見的——兩種字形的不同不在「繁」「簡」，而是在「正」與「不正」。「正」的反面可以是「邪」，也可以是「異」。

在此，我不得不指出：如果比較「早」的文字，就是比較「正」的文字，那麼，對今日之簡體字而言，繁體字固然是「正」體；然而相對於隸書而言，今日之「正」體，豈不就成了「異體」或「簡體」了嗎？而隸書相對於小篆而言，也一樣難逃「簡體」和「異體」的命運。

如果，我們不曾把甲骨文叫做「正體」，似乎也沒有理由將現行的繁體字叫做「正體」。我相信一、兩百年以後的中國人看到現行的繁體字，很可能會說：「那是二十世紀中期以前的古體。」換言之，現行的繁體字不但不是中國現行文字中的「正體」，反而是「異體」——是中國文字發展演變中的一個「遺形物」。從全中國的人口來看，使用這個「遺形物」的「異體字」的人，也畢竟只有臺灣和海外的「南渡遺民」。

從社會學的角度來看，邊緣文化往往較中原文化來得更守舊。所以，我們在紐約和舊金山的唐人街還偶爾能看到清末民初的婚嫁儀式。但我們不能因此就說唐人街的中國文化是比較正統的，或比較更「中國的」，恰恰相反的，那種清末民初的婚嫁儀式只不過是博物館的一項陳列而已。

臺灣和一部分海外的中國人堅持寫繁體字，也不過是「禮失求諸野」的一個現代詮釋。當年南渡後的「江左諸公」何嘗不是陶醉在「正統」之中呢？

四、音標與發音

在許多反對使用漢語拼音方案的文章中，幾乎都提到一點，即是用注音符號更能精確地反映出普通話的正確讀音。我不得不指出這種論調是無稽而且不相干的。注音符號也好，漢語拼音也好，都只是一種符號，一個分辨不出「在」和「菜」的人，看了 zai, cai 固然讀不出正確的音來，看了ㄗㄞˋ和ㄘㄞˋ也一樣搞不清「送氣」和「不送氣」的分別。正如同一個發不出英文 th 子音的人看了「th」固然發不出，看了「θ」也一樣不知究竟錯在何處。

中國大陸的學童從小學漢語拼音，我並不覺得他們的發音比臺灣學童的差；同樣的，臺灣的學童從小學注音符號，而他們的國語發音也很難說一定比大陸學童為強。

如果說一個人發音的好壞取決於音標，那麼，某人英文發音不行，我們是不是能說：「他當年用韋式音標，把發音都搞糟了，要是當年用了國際音標，他現在的英語可就字正腔圓了。」我們只要換個語言作為類比，就能看出這種論調的荒誕。

五、約定成俗

《荀子・正名》中「約定成俗」這四個字常被援引為語文發展的一個通則。這四字換一種說法，也就是在語文的使用上，隨波逐流是正確的方向。大家怎麼說，你就怎麼說；大家怎麼寫，你就怎麼寫。做「中流砥柱」不是「別出心裁」，就是「閉門造車」。除了「古意盎然」以外，實在沒有太多實用的意義。

「約定成俗」的另外一個意義就是語文的使用，必須向多數靠攏。《荀子・正名》的原文是「名無固宜，約之以命。約定俗成謂之宜，異於約則謂之不宜」。當然，臺灣在語文符號的選擇上，可以走自己的道路，但自己的道路是體現語文的特殊性，而不是一般性。用荀子的話來說，一般性是「宜」，特殊性是「不宜」。

臺灣在政治上和外交上可以爭自己的權利，有自己的制度，但在語文符號的使用上堅持保有自己的特點，而無視於絕大多數漢藏語系同文同種的同胞所既有的一套系統，我怕這不但不是為自己爭權利、爭空間，而是畫地自限，自絕於多數。

臺灣做了五十幾年國語的孤島，此時該是向普通話接軌的時候了，這個接軌的工作包括讀音的一致和書寫符號的統一。

六、向輿論爭言論自由

談到語言問題，似乎很難和政治問題分開，語文上的改變往往被曲解為政治上的屈服。這種心理使所有在臺灣提倡漢語拼音或簡化字的人在一定程度上都冒著「臺奸」的罪名。這和當年「匪諜」又有什麼不同呢？唯一的不同是「匪諜」是政治壓迫，而「臺奸」則是輿論壓迫。向政治壓迫爭言論自由是英雄，有群眾的鼓掌和喝采，而向輿論唱反調卻成了國人皆曰可殺的「內奸」，因此向輿論爭言論自由往往更需要一些膽識。臺灣現在是有充分言論自由的，政治上的壓迫已不存在，但是輿論上的壓迫卻極其嚴厲。在語文改革這個議題上，我們還需要向輿論爭言論自由。

異中求同

──用漢字寫普通話

一、前　言

海峽兩岸自從一九八〇年代開始互通以來，兩岸語言文字之異同成了一個熱門的話題。但談這個題目的人大多是取同中求異的方向來討論分析兩岸的語文──在大同之中求小異，並進而強調、誇大這些小異。使一些初通中文的外國人，甚至於不曾在兩岸居住過的中國人產生一種錯覺：以為海峽兩岸說的是兩種不同的語言，而寫的是兩種截然不同的文字。在我看來，這是一種以偏概全的誤導。

二、大同之中有些小異

我絲毫無意於暗示兩岸的語文是完全一致的。只要去對岸走一趟，立刻就能發現大陸用簡化字而臺灣用繁體字，在日常用語中的小歧異更是隨處可以聞見。如大家都知道的，在臺灣及海外叫「先生、太太」，在大陸則以「愛人」取代，如「冷氣機」之呼為「空調」，如「計程車」之叫做「出租汽車」等等。在此，應該指出的是：提出這些差異的中國人，很少是因為這些差異而引起了理解上的困難。

提出這些差異來，與其說是為了理解，不如說是為了趣味或研究。換句話說，海峽兩岸的人討論這些問題，並不是因為溝通不了，兩岸的中國人談這些問題而不需要傳譯，正是為我提出的說法做了最好的說明。

所以，在討論兩岸語言文字異同之前，我首先必須強調：兩岸語文只是在大同之中，有些微小差異。這個大同的基礎是什麼？是用漢字寫普通話的歷史事實。

這個歷史事實正如中國之有多種方言，同樣的不因個人政治信仰而有任何轉移。國民黨也好，共產黨也好，民進黨也好，都改變不了這個事實。這個事實不但是地理上的分布，而且也是歷史上的發展，更是十幾億人天天寢饋其間而不自知、不自覺的聽、說、讀、寫。

三、提倡國語——共同的認識

提倡國語是自晚清以來，中國知識分子共同的認識和努力的方向。一九〇六年，在上海出刊的《競業旬報》第一期上，有一篇署名「大武」所寫的〈論學官話的好處〉，其中有如下一段話：

現今中國的語言也不知有多少種，如何叫它們合而為一呢……除了通用官話，更別無法子了。但是官話的種類也很不少，有南方官話，有北方官話，有北京官話。現在全國通行官話，只須模仿北京官話，自成一種普通國語哩。

我引這段話是為了要說明：用北京音為準的北方官話，來作為國語或普通話的這個認識，並不是一九二〇年代國語推行委員會幾個委員們的決定，而是自晚清以來，就已經被大家接受的事實。

從眾多的方言之中，選定國語時，一種方言使用人口的多寡固然是一個重要的考慮，但並不是唯一的。一個方言能不能作為國語的另一個重要條件是：有沒有用這個方言所寫定的白話文學作品。當我們把這個標準提出來時，吳語、粵語、閩語區的人不得不承認：唐宋的傳奇、話本、語錄，元代的雜劇，明清的戲曲小說，絕大部分是以北方官話寫定的。也正是在這個語言、歷史和文學的基礎上，當時的國語推行委員會選定了以北京音為標準的北方官話作為國語。

提出以上這一點是為了說明中國國語有「語」有「文」的這個事實。一個有「語」無「文」的語言，如中國的許多方言；和一個有「文」無「語」的文字如拉丁文，都不是成為「國語」或「國文」的好選擇，因為在推廣時，會遇到不易克服的困難。

四、漢字的局限

每個方言區的人多少都做過用漢字來記音的嘗試。上海和香港用吳語和粵語刊行的報紙和小說，就是最好的例子。但是這些用漢字寫的方言作品，幾乎無一例外的被視為「民間」和「地方」的作品，在功用和流通上都有極大的局限性。

誠然，「民間」和「地方」不一定是個缺點，但「民間」之反面為「官方」，「地方」之反面是「全國」，卻也是不爭的事實。用漢字寫方言突不破「民間」和「地方」局限的最大原因，並不是一個雅俗或讀者多寡的問題。真正行不通的原因，在我看來，是深藏在漢字這個特定的書寫工具之中的。

漢字和拼音文字最大的不同在：漢字是表義的，而拼音文字是表音的。漢字受限於它表義的先天內涵，使它不能充分而又忠實的反映任何方言。所謂漢字寫普通話，其實這也只是就大體而言，這個普通話也只能止於相當正式的書面語，而不是地道的北京胡同裡的「京片子」。

換言之，由於漢字和拼音文字先天條件的不同，中文口語和書面語的距離，是比英文要大的。這並不是中國人特別喜歡文謅謅的寫文章，而是漢字本身的局限拉不近口語與書面語之間的距離。

胡適當年提倡的白話文，所以能在短短四、五年之間風行全國，正是因為他所提倡的白話文是相當正式的書面語，而不是地道的「京白」或「語體」。他所提出著名的口號：「國語的文學，文學的國語」正是充分反映了這個事實——「文學」是「國語」的「文學」，而不是「方言」的文學；「國語」是「文學」的國語，而不是「口語」的國語。這是在深切體認到漢語漢文的內在結構及其歷史發展後，所提出來的口號。他在〈建設的文學革命論〉中有如下一段話：

> 有了國語的文學，方才可有文學的國語。有了文學的國語，我們的國語才可算得真正的國語。國語沒有文學，便沒有生命，便沒有價值，便不能成立，便不能發達。

這段話充分說明了「語」、「文」互相依存的關係。企圖用一種沒有寫定的文學作品的語言，來作為書面交通的依據是「沒有生命」、「沒有價值」、「不能成立」、「不能發達」的。

五、漢字臺語化是行不通的

近幾年來，在臺灣經常聽到「臺語漢字化」或「漢字臺語化」的呼聲。在此，我不得不指出：這種努力和用心是可以同情的，也是可以理解的，但是這條路卻是走不通的，即使走通了，也沒有太大的意義。這不獨臺語為然，任何想把吳語、粵語、湘語……漢字化的努力都將是徒勞的。因為這不是一個政治問題，也不是一個感情問題，更不是一個種族問題，而是一個不折不扣的語言文學問題。

也許因為當年國民黨在臺灣推行國語，有若干失當的措施，而今語言上的本土化有著一定政治上抗爭的意義。

如果我們承認在廣大中國人口之中，還有一個所謂普通話的存在，那麼，在語言上過分的本土化，走回方言的道路，是自二十世紀初年以來，中國知識分子共同推行國語的一個反動。

國民黨當年在臺灣推行國語，或許有失當的措施。但試想：如果當年國民黨在語言上走的是方言的道路，而今大陸、臺灣互通了，這將為「臺灣人」帶來多大的不便和不利！臺灣人只說臺灣話，這豈不是自絕於絕對多數的中國人嗎？

說一種多數人說的共同語言不是屈服，更不是羞恥。語言上向多數靠攏是唯一的、也是必要的方向，是給人家方便，更是給自己方便。鄉土情懷過分的表現在語言的本地化上是孤立自己，而不是壯大自己。

偏好自己的鄉音是自然的，但偏好鄉音並不應該意味著敵視普通話。敵視普通話是政治化了的情緒反映，是對客觀事實的無知和逃避，也是畫地自限。

海峽兩岸語言和文化基本上的一致，是不容否認的。換句話說，「中國」這個概念不應該只是兩個不同的政治體系；「中國」更深一層的涵義與其說是政治的，不如說是文化的。一個中國人可以選擇他自己的政治信仰，但卻無法自外於「文化中國」。

在中國近代史上，民族主義都帶著一定程度愛國、愛鄉的情緒，但愛國、愛鄉的情緒卻不一定要透過民族主義才能體現。民族主義往往帶著一些狹隘的地域色彩。義和團式的民族主義，除了凸顯懼外、仇外的愚昧以外，是別無任何建設性的意義的。然而，當時的「外」，還畢竟是個「外國」，而今卻漸漸落實到了「外省」。

過去這幾十年來，似乎總有一些人努力在做「同中求異」的工作，而沒有體會到：我們只是「大同」之中有些「小異」。異中求同，可以使胡越成為肝膽；而同中求異，卻可以使肝膽成為胡越。胡越肝膽則天涯可以若比鄰，肝膽胡越則比鄰可以為讎仇。

我們要走哪條路，端看此刻了。

阿Q、義和團與對外漢語教學

阿Q與義和團是中國近代史上兩個赫赫有名的民族英雄；阿Q一生所最痛恨的是「假洋鬼子」，義和團則以滅洋教、殺洋人為其宗旨。這點絕不崇洋媚外的民族血性使阿Q和義和團有了共通處：義和團失意的時候成了阿Q；而阿Q得意的時候則成了義和團。

「對外漢語」說得明白點兒，就是教洋人學中文。因為這一行需要與洋人打交道，民族主義也就成了不可避免的情緒了。

自從一九九三年普林斯頓暑期漢語培訓班在北京成立以來，我們碰到的最大阻力既不是簡陋的電化教學設備，也不是具有中國特色的官僚體制，而是阿Q與義和團的幽靈時時藉著「愛國主義」、「民族主義」或「國情特殊」等幌子對我們的教材所造成的干預與困擾。

二〇〇〇年第一期的《北京社會科學》刊登了一篇署名亓華長達八頁的文章〈美國意識形態對漢語教學的滲透及我們的對策——從普林斯頓大學編寫的漢語教材說起〉，作者對由我執筆或主編，由普林斯頓大學出版社 (Princeton University Press) 出版的一系列對外漢語教材進行了分析。基本上她充分肯定這是一套在內容上深刻、在方法上進步而且有效的教材，她在文末指出：

> 應該看到，儘管普大四個年級的教材尚有問題和不足，但在受學生歡迎這一點上是共同的。其可借鑑之處就在於，編寫者比較了解學習者的社會歷史文化背景，很好地把握住他們的價值觀念、欣賞趣味和接受心理，所編寫的文章既風趣幽默，充滿了智慧和狡黠，又具有思想深度，利於啟發學生的思考並能引起討論。以普大二年級的教材為例，它是以外國留學生為主體，寫「一個初學漢語的美國學生所看到的中國社會。這裡有他的喜悅、他的興奮，也有他的迷惘和不滿」。這樣的語言內容不僅實用，而且容易使學生共鳴。普大三年級的教材《人民日報筆下的美國》不僅受美國學生的普遍歡迎，也成為在華一些歐洲外交官班的指定教材。(頁一五二)

亓華在此指出的「問題和不足」主要是她所謂的「滲透」在教材中的「美國意識形態」和「臺灣意識形態」，並由這兩種未經清楚界定的意識形態所引發的所謂「反華」情緒。

我在普大教書已超過二十年，所編寫出版的教科書也已不下十餘種，卻從不知我的教材能「巧妙」的引發美國學生的反華情緒，而反華情緒主要又是透過我所選的《人民日報》的文章引起的。如果反華的情緒是因為看了《人民日報》的文章而引起，那麼其責任似不在編選的人，而是在作者。因為一種誇大歪曲不實的報導是引不起別人好感的。

過去七年來，《人民日報筆下的美國》一書，必須先撕去我所寫的序文和最後一課結論以及其中若干漫畫和討論問題，方才允許在北京使用，我每次請秘書嚴格而且徹底的執行這一「禁毀」工作時，我真有說不出的隱痛——為什麼北師大的有關當局竟如此忍心害理的急於讓美國學生知道中國的「文網」是如此的森嚴。我們大可大大方方的讓美國學生討論他們要討論的問題，看他們要看的文章，這樣「反華」的情緒不就成了「親華」的情緒了嗎？為什麼我們對社會主義就這麼沒有信心，在兩股勢力還沒接觸之前，就斷定一旦接觸，我方必敗呢？

要知道一個最可愛的國家是允許人民有不愛國的權利的，而一個最值得支持的政府是允許人民批評的。最能引起人們反感的絕不是說出實情的老實話，而是一種曲意回護、刻意粉飾，尤有甚者，則是附會穿鑿、深文周訥，從極淺顯的對外漢語教科書中看出「美國意識」、「臺灣意識」，並分析出「反華」的結論。這種自以為是熱愛社會主義為祖國辯護的行徑，其狹隘、僵化與不容忍才是引起惡感的真正原因。中國的偉大並沒有因此得到發揚，卻反坐實了洋人中國無言論自由的指控。所有熱愛社會主義的對外漢語教師，要深以這樣的態度為恥、為戒。偉大的社會主義祖國竟容不下幾本淺顯的對外漢語教科書，這是何等的諷刺！

即使教材中真有亓華所指控的「美國意識」或「臺灣意識」，我們的態度是一任美國學生去選擇。對外漢語教學的責任是教會學生怎麼說，至於學生怎麼想，他們有充分的自由，不干對外漢語教學鳥事！

亓華所謂的「反華」情緒無非是教材中指出了一些中國的現況或「特殊國情」：如廁所裡沒有衛生紙，如中國人大多不排隊，如老外在中國常常上當，如《人民日報》很少反映人民的意見，而是代表政府的宣傳，如中國的言論自由是不足的……諸如此類都成了我「反華」的罪狀。在亓華看來，似乎只要吹捧社會主義、共產黨，就可以造成美國學生親華的力量了。這樣幼稚而又膚淺的看法未免太低估美國大學生的思辨能力了。要知道虛矯的吹捧和說假話大話的習氣才是引起反感和反華的真正原因，說點真話，指出實情，只會引起別人的好感和同情。如果，普大的這套教材能受到各國學生普遍的歡迎，其原因正在此。

亓華全文的主旨無非是說明對外漢語教學是為政治服務的，一本再好的教材，只要它的政治立場不「正確」，就應該遭到批判甚至禁用的處分，而外國學生到中國去學習漢語，與其說是接受語言訓練，不如說是接受思想改造和再教育。

改革開放了二十年，亓華，一個受過對外漢語教學專業訓練，並執教於北京師範大學對外漢語教育學院的老師，依然只能提出，在我們看來，與語言教學絲毫不相干的黨調。這使我們在海外從事對外漢語工作的人，在感到寒心和傷心之餘，更兼有一分失望和憤怒！

然而這樣一篇思想僵化而邏輯混亂的文字竟引起了國內對外漢語教學界相當的重視，並受到二〇〇〇年三月九日《報刊文摘》的轉載，而北京師範大學外事處及對外漢語教育學院更作出了斷然而且有效的處置，強制普林斯頓北京暑期漢語培訓班，在措手不及、無法另覓處所的情況下，在二〇〇〇年暑期班的教材中，去掉許多篇已經使用了七年的文章。

亓華文章第四段的標題是「對外漢語教學如何抵制西方意識形態的滲透」，她把對外漢語教學工作簡直說成了社會主義思想保衛戰，任何有別於黨和中央的看法，不是「偏見」就是「成見」。對外漢語教師，在她的筆下，同時肩負著公安人員控制學生思想的責任。她說：「我們的對外漢語教學同樣肩負著抵制西方和臺灣意識形態滲透的任務。」（頁一五〇）看了這樣的論調，我幾乎又聽到文革的「餘響」了。如果我們把「漢語培訓班」都辦成了「社會主義愛國思想養成所」，那真是對外漢語教學的徹底破產了！

亓華在如何抵制西方意識形態滲透到對外漢語教學中的第四項建議是「加強海外漢語教材的審查管理」，這也是北師大正在努力執行的一項工作。以一個現代的知識分子竟提出這樣的建議來，我真懷疑在亓華的腦子裡，可曾有過半點學術獨立和言論自由的概念。可憐，在那樣僵化黨化教育制度底下成長起來的人，視學術為政治服務為天經地義，而不知所有洋人的反華情緒全是在這樣一個不自由的環境中孕育起來的。我們為什麼總是這麼愚蠢要努力去坐實洋人對我們沒有言論自由的指控？

對外漢語教學既不為黨服務，也不為國服務。對外漢語教學只是為提高洋人的漢語水平而服務。

過去七八年來，為了普林斯頓北京暑期漢語培訓班，我與北京師範大學對外漢語教育學院接觸較多，在教材的取捨上，主事者的態度可以用「恐懼戰慄」四個字概括之，唯其「恐懼戰慄」，結果就成了「漫無標準」。充分體現了當年「寧左勿右」的心理。對中國任何的一點批評或負面的描述都在必刪之列。「人權」、「法治」、「臺獨」、「西藏」固然不能談，連「隨地吐痰」、「不排隊」、「老外上當」、「廁所裡沒有衛生紙」，甚至於「汽車在路上不讓行人先行」都不許說。至於前人所寫的文章，傅斯年的〈自由與平等〉、梁實秋的〈文學與革命〉固然不能用，連巴金的〈文革博物館〉、蔣夢麟的〈中國與日本〉，甚至於馬寅初的〈我國人口問題與發展生產力的關係〉都不許讀！今世何世！早已為黨國所平反的馬寅初在對外漢語教材中卻依然不許翻身。這樣的作法，北師大究竟是無知還是蠻橫？抑或是無知蠻橫兼而有之？

魯迅在《阿Q正傳》中說到阿Q頭上有個癩瘡疤，阿Q起先「諱說『癩』以及一切近於『賴』的音，後來推而廣之，『光』也諱，『亮』也諱，再後來，連『燈』『燭』都諱了」。

看了亓華的文章和我與北師大有關當局商談教材的經驗，我不能不佩服魯迅觀察之入微與比喻之深刻。我寫了一課題為〈電子郵件〉的對話，其中有如下一段：

> 科技的進步使控制言論越來越困難了，因為電子郵件不但「無孔不入」而且「無遠弗屆」。電子郵件的廣泛使用，實際上也增加了言論的自由。

這樣一段客觀事實的敘述也必須刪去，這離阿Q不許別人說「光」、說「亮」，乃至於連「燈」「燭」都不許提的境界，已經相去不遠了。

二〇〇〇年一月北京出版的《讀書》雜誌，在封裡上有陳四益的一篇題為〈比革命更革命〉的短文，其中的一段話很能體現這次刪改教材事件的精神：

> 任何時候，都有一些比革命還要革命的人，也有一些比革命還要革命的文章。他們扼殺進步事物時，不是用因其革命的理由，而是用因其不夠革命的理由——一種更為可怕也更難對付的理由。奇怪的是這樣的扼殺者在不同的時期始終是很吃香的，至少也不曾倒

霉——盡管我們已經知道特別要警惕「左」。

這段話所要說明的是：在中國大陸，任何時候都有一些人，大到在政治上，小到在教材的取捨上，需要做選擇，做決定的時候，幾乎是不假思索，身不由己的向「左」轉起來。「左」對這些人來說，代表的不但是「革命」，也是「彼岸」，也是「歸程」，而不知那畢竟已經是四五十年前的來時舊路了。所謂時代走在人們的面前，真是不錯。

我必須指出，政府當局遠比北師大要開明開放得多，傅斯年、蔣夢麟、馬寅初、梁實秋的作品在北京書店裡隨處可得，而北師大竟不許外國學生看這樣早已成為普通出版物的選讀。這樣的作法不但不是愛國，反而是陷中國於全無言論自由之惡名。

對外漢語是中國社會的一個窗口，而在這個窗口觀看的外國人是不同於一般觀光客的，他們是一群真正對中國語言文化有興趣的外國人，是將來在海外教授中國文史的專家學者，也是將來到中國從事各種工作的專業人員。我們何忍將這樣一個重要的窗口布置得漆黑一片，見不到半點陽光？我們不敢非分的為對外漢語教學要求任何特權，讓外國人看一般中國人看不到的材料，我們只要求外國人要有和中國人同等的待遇，在對外漢語的教材中看得到中國人能看到的材料。

每次我問主事者何以某篇文字當刪當改，其一貫的回答是「你很聰明，不會不知道的」。這種搪塞敷衍，既缺乏學術上的誠實，又沒有道德上的勇氣。每次經過幾小時這樣與其說是「協商」，不如說是「脅迫」的會談之後，我感到的不止是人格上的侮辱，也是知識上的侮辱！然而，讓我覺得慶幸的是：我是被脅迫的一方，而不是脅迫別人的一方。至少我不必去做連我自己都覺得愚蠢而又可笑的事。

我的憤怒是帶著悲憫的！

我發表這篇文章是做好了普林斯頓北京漢語培訓班勒令停辦的準備的。如果過去七八年來，與北師大的合作也曾為北京的對外漢語教學帶去一絲的新空氣和新思想，我們的努力就不曾白費。

美國對外古代漢語教學評議

一、前言

根據一九九六年十月十九日《紐約時報》的報導，最近五年來學習中文的美國學生遽增了百分之三十六，是美國大學所有外國語中增加最快的一種外語。學習中文人數的增加是一個世界性的趨勢，在這樣的形勢下，「對外漢語教學」成了近年來新興的學科。從教材到教法，每年都有新的出版和理論。但這些出版和理論大都集中在初級或中級的現代漢語（白話文）教學上，古代漢語（文言文）的教材和研究成果都遠落在現代漢語之後。這個現象的形成大約有三個原因：

(1)學習古代漢語的學生極少。在美國除了幾所著名的大學以外，一般的學校是不教文言文的。需求既低，從事研究或教學的人自然也就少了。

⑵對外漢語教學的許多理論是依附在實用語言學中外語習得或外語教學的理論而來的，而這些西洋理論講的大多是口語習得，尤其集中體現在所謂「零起點的習得」。這些洋理論一旦遇上古代漢語，絲毫起不了任何作用。

⑶從事對外漢語教學法研究的人，來美國前，大多是外文系或英文系出身，對古代漢語和中國文史的掌握本極有限，不足以從事這方面的研究或編纂的工作。

有了以上這三點原因，使古代漢語教學，至少在美國，形成了一種散兵游勇、各自為政的形勢。這不能不說是對外漢語教學界的一大缺憾。

二、教　法

就目前而言，在美國，對外古代漢語教學的情形大約可歸併為兩類：

⑴古代漢語用英語來教。古代漢語課也就是英文翻譯課，學的人固然不一定有相當的現代漢語水平，教的人往往也同樣口不能言。結果形成了美國漢語教學界的一個怪現象，即中國人教授初級口語課，而連「你、我、他」「一、二、三」都說不準的西洋人（不一定是美國人，歐洲人也不少）卻教「子曰」「詩云」。這個現象的形成當然有它歷史的

原因，我們不能在此細細分析，而且也有它一定的道理；亦即有的古代漢語課的內容牽涉到一定的專業訓練，一個完全沒有專業訓練的中國人不一定能教得比外國人更好。

(2)古代漢語課用中文來教。除了將文言文「翻譯」成白話文以外，並將古代漢語的語法細加分析，希望從語法的分析中增進學生對古代漢語的閱讀能力。

以上這兩類教學法雖然在講解上有英文、中文之別，但基本上「翻譯」的形式卻是一致的。當然，第二類以現代漢語翻譯古代漢語的方法能使學生了解到文言與白話之間相互的關係，在學習文言的同時也還能練習一部分白話口語的能力，這是以英語翻譯文言所做不到的。但以白話來講解文言，礙於學生中文的水平，真能全然了解課文內容的實在有限。透過現代漢語來測驗學生對古代漢語的了解，也有一樣的困難。因為學生「白話」的水平太低，要求他們用「白話」來翻譯「文言」，往往並不能測出他們對文言的了解。

一個比較理想的教學法應該是以上兩種方法的配合。以白話講解為主，在艱深難懂處則輔之以英文。這當然說起來容易做起來難，因為同時對中英文有如此造詣的老師實在不多。如果這種中英文互補的方式做不到，我們認為以白話講解文言遠比用英文來翻譯文言有效。因為文言和白話之間是有一定聯繫的，雖然中文口語和書面的距離比拼音文字（如英文）大，但這絕不是說中文的口語和書面是兩種全不相干的語言。我們相信，古代漢語許多詞彙和結構必須透過和現代漢語的比較才能了解其意義和改變，用英文來翻譯文言只能做到得其大概。

上面所說用白話來教文言的缺點，是因為美國學生的現代漢語水平太低，需要用英語來輔助，並不是現代漢語不足以說明古代漢語，恰恰相反的是只有透過和現代漢語的比較才能對古代漢語有真正的了解。

然而以全美的對外古代漢語的教學情形而論，以英語翻譯文言的課卻遠比以白話講解的來得多。有些授課者可以一學期之中完全不用任何漢語，學生只是逐字逐句將文言翻成英文。這樣的課只能叫做「中國古代經典或名著翻譯」而不應叫做「文言文入門」。因為這種逐字逐句的英譯，與學生文言文閱讀能力的培養，實在關係不多。

逐字逐句的翻譯和破譯電碼 (decoding) 並無太大區別。學生只能對看過的材料有些掌握，這種掌握很難移用到其他文言材料上去。換言之，這種能力只是死記硬譯的能力，而不是閱讀能力。

一個能看「懂」（此處所謂「懂」，實際上只是有英譯的能力）《莊子・逍遙遊》的美國人很可能看不懂《紅樓夢》的第一回。這樣的所謂「懂」，在我們看來是病態的。而這樣的訓練也許造就出幾個中國文史的碩士、博士，但與古代漢語能力的培養是不相干的。

就對外漢語的教學來說，我們寧可訓練出一些能看《水滸》、《紅樓》，但不一定看得懂《老子》、《莊子》的學生來。因為看得「懂」《莊子》但看不懂《紅樓夢》，這種「懂」是病態的，是死的，是不能轉移的；而看得懂《紅樓夢》，但看不懂《莊子》的這種「懂」是常態的，是活的，是可以轉移的。

從教學的目的上來說，對外古代漢語應該是一門閱讀課，而不是一門寫作課。我們所要培養的是學生閱讀文言文的能力，而不是寫作文言文的能力。正因為如此，我們主張授課時的側重應在詞彙而不在語法。上課時與其細細分析副詞、介詞和連詞之異同，不如多做古今漢語詞彙之對比；與其教學生指出主語、謂語和賓語，不如教他們高聲朗讀幾次，或許還能起些許「內化」(internalization)的作用。

三、教材

對外國學生來說，文言閱讀能力之所以難以培養，難以擴展，除了教學方法要負一部分責任之外，選材也有一定的影響。

現有文言文教材大多採取「從古到今」的選材方式，也就是先從先秦的子書開始，而後介紹兩漢、隋唐，以至於明清的文體。這樣按著時代先後所編選的文言教材，著眼在讓學生對中國文言文的發展有一個概略的理解。但在學習的過程中卻存在著一個嚴重的問題，也就是初學入門的人先學離今日白話最遠的先秦文字，學了一兩年以後則開始介紹明清的散文。大體來說，這樣的選材是由難而易，由上古而中古而近代，看來時序井然，而實際上難易倒置。

王力在一九七九年出版的《古代漢語常識》小冊中，有如下一段話：

> 現代漢語是從古代漢語發展來的……由於中國的歷史長，古人距離我們遠了，我們學習古代漢語還是有一定的困難的。一般說來，越古就越難。❶

王力對古代漢語和現代漢語，無論是語音、詞彙還是語法都有精深的研究，「越古就越難」這個通則是值得我們對外古代漢語老師在編訂教材時再三玩味思考的。

正因為這種難易倒置的選材方式為那些口不能言漢語的文言教師提供了有力的「理論根據」，亦即文言文和白話文是截然不相干的兩種文字，教文言文的人固然不需要現代漢語的能力，而學文言文的人也不一定需要白話文的知識，甚至於一個「零起點」的學生，一樣可以學文言文。這種現在看來荒謬的說法，在六、七十年代曾為許多人所接受，而現在也還有不少美國大學是以這個方式來教文言文的。

這種從古到今編選文言教材的方式，無意間強調了文言與白話的不同。這樣將文言白話斷然分開，二十世紀初年的白話文運動起了相當推波助瀾的作用。胡適（一八九一—一九六二）在一九一七年發表〈文學改良芻議〉，往後幾十年他極力提倡以活文字（白話）代替死文字（文言），相當程度地誇張了文言與白話的不同。

然而，我們平心靜氣地想想，文言白話實在並不是斷然分得開的。在平日書面甚至於口語的漢語中，許多是文白相雜的。多數四字的成語固然都有一個文言的源頭，即使

❶ 收入《王力文集》，卷一六（山東教育出版社，一九九〇），頁一五。

許多語法結構也是與文言分不開的，如「所」字出現在動詞之前（我所知道的康橋），如「以」、「為」兩字在句中的連用（以三十年代的小說為討論的對象），如「之所以」三字之連用（中國民主制度之所以不健全），又如「之」字的使用（中國之命運），「甚」字的使用（甚難，甚好），「將」字的使用（將他痛打一頓），「而」字的使用（一而再，再而三）等等。

這樣的結構從歷史的角度來看，都是文言文的遺形物，但這樣的遺形物卻一點也不是死文字。這樣的結構每天都鮮活的活在我們的筆下口頭，真是何死之有？換言之，現代漢語和古代漢語絕不是能斷然分開的。我們習用的書面語是「文中帶白」而「白中有文」的。一個全不能說現代漢語的人，即使真能以英語來翻譯文言，最多也只能做到「破譯」，斷不能培養出閱讀文言的能力。

然而最近數十年來所出的文言教材卻有意無意地在強化「破譯」的這條路，從「由古到今」不知不覺走上了「由難到易」的教學過程。因此，我認為此時我們所需要的一本文言入門教材應是白話與文言之間的一個橋梁，其中的選材能充分體現文白雜糅，從文言過渡到白話的轉折。

這樣的一本教材，在一定的程度上也體現了近代中國人學習文言文的過程。中國人初次接觸到淺近的文言，大多是從明清小說入手，如《水滸傳》、《三國演義》、《紅樓夢》等長篇小說及《三言》、《二拍》等短篇小說，真正一開始就讀先秦子書的極少。中國人對古代漢語的閱讀能力是有一段漸進的發展的。而今我們的選材卻讓一個只學了三、四年，甚至只有兩年現代漢語的學生，一接觸文言就是先秦材料，這顯然不是循序漸進，而是突然的要求他們學習一種古代書面語，這個困難是不難想像的。

四、擬議中的教材

為了體現由文言過渡到白話的轉折，我們計畫以梁啟超（一八七三—一九二九）作為這個轉折的代表作家。他的「新民體」是有意的要為中國文學立出一個新的典型，擺脫桐城古文，而「雜以俚語、韻語及外國語法」❷。因此，選材的第一篇是《新民說》

❷ 梁啟超對他自己的文體是這樣描述的：「啟超夙不喜桐城古文；幼年為文，學晚漢、魏晉，頗尚矜練；至是自解放，務為平易暢達，時雜以俚語、韻語及外國語法，縱筆所至不檢束；學者競效之，號為新文體；老輩則痛恨，詆為野狐，然其文條理明晰，筆鋒常帶感情，對於讀者，別有一種魔力焉。」《清代

的〈敘論〉。這篇文字不但在內容上有其劃時代的意義，是中國人進入近代世界的第一篇宣言，在文體上更是從桐城古文轉化成為「新青年」體白話文的先聲。既可以視為淺近的文言，也可以視為早期的白話。在同樣的基礎上，我們選了梁啟超的《康有為傳》第一章〈時勢與人物〉作為第二篇。本篇除可以看出梁氏對「時勢」與「人物」兩者關係之特識外，並為文言文摻雜西文音譯提供了一個趣例。第三篇我們選了梁啟超〈論小說與群治的關係〉，這篇文字可以代表近代中國知識分子對「小說」價值重新的估定，並開啟一九二〇年代研究中國小說的風氣。

胡適稱梁啟超的文字是「桐城的變種」，並指出梁啟超文體之所以別有魔力的原因是：

> (1)文體的解放，打破一切「文法」「家法」，打破一切「古文」「時文」「散文」「駢文」的界限；(2)條理的分明，梁啟超的長篇文章都長於條理，最容易看下去；(3)辭句的淺顯，既容易懂得，又容易模仿；(4)富於刺激性，「筆鋒常帶感情」。[3]

學術概論》，上海：商務，一九二一，頁一四二）

第四篇我們節選了胡適的〈文學改良芻議〉。這篇文字為文言轉化到白話的過程做了象徵性的終結。這是我們選材的第一組文字，共四篇。

文白雜糅絕不只是一個晚清民初的現象，而是自唐宋以來話本小說的一個正宗形式。為了體現中國書面語這方面的演變，我們選了《京本通俗小說》中的〈錯斬崔寧〉，《古今小說》中的〈金玉奴棒打薄情郎〉兩個通俗短篇。〈錯斬崔寧〉發展成了後世的公案小說，而〈金玉奴棒打薄情郎〉則是傳統中國短篇小說中少有的帶著喜劇和諷刺意味的作品，在愛情之外也反映了當時社會的一些側影。我們所選的第三篇小說是劉鶚（一八五七—一九〇九）《老殘遊記》中第一回〈土不制水，歷年成患；風能鼓浪，到處可危〉。《老殘遊記》雖是長篇小說，但第一回卻能自成段落，並有深刻的寓意，在文字上則隨處都能看到文言的痕跡。這是我們所選的第二組文字。

我們所選的第一組文字為文言如何轉化到白話提供了幾個例子，第二組文字則試圖為白話找一個「民間的」、「歷史的」根。第一組文字在一定的程度上是「文人學者」努力的結果，第二組文字卻是「民間」自然的演變。無論是有意的努力還是自然的演變，

❸ 胡適，〈五十年來中國之文學〉，《胡適文存》，冊二（臺北：遠東，一九六八），頁二〇二；二〇七。

其文白雜糅的這個特點卻是一致的。

有過三、四年嚴格現代漢語訓練的學生，在閱讀上選的兩組材料時，已不需完全依賴英文字彙，而能略通其大意，這給學生一種真實的「閱讀」的感覺，而不覺得自己只是在查字典看生字表。正如同中國人看先秦古籍，許多時候是在看注、看疏、看箋，經文是在注、疏、箋等都看過以後回頭再讀的一段文字；選艱深的文言給初級入門的外國學生看，結果就成了只看字彙表而不讀課文的情形，依然走上了「破譯」這條路。

我們所選的第三組文字是乾隆朝袁枚（一七一六—一七九八）的《小倉山房尺牘》，取其中短小而議論精彩的書信五篇。這五篇書牘不但能打破中國古代知識分子的道學面孔，並可藉以欣賞袁枚所特有的幽默和機智。而最重要的是說明二百多年前的古代漢語並不完全和口語脫節。

本書所選的第四組文字，我們從清朝中葉上推至晚明，而以袁宗道（一五六〇—一六〇〇）〈論文〉一篇冠首。這篇文字主要在闡明，早在十七世紀，中國文人已經了然於書面文字必須在一定的程度上反映口語，一個完全不能反映口語的書面文字是沒有生命的。這也正是我們編選本書的立意所在。

在同樣的基礎上，袁宏道（一五六八—一六一〇）的〈雪濤閣集序〉入選為這組文字的第二篇。我們還選了這位在三十年代紅極一時的晚明性靈小品作家的〈敘陳正甫會心集〉，以作為晚明這一時代小品文中「性靈」和「趣」、「韻」的注腳。他的尺牘和遊記各有一篇入選。

本書以李贄（一五二七—一六〇二）《焚書》〈童心說〉及〈藏書世紀列傳總目前論〉序文一篇殿後。李贄的思想代表了晚明文人對傳統儒學的批評，這種批評的態度和二十世紀初期的「五四」精神是有一定的聯繫的。以李贄終篇，正是要說明不但在語文上古今是相承的，即使在思想上，從晚明到民初也有著可尋的脈絡。

在上選的諸文中，議論的成分遠比抒情或描述多。我們相信語文的選材必須有深刻的內容作為基底，一種富有爭議性的意見是學生願意學習的重要原因。

本書所選的材料與傳統的文言讀本出入很大。我們絲毫無意以這樣的選材來取代先秦諸子、《論語》、《孟子》、《史記》、《漢書》以及唐宋諸大家的文選。我們所要指出的是，美國學生學習古代漢語應該是漸進的，而在選材上也應該反映由白話過渡到文言的這個事實。

革命革了四十年，一夜回到五四前

——《新三字經》讀後

中國大陸廣東省宣傳部在一九九五年編輯了一本《新三字經》，由廣東教育出版社發行。其中有拼音和插圖，顯然是針對兒童而編寫的。在〈前言〉中，開宗明義的指出《新三字經》的出版是為了「把鄧小平建設有中國特色的社會主義理論，確立為全民族的精神支柱和當今時代精神的核心，用以教育人民，指導各方面工作的開展」。從這段話看來，無疑的，《新三字經》是官方手筆。

《三字經》一般都認為是南宋末年王應麟（一二二三—一二九六）編寫的。因此，清刻本多在卷首題「浚儀王應麟伯厚先生手著」。元、明、清各朝對《三字經》都有過增補、翻刻。這本小冊子成了過去六、七百年來，中國兒童重要的啟蒙讀本。由於它以三字一句的韻語形式寫成，容易上口，便於記誦。而其內容則對於方名事類、經史諸子，以至中國歷史、學術沿革都有扼要的敘述，為村塾先生所樂用。章炳麟在〈重訂三字經題辭〉中認為：《三字經》比《千字文》更能「啟人知識」。

在過去中國兒童讀書識字的過程中，「人之初，性本善」幾乎和「學而時習之，不亦說乎？」有不相上下的權威和普遍性。只是《三字經》所帶「啟蒙」、「民間」和「鄉土」的氣味可能更重些。

一、兩極待遇，情何以堪

這樣一本六、七百年來中國孩童的蒙求讀本，在一九七〇年代「批林批孔」的狂瀾下，也曾受到過嚴厲的批判，被指為是「一本浸透了孔孟之道毒汁的騙人經、害人經、復辟經」（湖南人民出版社，《三字經批判・出版說明》，一九七四）。是「一副麻醉劑，一把軟刀子」。

當時，北京大學哲軍寫過一篇〈批三字經〉，收在北京人民教育出版社所出的《批三字經》一書中，他在卷首是這樣為這本蒙求讀物「定性」的：

《三字經》是一本宣揚孔孟之道，為剝削階級培養忠順的奴才和接班人，維護封建統治，毒害勞動人民的害人經。全書浸透了儒家反動思想的毒汁，散發著沒落地主階級腐朽世界觀的臭氣。

這樣一本在二十年前就已經被「批臭」了的「害人經」，在「全面開創現代化建設新局面的偉大時代」（《新三字經・前言》），居然經過一番重新包裝，有了「翻身」的機會，這不但讓我想起了那個充滿血腥和恐怖的文革十年；更讓我迷惑的是：現代中國人的立身處世究竟還有沒有一個客觀的標準？在一個瞬息萬變的時代裡，是不是還有一些不變的價值？

昨日是，今日非，而明日更不知何是何非。可憐的中國人，尤其是知識分子，除了搖旗吶喊，揣摩領導的「旨意」之外，就是在不斷的批鬥和翻身之中，經受著「新」時代的考驗了。連一本《三字經》也要在二十年之內經歷「九地之下」和「九天之上」的兩極待遇，真是「書尚如此，人何以堪」？

中共借用《三字經》的舊形式來宣傳他的「新」思想，這不是第一次。一九六三年，北京人民出版社就出版過一本《中國歷史三字經》。從「古猿人，住山洞，製石器，保火種。」一直到「四九年，十月一，新中國，告成立。」將中國歷史分為「原始社會和奴隸社會」、「封建社會（鴉片戰爭以前）」、「舊民主主義革命時期」和「新民主主義革命時期」四個階段。其中對歷來定讞的闖賊流寇大致其景仰之意，而成了農民起義不世出的雄主：「黃巢起，為百姓，分財物，殺公卿。」「李闖王，起義兵，倡均田，民歡迎。」「洪秀全，識民苦，金田村，建旗鼓。」甚至於連義和團也備受推崇：「反侵略，義和團，抗八國，英勇戰。」對國民政府當然就極盡其醜化之能事了：「蔣介石，賣國賊，反人民，槍對內。」全文約一千八百字。

從一九六三年的《中國歷史三字經》到一九九五年出版的《新三字經》，在內容上雖然有了更新，但手法卻是如出一轍。無非是要利用三字韻語「順口溜」的舊形式來灌輸「新」思想。

中國歷朝的統治者不但要「作之君」，而且要「作之師」，中共當然也不例外。《新三字經》的出版，正是「作之師」的又一次努力。

我一看到《新三字經》這個書名，就聯想起「舊瓶裝新酒」的說法，但等我看完全篇以後，不得不說有些內容連「舊瓶新酒」都不是，簡直是「舊瓶舊酒」，甚至於是「陳年老酒」。有些在五四前後受過知識分子嚴厲批判的觀念，如孝道，這一回又改頭換面，粉墨登場了。

在此，我絕不是說「孝道」不應該提倡，正相反的，在如今世道，講究些父子恩情，或還真有助於家庭的維繫和社會的安定。但我不能已於言的是：二十年前的「孔孟毒汁」、「封建糟粕」，而今怎麼又成了新時代的新規範了呢？生產方式的改變不是一定會影響到社會的「上層建築」嗎？在革命革了四十六年以後，在批孔批了二十年以後，重新祭上了當年的「毒汁」和「糟粕」，到底如何自圓其說？

二、從「批孔」到「尊孔」

中國大陸前一陣子曾流行過一句「革命革了四十年，一夜回到解放前」的順口溜，看完《新三字經》以後，我覺得不但是「回到解放前」，簡直是「回到五四前」了。《新三字經》開卷頭幾章，實在毫無新意，與《三字經》的原文出入非常有限：

人之初，如玉璞；性與情，俱可塑。若不教，行乃偏；教之道，德為先。昔賢母，善教子；孟斷機，岳刺字。養不教，親之過；教不學，兒之錯。玉不琢，不成器；人不學，不知理。為人子，方少時，尊長輩，習禮儀。能溫席，小黃香，愛父母，意深長。能讓梨，小孔融，手足誼，記心中。孝與悌，須繼承；長與幼，骨肉親。……

只要熟讀《三字經》的人都能指出：這一段《新三字經》的開場，就文意和用字上來說都是採自《三字經》，有許多句完全是照搬，連所舉的人名例子都是雷同的。

寫到此處，我忍不住又去翻看一九七四年，北京大學翟仲和史群所寫的〈三字經批注〉，看看他們是如何批判「人之初，性本善，性相近，習相遠。」這一段卷頭語的。〈批判〉是這樣寫的：

《三字經》開宗明義，捧出了唯心論的先驗論和剝削階級的人性論。因為這是儒家的政治路線和教育路線的理論基礎……「性善論」是極端虛偽的，它是反動派殺人的軟刀子。孔丘、孟軻用它來維護奴隸主階級的統治。地主、資本家用它來殘酷地壓榨農民和工人……。

至於「香九齡，能溫席」這個二十四孝的故事，被指為是「儒家孝道的黑樣板」，而「融四歲，能讓梨」則是「儒家悌道的黑樣板」。現在這兩個「黑樣板」都成了《新三字經》中的「正面教材」了。而《論語》中的句子更是受到再三的引用。

好在中國人都健忘，否則這二十年的改變也未免太離奇了！「四個堅持」，言猶在耳，怎麼已經由「批孔」一變而為「尊孔」了。黑白顛倒如此，如果有個小學生到圖書館檢出《三字經批注》與《新三字經》對看，什麼是非、原則、禮教、公道，在這個小學生的眼裡，豈不全成了笑話！

三、「新社會」難脫「舊禮教」

《新三字經》在內容的安排上顯得頗凌亂，一會兒古，一會兒今；一會兒文學，一會兒科學。把「加速器，轉如電。遊太空，光子箭。」這類最現代的詞語硬塞進《三字經》的框架中，尤其顯得不倫不類，非驢非馬。套用一句馬列學者的話，就是把「封建糟粕」和社會主義的意識形態融為一爐，把傳統對皇帝的忠，轉為對毛、周、朱、鄧這些政治領袖的歌頌。

在書中還有一個極具諷刺的安排，剛介紹完魯迅（頁九四—九五），接著就講中國古代的四大發明：「造紙術，創在前。印刷術，世居先。指南針，黑火藥，華夏人，首創造。」這不正是魯迅筆下的「阿Q」嗎？這不正是「我們祖上比你行」的「精神勝利」的老套嗎？

有些近人的名字在《新三字經》中出現，也有值得商榷的地方。譬如將唐代以直諫名垂史冊的魏徵與以逢迎拍馬名世的郭沫若前後並舉，這簡直是侮辱先賢了。

《新三字經》的編者在卷尾鼓勵孩子們「求富強，爭朝夕」。當然，「求富強」是好的；「爭朝夕」卻要不得。今日中國大陸的問題正在人人「爭朝夕」，而「不爭千秋」。到處瀰漫著一種短視近利、只圖目的、不擇手段的風氣。在這樣的情況下，再來鼓吹「爭朝夕」，這真是救之正足以害之了。

綜合言之，《新三字經》在對傳統禮教的處理上，除了沒有提倡婦女守節以外，在忠、孝這兩點上，絲毫沒有新意；而在對「新中國」的描述上，則完全跳不出歌功頌德的老套。倒是毛、鄧的教條卻又裹上了一層傳統禮教的外衣，在那裡笑臉迎向二十一世紀的中國兒童了！

《新三字經》的出版，一方面可以解釋為中共對當年批孔的官方認錯；但另一方面也可以說是中共意識到「新社會」還需要「舊禮教」的維繫，儘管這個禮教曾經「吃」過幾千年的「人」。然而，新社會的領導乞靈於舊禮教的這個事實，也正說明這個「新」社會，其實並不真「新」。胡適、魯迅這些人的作品在今日中國之所以依然風行，正是因為整個社會就一定的意義來說，依舊停留在五四以前。

中國的近代史，從一方面看，固然是千變萬化；但從另一方面看，卻又是在原地踏步，往返重復。《新三字經》的出版似乎又為這個說法做了一個有趣的注腳。

朝夕與千秋

自從一九六三年，毛澤東發表和郭沫若的〈滿江紅〉以後，「一萬年太久，只爭朝夕」幾乎成了中國人的「口頭禪」，也成了一部分人短視近利、不擇手段的「最高理論」指導。

當年毛澤東的詩詞一發表，真是人人爭讀，從小學生到大學教授無不琅琅上口。最近幾年，我和大陸同胞打交道的機會較多，發現要進一步了解同胞們習用的語言，和一部分的思維方式，毛的詩詞是不可不讀的。

中國古典詩詞都有一定音律的結構，便於記誦，毛的語言和思想就藉著這個特殊的形式，真正做到了「深入人心」。我和國內朋友談話，他們常在不知不覺之中，引用毛的詩詞，有時他們甚至不知出處，只是如引用成語一般，順手拈來。當然，這樣做，有一部分是開玩笑，但在玩笑之中，也可以看出毛式語言和思維方式入人之深且廣了。

中國史家一向強調「千秋自有定評」，相信歷史是公道的，而時間是所有功過最後的裁判。《春秋》之所以能使「亂臣賊子懼」，其原因正在此。

也正因為如此，居高位者無論動一念、立一說都時時要有「千秋」存乎胸中，此所以戒妄起慎。使人知道「此刻」之外，尚有「永恆」在。

毛之「只爭朝夕」便是對這一歷史傳統的嘲諷和蔑視。然而，歷史終究不因一個人的好惡而失去公道。「快意一時，遺禍千秋」往往成了「只爭朝夕」的慘酷結果。

「朝夕」和「千秋」正如同「生前」和「身後」是不能截然分開的。「只爭朝夕」之所以樂為人們所援引，因為這符合急功近利的心理，更何況「千秋」又豈是一般人所能體會的？「及身而絕」才是一般人生活中的實際體驗。胡適正是有鑑於此，提出了他「社會的不朽」說。任何個人的「小我」在透過社會的「大我」之後，都各自有其不朽。善固不朽，惡亦不朽。帝王將相同販夫走卒，同樣都「餘波盪漾」，垂之久遠。

有了這樣一種信仰以後，「爭朝夕」就不那麼動聽了，因為「爭朝夕」往往是以「千秋」來作為代價的。從一九四九年以後，我們看到的歷次政治運動和十年的文革，都是快意恩仇，決勝負於朝夕，然而卻挫傷民族的命脈於千秋。

一個由貧困轉入小康的社會，「爭朝夕」不僅體現在個人的言行上，也體現在整個社會牟取暴利的心理上。所有濫墾、濫伐，對自然環境的肆意破壞，都是只爭朝夕，不顧千秋的一定表現，而結果往往是得在一時，而失在千秋。

有時，我們看到保護環境人士的大聲疾呼，或不免有迂闊之感，但他們所懷的卻是千古之憂，而這種千古之憂，也正是在築三峽大壩時，所不可不有的。

如果將「朝夕」二字解釋為「今生」，則尚有可說，因為「來生」畢竟不是一般人所能期盼營造的。可怕的是「朝夕」二字，如今已成了「此刻」的代字，而爭朝夕也就是爭此刻，只要我此刻得逞，管他下一刻人死人活，這種極度短視的自私，是愚昧之外，再加兇殘。「今朝有酒今朝醉」代表的是頹廢放浪，但並不含侵略和攻擊。而「爭朝夕」則往往是在積極勇邁等冠冕的藉口下，做些不擇手段、損人利己的事。

此時在國內如果要提倡一種社會道德，應該是有所不為的狷介，而不是無所不為的「爭朝夕」。

無病可以呻吟

「無病呻吟」常被視為矯情造作，是胡適列為寫白話文的八大禁忌之一。然而，我們回看一九四九年以來，中國近代史的發展，「無病呻吟」竟成了中國知識分子難得的自由和權利了。

「無病呻吟」固然有其假、有其淺、有其造作，但我們必須堅持：任何人得有「無病呻吟」的自由，而任何讀者也必須有欣賞「無病呻吟」的權利。

要知道，林黛玉就是中國文學史上「無病呻吟」的樣版和典型。若是中國文學裡少了林妹妹的「無病呻吟」，中國文學就少了一筆可觀的資產，而中國的少男少女對春花秋月也就少了一些敏銳的感喟。

唯有經歷過「有病不得呻吟」的人，才能深切的體會到「無病」而居然可以「呻吟」，這是何等的自由！何等的享受！一九四九年以後的大陸，二二八慘案以後的臺灣，多少知識分子都在「有病不得呻吟」之下，度過了無數沉寂而恐怖的歲月。這時，我們才恍然，一個社會可以聽到「無病的呻吟」，是何等的幸福。

如果近代中國知識分子所經歷的，僅僅是「有病不得呻吟」，那或許還有一定「打落門牙和血吞」的「好漢」意義，但中國知識分子的苦難，還不止於此。到了文革前後，從「有病不得呻吟」一變而成了「垂死的歡呼」——至死要為加害於自己的人或制度歡呼喝彩，這才真正是人間的至慘！

沉默的自由是言論自由的底線，到了連沉默的自由都被剝奪的時候，人的尊嚴也就盪然了。

一方面，我極同意，說話寫作都不宜「無病呻吟」；但另一方面，我卻要盡我所有的能力，為「無病呻吟」的人，爭「呻吟」的權利。一旦「無病」不准「呻吟」，那麼，離「有病不得呻吟」也就不遠了。而「有病不得呻吟」正是「垂死歡呼」的先聲。

「無病呻吟」所代表的積極意義是：我不但有選擇表達內容的自由，我也有選擇表達方式的自由。至於有病、無病，我一人知之，「干卿底事」？而需不需要「呻吟」，更非任何人所能過問。你可以不聽我的呻吟，但絕不可以禁止我的呻吟。

曲高而和不寡

「曲高和寡」常被用來作為「應者寥寥」的解釋，其實，往往「和寡」是事實，而「曲高」則未必。由這句話所引出的另一種誤解則是：因為「和寡」，所以「曲高」。這種倒因為果的說法，當然有一部分是自慰，也有一部分是自欺。但這種看來荒謬的說法，在學界卻時有所聞。結果許多人以「和寡」為高，並以「譁眾」、「媚俗」、「走群眾路線」等惡劣字眼加諸「和眾」的作品。似乎為「眾」所「和」是一件可恥的事。由「和寡」所以「曲高」，更引出了「和眾者曲必不高」的另一種扭曲。

相信「曲高和寡」的人，就一方面來說，當然表現了作者的自信：即使無一人和我，我自高歌。但就另一方面來說，卻也不免孤芳自賞，自以為所作是「陽春白雪」，而不屑與「下里巴人」共賞。套句共產黨文評家習用的話，這至少犯了「脫離群眾」的錯誤。

作一曲，立一說，就作者而言，當然希望「應者如雲」，換句話說，和者眾是可喜的。

沒有一個作者，自始就以「和寡」存心，「和寡」只是不得已，即使曲再高，「和寡」，對作者而言，依舊有一定的「悵然」。

「和眾」不能與「譁眾」或「媚俗」混為一談。「和眾」的作品必須體現人性的一般性，而「譁眾」或「媚俗」則往往是迎合低級趣味；低級趣味，看似所好者眾，而實際卻並不一般。譬如：親子之情或男女之愛是體現一般性，而色情和暴力則是體現特殊性。

有了這一認識以後，我們可以說：「譁眾」或「媚俗」是作者迎合讀者，是群眾領導作者，是作者揣摩讀者的意見，而以群眾之好惡為好惡。

「和眾」的作品則是群眾響應作者，作者領導群眾，作者以其高明，讀者不得不為其所動。所謂「風行草偃」、「一呼百應」正是指這類作品。

「和眾」和「譁眾」的不同在：「和眾」是創作的結果，而不是創作的動機。而「譁眾」則在創作之初即時時以迎合為能事，其不同是顯然的。

「和眾」是好事，不是壞事。「和眾」是曲高的證明，而不是曲低的結果。在中國文學中曲高而和不寡的例子真是舉不勝舉。如唐詩中的「春眠不覺曉」、「牀前明月光」、「月落烏啼」這些千古詩作，以至於《水滸傳》、《紅樓夢》這些明清小說，從小學生到大學教授在看了這類作品以後，都能有不同的感受，這正是曲高的最好說明。

一九五〇年八月六日《光明日報》的〈學術〉副刊第十二期上，發表了一封馮友蘭給茅冥家的信，討論到「曲高和寡」的問題，有極精闢的意見，也是引發我寫這篇短文的動機，此函《三松堂全集》未收，搜求不易，我且引其中的一段，作為本文的結束：

> 曲高和寡，如果其曲是真高，和寡只能是一時的現象。如果永遠和寡，其曲必非真高。真高者終究必是和眾的。若曲低而能永遠和眾，必非真低。真低的曲，雖然一時和眾，終究必被忘記的。真正的高曲，必是無論什麼人（即無論是其文化水平的高低）都必覺得好，而其所覺得之好，又隨其文化程度的不同而不同。

如果同意馮友蘭的這個解釋，那麼以「和寡」鳴「高」的人，終究不高。

文學的墮落

七月中旬，趁在北京辦事之便，去了一趟新近落成，坐落在北京朝陽區安苑東路的中國現代文學館。博物館的整體設計有如一座花園，園內錯落的安放著幾個著名作家和詩人的塑像，栩栩如生，展廳內的設計從壁畫到特製的彩色玻璃，以及作家們書房中實物的擺設，都可以說是匠心獨運。但在我細細看完全館的展出之後，心中卻感覺堵得慌，我似乎在那刻意安排和精巧擺設的背後，看到了一個謊言。這一批為了中國現代化而勞神苦思，乃至於以身相殉的作家和文人似乎又一次的受到了擺布。他們在一九四九年以後所受到的苦難和迫害竟一字未提！

全館的展覽將中國現代文學的發展劃分為五個時期：一九一七—一九二七是五四文學革命；一九二七—一九三七是左翼和進步文學的崛起；一九三七—一九四九是文學走向人民大眾；一九四九—一九六六是社會主義十七年；一九七六—一九九九是新時期文

學的繁榮。那血淚斑斑的文革十年竟悄悄地掩藏得無影無蹤！千門萬戶的家破人亡，無數作家的枉死慘死，在這個以「中國現代文學」為名的博物館裡，竟一手掩過，輕輕跳過！

我多麼希望在這個改革開放二十年以後成立的中國現代文學館裡，看到當前政府對現代文學發展受到政治殘酷的干預，乃至於成為政治的宣傳工具有些反省，對過去五十年來中國苦難的作家所遭受悲慘的命運有些反思。然而我失望了，在那個嶄新的建築裡，竟見不到半點新意。彈的依舊是毛澤東一九四二年在延安文藝座談會上講話的老調。

文革之後，要大家努力「向前看」，這對曾經身受迫害的人來說，是多麼殘酷又多麼不負責任的一句話。十幾年，乃至於幾十年的苦難，就這麼輕輕的帶過了嗎？在館中被譽為中國現代文學史上的北斗，除了魯迅，死在一九三六年，而逃過了文革的劫難之外，巴金、老舍、曹禺、茅盾、丁玲，哪一個曾經倖免？

老舍的慘死，是現代中國文學史上最令人痛惜和髮指的一個冤案。一個一生為勞苦大眾呼號，為新中國成立而歡呼的偉大作家，卻被逼得投湖自盡，投湖之前，還手抄了毛澤東的詩詞。這樣的死法，即使比之屈原都不多讓。然而在新文學館的展覽中，有關老舍的死，竟只有一張小小新立碑石的照片，上刻「人民藝術家老舍先生辭世處」，說明則是「一九六六年，老舍先生不幸去世，許林邨先生特刻碑於老舍先生去世處，以紀念這位不朽的作家。」當然，在反思文革依舊是某種忌諱的今天，能為老舍立一塊碑，在博物館裡展出一張照片，也已經是煞費苦心了。然而，對千千萬萬不明就裡的參觀者而言，老舍「義不能再辱」的壯烈犧牲，竟被「不幸去世」四個字描畫得和死於車禍、死於疾病，相去不遠了。

倡議成立現代文學館最力的巴金，在身受文革苦難之後，一九八六年為文建議成立文化大革命博物館，他在文中力陳，除非我們能把文革這樣的災難世世代代如實的告訴我們的子孫，否則，文革式的自我毀滅的愚蠢行為是很有可能再現的。如今距巴金發表〈文革博物館〉已十七年，文革博物館不但成立無期，從現代文學館處理文革的作法來看，竟有掩滅這段歷史的企圖。

巴金在文中沉痛的指出：

> 建立文革博物館，這不是某一個人的事情，我們誰都有責任讓子子孫孫、世世代代牢記十年慘痛的教訓。「不讓歷史重演」，不應當只是一句空話。要使大家看得明明白白，記

得清清楚楚，最好是建立一座文革博物館，用具體的、實在的東西，用驚心動魄的真實情景，說明二十年前在中國這塊土地上，究竟發生了什麼事情?!」(《隨想錄》，《病中集》，頁八二三)

現代文學館對文革十年的處理方式，恰好是巴金這一態度的反面。在面對歷史上的苦難時，不圖反省，而但求「遺忘」。用玩弄歷史和隱瞞歷史的手段，來達到全民「失憶」的目的，其結果是造成了一個在知識上缺乏誠實、在道德上充滿偽善的社會。

對一些在改革開放中成長起來的年輕人，文化大革命已經成了一個模糊不清的歷史事件，再加上政府這樣有意的隱瞞和粉飾，二十一世紀的中國人對這段中國現代史上的慘痛歷史，怕只有去海外才能看到一些真相了。

我懷疑一個不能反省、不敢反省、不願反省的民族，又如何能寄望他有「向前看」的能力呢?在一個反省可以成為罪狀的社會裡，老百姓不「向錢看」，又向何處看呢?

和經歷過文革的知識分子談起來，在一陣感嘆唏噓之後，不免會有如下的一個結論：「當時我們在獨立思考上是有所欠缺的，但是我們都有強烈的使命感。」言下對缺少獨立思考這一點固不無遺憾，但對所謂使命感，即使在三十多年之後談起，依舊有種掩不住的自豪。每當我聽到類似的談話之後，心中總不免一顫：沒有獨立思考而居然有使命感，這是何等的可怕！沒有獨立思考的使命感就是被人牽著鼻子走而不自知，尤其可怕的是以能盲目的接受領導的旨意為榮為傲。我多麼希望那個時代的知識分子能少些使命感而多些獨立思考。沒有使命感，其弊至多不過「向錢看」；有了強烈的使命感，卻無獨立思考，則殺人放火都在使命感的美名之下，一一促成。

在經過五十年的黨化教育之後，這一代的知識分子應該將獨立思考，視為自己的第一使命，而不是在獨立思考之外，別有使命。

巴金在八十年代初期倡議成立現代文學館的兩篇文章中，三致其意的表示，他之所以要倡此議，是要為文革期間被「打翻在地」的作家們翻案。讓後世看看他們這一代作家的作品並不「全是廢品」、「全是四舊」，也不「全是害人害世的毒草」。就這一點而言，我們完全可以同意甚至於同情巴金的看法。他接著談到現代文學的價值和貢獻，他說：

我們的現代文學好像是一所預備學校，把無數戰士輸送到革命戰場，難道對新中國的誕

生就沒有絲毫的功勞？（〈再說現代文學館〉，《隨想錄》，《真話集》，頁五一九）

巴金這幾句話道盡了三十年代以後中國文學發展的方向和作家的「使命感」。所謂「進步的」作家，沒有一個是甘於只以作家自任的，一個個急於為社會、為國家，把脈、看病、投藥。換句話說，現代文學的癥結正在於作品的內容和新中國的誕生有了過分直接的關聯。而一九四九年以後，文學作品就徹底墮落到了只是共產政權的宣傳工具了。

巴金晚年對文化大革命固然有痛心疾首的反省，但卻認為現代作家在文學史上的地位必須依附在對新中國成立的貢獻上。如果現代文學館的成立，只是為了證明這一點，那麼，中國新文學的價值真是值得懷疑了。李、杜的詩，蘇、辛的詞，曹雪芹的《紅樓夢》到底為何朝何代何姓服務過？他們之不為任何主義、任何階級服務，正是他們之所以千古。

巴金在上引的那段話裡，以現代文學好像是一所送戰士到革命戰場的預備學校而沾沾自喜，這正是那一代作家始終只把文學看作是政治工具的最好證明。這也正是現代中國文學的局限和悲劇。

天才的墮落與毀滅

高行健得了諾貝爾文學獎，對中國人來說，是件「破天荒」的事。一時成了港臺及海外華人的熱門話題，香港的《明報月刊》，已經為此連出了兩期的專號和特別報導。這誠然是當今中國乃至世界文學界的一件大事。我在海外聽到這個消息，當然，也是歡欣鼓舞。但在歡快之餘，我又忍不住有些隱憂。

中國文化從表面上看來，是充滿天才崇拜的。一個人只要得了諾貝爾獎，一旦回到中國人的社會，立刻成了一個全知全能的領袖。李遠哲回到臺灣以後，知道他專業是什麼的人固然是少之又少，連知道他是個科學家的人也已經不多了。李遠哲在臺灣，不但是學術界的領袖，也是政界舉足輕重的人物。從總統選舉到羅馬拼音，從國民教育到災後重建，從統獨三通到國是建言，我們的諾貝爾獎得主都得參與其事，並發表「重要講話」。

李遠哲回到臺灣之後，不知可曾還進過實驗室？一個科學家，即使偉大如諾貝爾獎得主，也禁不起長期不進實驗室的考驗。當年的那點成績，在科技進步一日千里的今天，怕不旋踵也就「坐吃山空」了。對李遠哲來說，他得諾貝爾獎的那一天，竟成了他科學研究終止之時。這是何等的諷刺，何等的可悲，又是何等的殘酷！這不但是李遠哲個人的損失，也是整個社會的損失。

造就一個天才不是一件容易的事，但讓他天天在電視上、報紙上發表「重要講話」卻是毀滅天才最有效的方法。天才不但庸俗化了，也商品化了。臺北一家糕餅店的禮盒上，竟把李遠哲的像和李登輝、陳水扁等政治人物放在一起，來作為促銷的廣告了。我們在熱愛天才和崇拜天才的同時，已在不知不覺之間過早的扼殺了一個天才。結果讓我們的社會少了一個一流的科學家，卻多了一個二三流的官僚和政客。

有人說中國這塊土地培養不出諾貝爾獎的得主來，得諾貝爾獎的中國人即使不留學海外，也得流亡海外。高行健是個流亡海外多年的中國作家，似乎又應驗了這句話。高行健不見容於國內當道，在海外卻能得到全世界最高的榮譽。其中消息也就顯然了。

套句魯迅的話來說，大陸當道對付高行健的作法是「罵殺」，而臺灣人民對待李遠哲的作法則是「捧殺」（魯迅：《花邊文學》，〈罵殺與捧殺〉）。一罵一捧，看似相反，然而其為「殺」則一。天才何其不見容於斯土！

聽說高行健並沒有回中國的打算（當然，即使他想回，也未必回得了），這對他的文學藝術創作倒不一定是件壞事，甚至於還是一件好事。我為他高興，也為一個作家不致因此「絕產」而感到慶幸。

高行健得獎之後，繼續「流亡」，這是維持他獨立和自由的必要條件。一個作家一旦失去了獨立和自由，也就是他創作生命終止的時候。「流亡」意味著他和「祖國」保持距離，這對一個作家來說，當然帶著一定的傷痛；但這點傷痛卻也是創作的源泉。一個作家的獨立和自由固然可以因政治的迫害而失去，但也可以因金錢和虛名的誘惑而變得無影無蹤。前者是被剝奪，後者卻是自動放棄。高行健的繼續「流亡」，使「硬刀子」和「軟刀子」都無所施其計，對他，這毋寧是最好的一個選擇。

一位在臺北出版界工作的朋友告訴我，高行健的《靈山》，自一九九〇年由聯經出版之後，十年之間，銷售不到四千本，但諾貝爾文學獎宣布之後，卻在一週之內，賣出超過了五萬冊。我聽了這番話不免感慨：中國文學的價值，畢竟還要靠洋人來肯定。許多電影和藝術作品也大抵如此，一經洋人認可，立刻身價百倍。難道中國人自己就如此沒有眼光？如此缺乏鑑賞能力嗎？

鸚鵡救火

——余英時先生的中國情懷

普林斯頓大學東亞系講座教授余英時先生在二〇〇一年六月底榮退，系中同事為了向余先生表示敬賀之意，特別請了多位他的同事和學生於五月四、五兩日，在普大舉行為期兩天的「中國的過去與將來」國際學術討論會。本文集所收主要是在這次研討會上發表的論文。

余先生是國際知名的學者，於中國史學研究有多方面開創性的貢獻，他的學術思想博大精深，研究範圍縱橫三千年中國思想史，成就和影響，非我所能言。我想藉這篇短文談談他特有的一種情懷。這種情懷用余先生自己的話來說，就是「中國情懷」。

當然，海外中國人多少都有一點中國情懷。但是一般人的中國情懷，大多只是表現在對故土或故鄉的思念上，這樣的中國情懷，往往流於一種情緒，這種情緒還多少帶著些排外的意味。

余先生的中國情懷絕不是一種帶著排外意味的感傷懷舊情緒，而是一種對中國人苦難的悲憫。他曾在《明報月刊》上，以〈常僑居是山，不忍見耳〉為題，談他自己的「中國情懷」。這個題目用的是周亮工《因樹屋書影》中的一個故事：

> 昔有鸚鵡飛集陀山，乃山中大火，鸚鵡遙見，入水濡羽，飛而灑之，天神言：「爾雖有志意，何足云也？」對曰：「常僑居是山，不忍見耳！」天神嘉感，即為滅火。

當然，余先生用這個典故來談自己的「中國情懷」，他正是以故事中的「鸚鵡」自況。而他眼中的中國也正是鸚鵡遙見的「陀山」，他不忍見中國之毀於大火，於是著書立說，奮其如椽巨筆，為他不能忘情的故國做滅火的工作。余先生在他的文章中，用「知其不可而為之」，「明其道不計其功」，「只問耕耘，不問收穫」這幾句話來描述鸚鵡救火的精神。我們看看余先生這幾十年來，對當代中國的關懷，上引的幾句話用到他自己身上，真是再恰當不過了。

誠如我的同事 Willard Peterson 教授在他英文序中所說：這座著火的山，不僅意味著中國，也象徵著飽經西潮衝擊的中國文化。在余先生宏富的著作中，中國文化的重建，始終是他極為關切的議題。從這個角度而言，余先生的關懷絕不只是當代中國，而是文化繼絕的「千歲之憂」。鸚鵡救火正如愚公移山是知其不可而為之的精神，更是任重道遠的事業。

余先生絕不只是一個終日坐在書房，埋首在故紙堆裡的學者。他有深切的現世關懷。這種對現世的關懷也就是他「中國情懷」的體現，這一情懷一方面表現在對不同意見的容忍上，另一方面則體現在對集權暴力的抗爭上。一九八九年六月四日之後，余先生對流亡海外的中國學者和民運人士所給予的關懷和援助，正是容忍和抗爭的一個結合。

每讀余先生有關當代中國的時論，都讓我想起東漢、北宋的太學生，明末的東林、復社，晚清的「公車上書」，五四時代的《新青年》，抗戰前夕的《獨立評論》。余先生批評的精神，代表的是中國兩千年來優良的清議傳統。這一精神在一九四九年之後的中國大陸，已徹底死亡。即使在海外港臺，也如空谷足音。余先生不但是周亮工《書影》中的「鸚鵡」，也是胡適《嘗試集》中「不能呢呢喃喃討人家的喜歡」的「老鴉」。

研究中國歷史是余先生畢生志業之所在，中國歷史對他來說，絕不「只是一個客觀的研究對象」，而是「一個千載後的子孫來憑弔祖先所踏過的足跡」。這絕不是說余先生的歷史研究是不客觀的，借用陳寅恪評馮友蘭《中國哲學史》的話來說，余先生與「立說的古人，處於同一境界」，因此他對古人，不但有「了解的同情」，也有「同情的了解」。在近現代中國思想史的研究上，他與戴震、章學誠、胡適、陳寅恪、錢穆這些前輩學者是同其呼吸的。這種精神尤其體現在他對陳寅恪的研究上。余先生對陳寅恪所標榜的「獨立之精神，自由之思想」真是三致其意，因為這兩點也正是余先生自己的信仰。

余先生多年來在海外嚴肅的用中文發表學術著作。這不但提升了中文著作在海外的學術地位，同時也提升了海外中國研究的水平，打破了美國學界視中文著作為次等的偏見和歧視。余先生在這方面的貢獻是遍及整個漢學界的，受惠最深的是所有海外從事中國文史研究的中國學者。這點觀察和感受也許不是一般國內的學者所能深知。

讀過余先生著作的人，大多不免為其廣徵博引、中西融貫的立論所折服。但他之所以引用西方理論，誠如他自己在〈關於新教倫理與儒學研究〉一文中所說，「決非為了證實或否證任何一個流行的學說」。而只是一種「參證比較之資」，換言之，並不是用西方學說來作為研究中國文史的「理論架構」。他深信：「沒有任何一種西方的理論或方法可以現成地套用在中國史的具體研究上面。」余先生的著作為「許多迷失在五花八門的西

方理論中的人」，提供了一個新典範。（參見余英時，《中國哲學史大綱》與史學革命〉）

（原為《國史浮海開新錄》序）

言論自由與愛國

每當國家出現危機的時候，當道和輿論往往假「愛國」之名來壓迫言論自由。這種壓迫不但冠冕堂皇，而且義正辭嚴。這在中國叫「救國第一」，在美國叫「政治上的正確」(political correctness)。

二〇〇一年九月十一日，紐約世貿大樓受到恐怖襲擊之後，舉國震驚，愛國情緒高漲，星條旗到處飄揚。從參議院、國會到一般老百姓，都眾口一詞，支持總統武力打擊恐怖分子。恐怖分子所為，絕不只是反美，而是反人道、反文明，為舉世所不容。這是毫無疑義的，舉國團結也是必要的。但在這樣「國難」的情況下，是不是還能允許不同意見的存在，這對美國的民主自由是個新的挑戰。

恐怖襲擊之後不久，美國廣播公司 ABC 電視臺晚間座談節目〈不得體〉(Politically Incorrect) 主持人 Bill Maher 說了一些「不得體」的話，他說：「劫持飛機的恐怖分子並非懦夫，倒是美國用導彈在數千里外襲擊目標，那才是懦夫的行為。」(Hijackers were not cowards but that it was cowardly for the United States to launch cruise missiles on targets thousands of miles away.)

這段話在美國遭襲之後，在電視節目上播出來，誠如節目名字所示，的確是「不得體」的；但說他全無道理則未必。節目播出之後，有些支持這個節目的廣告商，立即將廣告撤回。白宮新聞發言人 Ari Fleischer 也譴責 Bill Maher，並呼籲全國媒體和人民，此刻應該「謹言慎行」(people have to watch what they say and watch what they do)。此言一出，新聞界質問之聲四起，認為這是對言論自由不當的干預。(以上報導，參看二〇〇一年九月二十八日《紐約時報》，及當日美國其他各大報)

「國難當前」是一回事，「言論自由」又是一回事。是不是只要國難當前，言論自由就得受到約束，言論自由與國家利益是不是衝突的？這是我們應該嚴肅思考的議題。

究竟什麼是「國難」？戰爭固然是國難，恐怖襲擊又何嘗不是國難？「九一八」是國難，「六四」又何嘗不是國難？颱風地震是國難，法輪功泛濫也是國難，以至於經濟蕭條、下崗職工增加，無一而非國難。要是國難的定義端視當道的需要而定，言論自由就永遠只是國難的附庸和奴隸了。

近代中國人幾乎個個都是在「國難當前」之下，度過艱辛的一生，言論自由在故國永遠只是個只堪夢中追尋的極樂境界。我「避秦」來到北美，深知「謹言慎行」之極苦，所要追求的就是那點「不得體」的自由。而這點「不得體」的自由也正是美國立國精神之所在。

爭言論自由有兩類：一種是向當道爭，另一種是向輿論爭。向當道爭言論自由，往往是有群眾支持的，是得體的，是有可能成為英雄的；向輿論爭自由，則往往是犯眾怒的，是不得體的，是有可能成為「國賊」的。在當道和輿論一致的時候，爭言論自由，就必須有易卜生 (Ibsen) 名劇《人民公敵》(*An Enemy of the People*) 中斯鐸曼醫生 (Dr. Stockmann) 的胸襟和膽識，所謂：「世界上最強有力的人，也是最孤立的人。」(The strongest man in the world is the man who stands alone.) 這也就是孟子所說「雖千萬人，吾往矣」。千萬人之以為是，無礙於我之以為獨非，而千萬人之以為非，也正無礙於我之以為獨是。千萬人皆曰「戰」，無礙於我之力持「不戰」。

其實，真正的國難，既不是戰爭，也不是恐怖襲擊，更不是天安門和法輪功，真正的國難是至今沒有受到法律保護的言論自由，沒有在政治上「不得體」的自由。堅持言論自由是符合國家利益的，也是愛國的。假「國難」或「愛國」之名，對言論自由進行迫害，終將是傷害國家利益的。

祖國即母親

——季羨林的愛國主義

二〇〇二年一月二十二日《人民日報》海外版上有季羨林先生〈痛悼鍾敬文先生〉一文。其中對鍾老沒能在一九五七年，逃過「反右」一劫，表示了相當的惋惜，但對鍾老受到迫害，而從未說過「半句抱怨的話」這一點，則推崇備至，並使他「在心中暗暗地欽佩」。季老對鍾老受盡折磨，委屈，侮辱之後，而竟不敢發一言的態度歸結為：

我一向認為，中國知識分子，由幾千年歷史環境所決定，愛國成性。祖國是我們的母親。不管受到多麼不公平的待遇，母親總是母親，我們總是無怨無悔，愛國如故。我覺得，這是中國知識分子最可寶貴的品質，一直到今天，不但沒有失去其意義，而且更應當發揚光大。

一九九八年，我初看季老《牛棚雜憶》，對他在文革時期的遭遇還有一定的同情，覺得他多少是那場災難中的「受害人」，但我看完上引的那段話之後，季老「受害人」的形象，竟和「幫凶」有些模糊了。

姑且借用季老「祖國即母親」之比，他的態度是縱容一個暴虐的母親，對一個受盡壓迫虐待的孩子，進行第二次傷害——一個無辜被打成右派的知識分子，若膽敢在「摘帽」之後，稍加申辯，對過去十幾二十年非人的生活，稍吐苦水，用季老的標準，豈不就成了「不愛國」了嗎？天下還有什麼比「申冤即不愛國」，這樣的禮教更殘酷的了？戴東原深惡「以理殺人」，季老的「愛國論」，真是以理殺人之尤者了。

季老把知識分子的噤若寒蟬，亡魂喪膽，說成是對母親的依戀。用季老這樣的邏輯來推演，中國知識分子似乎都帶著受虐狂的戀母情結。是一群既不能明辨是非，沒有正義感又沒有法治觀念的「窩囊」。對曾經加害於我的人和制度，不圖反省改革，而但求粉飾迴護，甚至還要為加害於我的人歡呼高歌！今世何世，虐殺孩子的母親與殺人犯同罪！一個母親並沒有殺害親生子女的權力，這點簡單的道理，博學如季老，焉能不知？在季老的價值系統中，除了那一套昏亂的愛國主義以外，可還有「人權」和「公正」？

季老「祖國即母親」的比喻，是在中國傳統禮教「天下無不是的父母」的基礎上，再加上一層有「中國特色」的「愛國」外衣，孝順父母之外，再加上熱愛祖國，成了「忠孝兩全」雙重的「吃人禮教」。中國人真是翻身無日了。

季老學貫中西，好學深思，當不至於不能分辨「國家」與「政黨」之不同；「國家」與「領袖」之不同。把「領袖」、「政黨」所犯下的滔天罪行歸咎於「國家」，這是陷「國家」於大不義。「國家」何曾加害於知識分子？是那個「英明的領袖」，那個「偉大正確的黨」曾使數以千萬計的中國知識分子家破人亡，輾轉溝壑。

然而從《牛棚雜憶》中，我們又實在看不出季老有分辨這三個名詞的能力。在〈餘思和反思〉一節中，他很努力的做著「自我檢討」。說到「領袖崇拜」這一點，季老對蔣介石是「嗤之以鼻」的，但他對毛澤東則有下面這段話：

> 最初，不管我多麼興奮，但是「萬歲」卻是喊不慣，喊不出來的。但是，大概我在這方面智商特高，過了沒多久，我就喊得高昂，熱情，彷彿是發自靈魂深處的最強音。我完完全全拜倒在領袖腳下了。

接著，季老把這樣的心理改變歸結為「這充分證明了，中國老知識分子，年輕的更不必說了，是熱愛我們偉大的祖國的。」並且強調「這是中國知識分子的一個突出的特點」。（頁二二五—一六）我認為，與其把這樣的特點說成是幾千年來中國知識分子優秀的愛國主義傳統，不如說一部分中國讀書人向來有盲目追隨領導，輕易高喊萬歲，毫無廉恥的「拜倒在領袖腳下」的傳統和奴性。「當今皇上萬歲萬萬歲」，不僅是寺廟前的立石，也是無數中國人的「心碑」。

在季老的書裡，多少暗示著，能「拜倒在毛澤東的腳下」是崇高的，也是愛國的，而拜倒在蔣介石的腳下則是無恥的，是賣國的。其實，蔣也罷，毛也罷，其為「拜倒」則一。能拜倒在毛腳下者，未必不能拜倒在蔣腳下。就人品而言，我們只能分「拜倒」與「不拜倒」兩類，而不宜以「向誰拜倒」分。

季老在年近九〇的耄耋之年，敘述這段往事，依然掩不住，對自己當年能「完完全全拜倒在領袖腳下」的一種得意之情，並表示出這是一種崇高而且純潔的情操。我不得不說，這樣的情操，絕不是中國知識分子的優良傳統，而是愚昧和奴性的充分體現。

中國知識分子的優良愛國主義體現在不畏強權，批判當道的清議傳統上，東漢、北宋的太學生，明末的東林、復社，晚清的「公車上書」，五四時期的《新青年》，抗日戰爭時期的《獨立評論》。這才是真正帶有中國特色的愛國主義。「高喊萬歲」，「拜倒在領袖腳下」，是一九四九年之後，帶著災難性質的個人崇拜。季老把這樣的愚昧行為說成「愛國」，那真是侮辱了「愛國」！

季老近年所寫文字頗有「愛國掛帥」的傾向，而他的愛國主義又是「嚴夷夏之防」的。一九九四年，季老作〈陳寅恪先生的愛國主義〉一文，收入《柳如是別傳與國學研究》一書（浙江人民出版社，一九九五）。文章是如此起頭的：

> 陳寅恪先生的一家是愛國之家，從祖父陳寶箴先生，其父散原老人到陳先生都是愛國的，第四代流求、美延和他們的下一代，我想也是愛國的。（頁一）

在這「愛國之家」的名單中，獨缺侍奉晚年陳寅恪最力的二女小彭，余英時先生曾為此「大惑不解」，但他「稍一尋思」，就「恍然大悟」了，「原來小彭女士早已於八十年代前後移居香港，她已失去愛國之家的資格了」。（《陳寅恪晚年詩文釋證》，臺北：東大，一九九八，頁一二）。余先生的分析是一針見血的。

季老在《牛棚雜憶》中講到一個「貧農兼烈屬」的「高足」，後來去了歐洲，在季老的「春秋筆法」之下就成了「溜到歐洲一個小國當洋奴去了」（頁一一）。我在此絲毫無意要為這位高足翻案，說他是個有為有守的人，但人總應該有選擇自己生活方式的權力。小彭去了香港，高足去了歐洲，即使用季老的嚴格標準，除了這些人的「品質」不夠優秀之外，是不是也應該想想孟子「為淵驅魚」，「為叢驅爵（雀）」，「為湯武驅民者，桀與紂也」的老話呢？

在季老的「春秋大義」之下，我輩久居海外的華人是難逃「洋奴」之譏的。但是在我看完《牛棚雜憶》之後，我又深切的感到：我輩何幸而為「洋奴」！逃過了我犯著嚴重虐待狂的「親生母親」，是我的「繼母」給了我做人的尊嚴。當年，若沒有「繼母」的收養，更不知要有多少優秀的中國知識分子死在「親娘」的鐵掌和殺手之下。

即使是「洋奴」對「親娘」也還是有些依戀的。我們依戀的是斯土，是斯民，是從小習得的「媽媽的舌頭」(mother tongue)——我夢魂相依的漢語漢字。我們所絕不依戀的是那個神化了的「風流人物」所創造出來的「偉大時代」。

季老的《牛棚雜憶》作為他個人的回憶錄或文革的反思文學來看，境界和眼光都是非常有限的。他的記錄大抵不出個人的恩怨是非。對這場史無前例大災難的前因後果，很少作深刻歷史的分析。作為當今中國學界的大老，又是文革目睹身受的見證者，對這場鑿傷國家民族命脈的大災難不能也不敢指出元凶，而只是避重就輕的詛咒一些曾經加害於他的個人。季老的道德勇氣和學術誠實都令人失望。

我們只要一讀前中國社會科學院副院長李慎之先生在一九九九年發表的文章〈風雨蒼黃五十年——國慶夜獨語〉，就能了然什麼是道德勇氣和學術誠實了。李先生在文中沉痛的指出：

> 過去幾十年間月月講，天天讀的都是毛主席的書及指示，很多災難和恥辱的罪魁禍首明明是毛澤東，現在卻用一條錦被把他的罪過遮了起來……深刻地反思文化大革命，由此上溯，再反思前三十年的極權專制，本是中國脫胎換骨，棄舊圖新的重要契機，也是掌權者重建自己的統治合法性（或曰正當性）的唯一基礎。
>
> （《當代中國研究》，六八期，頁八〇）

李先生的這個作法才真正的體現了中國知識分子「雖千萬人吾往矣」的優良愛國傳統。〈風雨蒼黃五十年〉，就長度而言，也許還不及《牛棚雜憶》的三十分之一，但所體現的勇氣和誠實卻千百倍於《雜憶》。

巴金在八十年代，也寫了不少文章反思文革，倡議成立文革博物館。也都能從大處著眼，而不斤斤於個人恩怨。

把反右文革這樣的天大災難，比喻成母親打孩子，孩子無論如何還得熱愛母親，這種比喻是中國知識分子的恥辱，也是萬劫不復的開端。借用李先生在〈風雨蒼黃五十年〉中的一句話，像季老這樣的中國知識分子，自知或不自知的「仍然處在精神的奴役狀態之中」（同上，頁七九）。可悲可慘的是：季老竟以能被奴役而感到驕傲，感到自豪！

寫到此處，唯一令人感到有些欣慰的是：據說，李慎之先生是懷著「寧鳴而死」的心情在海外發表〈風雨蒼黃五十年〉這一類文章的，發表之後，雖然惹了一些麻煩，但卻居然「鳴而不死」，依然還在「人間」！中國畢竟還是進步了。然而，僅僅是「不死」，是不夠的，這只是稍稍脫離了一點當年「打翻在地」「關進牛棚」的兇殘野蠻作風，離「文明」還有一大段距離呢。

我們希望像〈風雨蒼黃五十年〉這樣針砭時局，發人深省的文章，在我有生之年，能在《人民日報》刊出。而一個虐殺孩子的「母親」也能受到國法的制裁。到了那一天，「中國」就真是一個「新中國」了。

好書推介

33 猶記風吹水上鱗——錢穆與現代中國學術　余英時

本書為紀念史學大師錢賓四先生逝世週年而作，通過對錢先生的學術和思想的研究，勾劃出二十世紀中國學術思想史的一個重要側影。

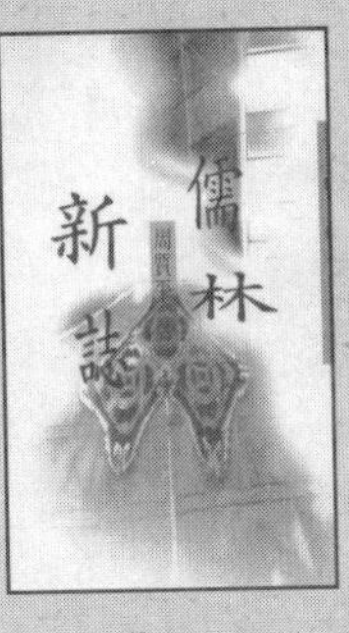

121 儒林新誌　周質平

本書圍繞著現代中國知識分子所面臨的一些困惑和難題，包括：海外中國知識分子的鄉愁和文化適應，對中、臺兩地學者所做的觀察和比較等，進行剖析，並提出作者自己的看法。

232 懷沙集　止庵

將對逝去父親的感念輯成，從生活不經意的言談中，挖掘出文學、生活的真諦。作者樸實的文筆，在現代注重藻飾的文壇中像嚼蘿蔔，別有一股自然的餘味。

235　夏志清的人文世界　殷志鵬

是誰在自己的婚禮上，說出「下次結婚再到這地來」的驚人之語？是誰將張愛玲、錢鍾書等人推上文學巨匠之林？來吧！為您介紹這位總也不老的「夏判官」。

236　文學的現代記憶　張新穎

五〇年代的臺港兩地，在自由風氣的帶動下，中外文學的相互影響，激起了一連串美麗的浪花；精鍊的筆法，為您細數這場波瀾壯闊。

238　文學的聲音　孫康宜

讀者至上的時代已經來臨！不斷的追尋、傾聽，透過文本的細讀，博引國際漢學家的觀點，本書帶領讀者以更廣泛的視野和客觀態度，深入追尋文學中千古不朽的迴響。

259　西遊記與中國古代政治　薩孟武

優秀的學者總能從耳熟能詳的故事中闡述道理，本書作者正是這樣。他從西遊記裡摘了些段子，說明政治的原理及中國古代政治現象。想知道有哪些精彩妙喻嗎？就請您自己來看囉！

國家圖書館出版品預行編目資料

現代人物與思潮／周質平著.－－初版一刷.－－
臺北市；三民，2003
面； 公分－－(三民叢刊. 244)

ISBN 957-14-3813-8 (平裝)

1. 中國文學－論文,講詞等

820.7 92010108

網路書店位址 http://www.sanmin.com.tw

著作人 周質平
發行人 劉振強
著作財產權人 三民書局股份有限公司
臺北市復興北路386號
發行所 三民書局股份有限公司
地址／臺北市復興北路386號
電話／(02)25006600
郵撥／0009998-5
印刷所 三民書局股份有限公司
門市部 復北店／臺北市復興北路386號
重南店／臺北市重慶南路一段61號
初版一刷 2003年9月
編 號 S 811050
基本定價 肆元捌角
行政院新聞局登記證局版臺業字第〇二〇〇號

ISBN 957-14-3813-8 (平裝)